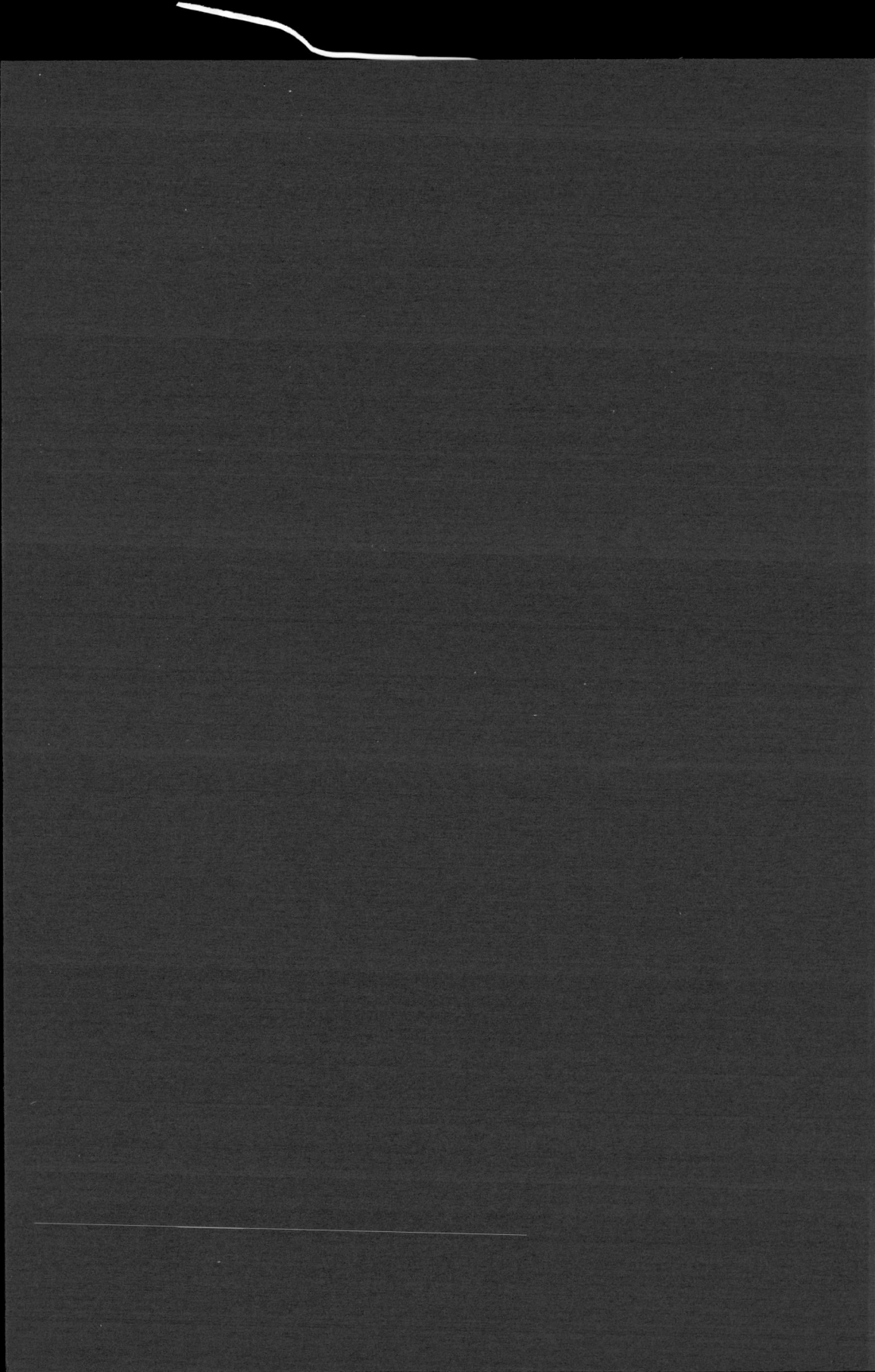

古董诡局

尹剑翔 著

海南出版社
HAINAN PUBLISHING HOUSE

版权所有　不得翻印

图书在版编目（CIP）数据

古董诡局 / 尹剑翔著 . —— 海口：海南出版社，

2018.9

ISBN 978-7-5443-8429-2

Ⅰ . ①古… Ⅱ . ①尹… Ⅲ . ①长篇小说 – 中国 – 当代

Ⅳ . ① I247.5

中国版本图书馆 CIP 数据核字 (2018) 第 184094 号

古董诡局

作　　者：尹剑翔

监　　制：冉子健

丛书策划：冉子健　刘军民　陈　娟

责任编辑：张　雪

策划编辑：朱庭萱

责任印制：杨　程

印刷装订：北京盛彩捷印刷有限公司

读者服务：蔡爱霞　郄亚楠

出版发行：海南出版社

总社地址：海口市金盘开发区建设三横路 2 号　邮编：570216

北京地址：京市朝阳区黄厂路 3 号院 7 号楼 101 室

电　　话：0898-66830929　　010-64828814-602

投稿邮箱：hnbook@263.net

经　　销：全国新华书店经销

出版日期：2018 年 9 月第 1 版　　2018 年 9 月第 1 次印刷

开　　本：787mm×1092mm　　1/16

印　　张：15.5

字　　数：230 千字

书　　号：ISBN 978-7-5443-8429-2

定　　价：39.80 元

目　录

前　言

　　我可能会因为这部小说变成鉴宝专家们的假想敌。这不是在特意针对他们，而是我有个愿望，就是用我的推理小说记录下如今的中国社会，而以鉴宝为素材只是我创作的第一个突破口。

　　这部小说恐怕只是个开始，后面我还会创作一系列反映中国现实的推理小说，我觉得这是一个中国文人的一点点自尊和正义感，也是我唯一能为当下做的一点儿事情。

第一章

∽ 1 ∽

T市的鉴宝节目报名现场异常火爆，一听到名扬天下的几名鉴宝专家来到了小小的T市，这里的古玩"业内"人士异常地兴奋起来。

盛世古玩，乱世金银，古玩的收藏热，已经在中国有很多年的时间了，能够购入一件镇宅之宝，变成了许多富人的愿望。而穷人们更是翻箱倒柜，看看祖上有没有有意无意地留给子孙一件可以让自己摆脱穷困环境的"宝贝"。

买黄金你可以看分量，买蔬菜你可以看斤两，买股票你可以看跌涨！但是古玩这个东西，很奇怪，看似很不起眼的东西，就有可能会变成价值连城的宝贝。而许多无比光鲜，惹人喜爱的藏品，却最有可能是一文不值的赝品。

T市刑警队队长胡玉言很快就接到上级的指示，抽调部分没有任务的刑警，维持会场秩序，并且派遣有经验的便衣调查员混入前来鉴宝的人群中，因为群众们拿着的东西中很可能就有宝贝，所以这里很有可能发生不经意，或者根本无法想象到的犯罪事件。

胡玉言不懂古玩，也从来不看什么鉴宝节目，对于一个有着太多羁绊的中年男人来说，好像还有许多远比发横财更需要他关心的事情要去做。所以，他草草地派出了副队长王勇，带着十多名刑警前去，全部是便衣，行动由王勇统一指挥，自己不做任何交代。至于在家中倒休的刑警，胡玉言很人性，不用出动，继续休息。然后他躲在了自己独立的办公室里思考着问题，与其说是思考，不如说是偷闲，胡玉言常常用这种方式让大脑暂时处于真空状态。刑警是个比较敏感的职业，刑警队长的电话每天都会一个接着一个，还好胡玉言已经对手机设置了屏蔽的功能，陌生号码是打不进来的。但是，他最喜欢的那首杨坤的《信仰》还是响了起来。胡玉言最近很烦，从来烟不离手，烟圈就像是仙人的雾气把他整个人都包围了起来。平常没有急事，没人愿意进他的屋子，即使是警队里那些超级"大烟枪"们，因为那里有只有胡玉言才受得了的那种带着点咒怨味道的烟气。

胡玉言拨了拨烟雾，看了看来电显示，嘟囔了一声："又是这个烦人的女人！"不过他还是按下了接听键。

"喂……喂，胡队长，今天咱们这里有热闹了，你不去看看吗？"

胡玉言本就没有好气，一听对方的口气，觉得更烦了："我很忙，到处都是工作，哪有时间像你们一样到处疯跑。"

"呦呦呦，胡大队长升官后，可是官威大升啊，我可不是求你哦！上边来了任务，让我负责去采访鉴宝节目。据内部消息你们刑警队也被抽调了，我还以为你会在现场出现呢。"

胡玉言暗骂，估计又是王勇这个"大嘴巴"把刑警队参与鉴宝外围安全的事透露给了她。

"林记者，你真是消息灵通，不过这趟我不准备去，让王勇全权负责了！"胡玉言故作不知，把接洽记者的事推给了王勇。

"你还真是悠闲哦，不过这个节目很有意思的，据说每期节目都会有大价钱的宝贝出现呢？你真的不想来看看吗？票很难买的，难得你可以免费入场！"

胡玉言有点哭笑不得，老婆去世后，他一直对女人有种天生的戒心，不过对《T市晚报》的女记者林玲算是他颇有好感的一个，不只是因为她参与了很多起胡玉言侦破的刑事案件，还因为她对胡玉言来说好像有种特殊的魅力。虽然，胡玉言很多时候很烦她，因为她总是有事没事的来烦扰自己的工作，但是好几次是由于她的侧方位调查，找到了破案的关键，才使得胡玉言掌握了决定性的证据，顺利破案。不过，胡玉言不打算对记者透露太多的侦破细节，可是林玲却总能无孔不入地钻进来，这令他很不自在，有时也会对林玲产生一种短暂的厌恶感。

可是有时在空虚的时候，林玲的脸庞却还是能出现在他的眼前。感觉很怪，有时胡玉言都觉得这不该是个快40岁的男人应有的状态。

这一次，面对林玲充满了哀求口气的话语，胡玉言还是动起了"怜香惜玉"的心来，故作稳重地说道："你可真是的，我这可是带着任务去的，不是什么利用职务便利去看什么鬼鉴宝。"

"好好好，我的大队长，你这是答应要来喽！"

胡玉言苦笑一声："你在会场等我！"

∽ 2 ∽

鉴宝专家王大山早早来到了节目现场，和节目的很多演职人员开始了寒暄，对于同来的四名鉴宝专家来说，王大山是个异类。虽然节目离开始还有段时间，而他每次都要特意早来一会，感受现场的气氛。

王大山来源于民间的古玩收藏协会，没有什么大学的学历，也没有任何与此有关的专业背景，唯一可以当作他在这行立足的资本的是他50多年的古玩买卖经验。即便是在"文革"时期，王大山也敢在暗中收购古玩，而在改革开放后，他凭借这些宝贝大发了横财。之后，王大山却很少再做古玩收藏，而是改了行当，做起了古玩鉴定师，在这里他找到了新的快感。因为他的名声让他一夜之间变成了中国可以左右古玩价格的少有的几个专家之一，只要他说这玩意儿是老的，这东西就算是打上了真品的烙印，价值上升得比坐火箭都快。

王大山先是见到合作多年的主持人霍霍，其实几乎每个月他们都要见上几次，可是王大山还是热情地跟霍霍握手，亲密得就像是久别重逢的老友一样。

"王老师，不知道这次又会出多少件好东西？"霍霍的眼神中闪烁着光芒。

王大山并没有回答霍藿的话，而是一屁股坐在了鉴宝的专家席上。

T市虽然不大，但是深处中原内地，又靠近商朝故都殷墟，所以电视台对这里能出现宝贝的期望值极高。为了提高收视率，这期节目准备做力度很大的宣传，所以节目的背景和布局比起前面的节目也都特意做得精致了许多。就连摆放在了现场的桌椅家具，都换上了近年来升值很快的红木原料制作的。

王大山半天没有回答霍藿的问题，只是坐在椅子上仰天望着天花板，看着刺眼的灯光，他却眼睛不眨一下。他正是凭借这双眼睛让他拥有了现在的财富和地位，这让许多人相信，这是一双有魔力的眼睛。

"其实我一直很期待那件东西能来！"王大山突然对霍藿说道。

霍藿好像已经放弃了对刚才那个傻傻的问题能有答案的可能性，所以对王大山的回答他也颇有些意外，条件反射似的问道："哪件东西？"

"我在年轻的时候，曾经来过这里，那时在这里确实见过一件好东西哩。"

"哦，是什么东西呢？"

王大山笑着摇摇头，说道："其实是什么不重要了，关键是那样的东西是不是还在这个世上，也许那真的是天上的东西，有缘人能看上一眼就无比幸福了呢？"

霍藿作为资深的主持，向来不向嘉宾询问他们不愿意回答的问题，因为那样可能会影响节目效果，造成不必要的尴尬场面。即便是在舞台上难为嘉宾的问题，实际也都是他们在台下就和嘉宾沟通过的。而且向来霍藿都不会在台下把一些嘉宾不愿回答的问题勉强让他们做出回答，因为这些问题很可能把自己也引入不必要的麻烦之中去。特别是面对这些跟古董打交道的人，霍藿知道他们说的话都是云里雾里，好像每句话都充满了玄机。

"呵呵，希望您能如愿吧！真的看到了好东西，您可不要吝啬，一定要把他的历史介绍给我们哦！"霍藿说起了客套话，想要赶快结束和王大山的对话，因为节目的录制马上就要开始了，他还要花时间冷静一下，想一想预先设定好的解说词。

王大山笑道："一定，一定！"

这时，节目剧务拿上了几本厚厚的彩印的艺术品名册，是刚刚把这次要参与节目的古玩，拍照汇集而来的，当然有少数的字画，由于拥有者怕电子射线会伤到古画，而未能允许拍照。王大山从剧务手中接过一本，翻开了名册，他并没有多大兴趣来观看这些艺术品，虽然把他们拿来的人都想让其成为数百年前的真品，可是王大山知道这里边的大多数只是用来给少数的真品作陪衬的。

现场都是些忙碌的身影，又没有什么业内的熟人到场，所以大致地翻阅这份名册来消磨时间，算是王大山现在唯一能做的事情。现场的人很多，也不能让人看出他对这些艺术品不屑一顾的态度来，所以要简单观看，而且要表情凝重地去看，这是王大山必须要做出的表情。

霍蕾就站在王大山的旁边，他总是想通过接近这些专家偷学几招。当然，好像几年下来自己没有什么进步，凭自己的眼力还是难以判断出真品还是赝品来。不过，霍蕾看人比看这些古董要多得多，他突然觉得王大山的眼神发生了变化，这是一种难以想象的紧张眼神，似乎他所有的肌肉都在这一刻凝固了。

霍蕾顺着他的目光往下观看，名册的那一页照片里是一个不精致的瓷瓶，虽然霍蕾看不出年代，但是，照片下边写着 D213 号。这是电视台鉴宝节目对于物品的编号，只有编导等极少数人看得懂编号的含义，D 类就是根本进入不了节目录制的艺术品。

可是，王大山口中却开始喃喃说道："它终于又出现了！"

❧ 3 ❧

T 市电视台没有把这次活动放在市电视台内部的演播厅中进行，而是选择了现代化味道十足的近郊国际会展中心，一来是为了配合主办方扩大宣传，二来这里比起闹市区拥堵的交通而言道路要顺畅很多，况且这里离专家和摄制组居住的宾馆也很近。

　　不过这算是苦了许多收藏发烧友们，他们必须不辞辛苦，抱着他们的"宝贝"从市内驱车前来，要知道带着这些东西挤公共汽车是不太现实的，有车的收藏者还好，没车的就只好打出租车到现场来。

　　很多出租车司机们早就瞄准了商机，在会展中心的道路对面，排起了长长的等候车队，因为他们知道随时都有被告知藏品不能参加节目录制的人要离开会展现场。这些开销无疑增加了藏友的鉴宝成本，但是这好像丝毫没有削弱他们的热情，大批人马还是把会展中心围了个严严实实，到处都是抱着收藏品攒动的人头。

　　"有可能会一夜暴富，谁还会在意成本呢？"林玲对旁边的王勇说道。

　　王勇对于胡玉言给自己的这个任务，似乎有些准备不足，对于刑警而言他一直是以硬汉形象出场的，好像他只应该出现在有凶暴的歹徒出现的地方，而不是这样维持秩序的会场。

　　"真是有点别扭，总是让我完成这样的任务，老胡算是吃上我了！"

　　林玲面对身材高大，拥有从厚厚的警服中就可以憧憬出来雄健肌肉的王勇，似乎从来没有距离感。王勇天生就有着那种随和的性格，和与现实格格不入的胡玉言相比，他更属于那种性情中人的范畴。

　　站在他的身边，林玲会感觉到女人常挂在嘴边的所谓的安全感。不过，她还是白了王勇一眼，笑道："你们家胡队长那可是大庙里佛爷，从来只有他指挥别人的份喽！"

　　"可不许在人家背后说坏话，我刚才可打了好几个喷嚏了！"

　　林玲和王勇一惊，原来胡玉言已经站在了他俩的身后。

　　"老胡，你怎么总是鬼鬼祟祟地出现在我的身后呢？"

　　"你这个词用的可不恰当，我可是在这里溜了两三圈了，只不过你们没有看见我而已。"

　　林玲的鼻子冲着王勇扭了扭，意思是胡玉言又在那里装蒜，拽了吧唧的。

　　王勇一笑，道："我到那头去看看，备不住还能抓住个小偷啥的。"

　　"你不跟我们进去看看吗？"林玲冲着王勇宽大的背影喊道。

王勇没有回头，摆了摆手说："里头太热，那里不适合我！别打扰你们二位去鉴宝！"

胡玉言对王勇话里有话的言语颇为不屑，转过头来对林玲说："我们进去看看吧！"

"切，刚才还说什么有工作啥的，怎么现在又对鉴宝这么有兴趣了？"

胡玉言脸上仍然没有笑容："这也是我的工作！"

胡玉言和林玲虽然凭借着各自的证件顺利进入了演播大厅，但是被工作人员告知，只能站在不碍事的走廊上观看节目的录制。

林玲掩着嘴笑道："虽然是刑警队队长，却只能受到这样的待遇啊！"

"我们又不是主角，来看看热闹而已，干吗这么靠前呢？"

"作为警官可不能只是抱着这种事不关己高高挂起的态度哦！"

两人的谈话被霍霍的声音打断了："下面请出今天的第17位藏友傅芳女士！"

胡玉言停止了和林玲的对话，专心看着舞台上的节目。只见一位红衣高挑的红衣女子抬着一件棱角突出的青花瓷瓶走上台来。

霍霍走到傅芳面前，把话筒拿到了她的眼前，说道："请问傅女士是干什么职业的？"

"我在快餐店工作。"

"您今天是不是对自己的藏品很有信心呢？"

"不是，我只想让几位专家来看看。"傅芳的话语稳重且带有一种天生的磁性，说着她提着瓶子走向四位专家，并把瓶子放在了鉴宝台上。

舞台的左手坐着四位专家，当他们看到这个青花瓶子的时候，眼睛同时放射出了异样的光芒来，一位戴着眼镜的高个子专家站起身来，说道："快拿过来，我看看！"

对于专家的失态，红衣女子一句话不说，把青花瓷瓶放在了四位专家的桌子上。这时四个专家同时起身，左右观看这件宝贝。

林玲在很远的地方都看到了专家们的表现，对旁边的胡玉言说道："看来是真的出好东西了！"

可是胡玉言似乎并没有听到林玲的话，而是把头转到了舞台冷清的右手边，那里也坐着一个老头，与左手的四个专家比，那里显得冷清了许多。

胡玉言指着右手边的老头，问道："那个人是干什么的？"

林玲又白了胡玉言一眼，没有好气地说道："你真的没看过这个节目啊，左边坐的四个是鉴宝的专家，而右边坐的一般是要给真品估价的专家！"

胡玉言点了点头，继续听专家们的点评，可他眼睛却没有离开右边的那个老头。

"正宗的元青花，绘人物的，太少见了！"

"全世界不超过10件！"

"你看这釉里红，很明显。"

"釉的手感也对，好东西！"

专家们一边摆弄着青花瓷，一边七嘴八舌地讨论，而台下的观众似乎也被这种气氛所感染，看到了有人真的抱着宝贝上来，有羡慕的，更有嫉妒的，观众们也开始了各自的讨论。面对这种骚乱，现场导演立即向大家做出了一个"语住"的手势，观众们这才安静了下来。

"小妹妹，能不能问问你这个东西是怎么来的？"胖乎乎的专家抬头问红衣女子。

红衣女子傅芳嫣然一笑，说道："是我爷爷留下来的，我今天来其实就是为了碰碰运气！"

霍霍对专家们的讨论也非常兴奋，说道："那就请尹老师讲解一下这个瓷器。"

胖专家叫尹剑平，是大学考古系的正教授，也是著名的书法家，退休后一直兼职做古玩鉴定工作。

他戴上老花镜，一边抚摸一边感叹："从器型上讲这个应该叫八棱玉壶春瓶，是当今少有的元代的青花瓷无疑，上面绘的是猎人打猎的图，元青花真品本就少有，而人物绘图的更是少见。"

尹剑平还想说下去，可是突然停了下来，不再开口了。

胡玉言问旁边的林玲："那胖子为啥不说了？"

林玲笑道："那一定是执行导演给了他信号，因为这是录制节目，嘉宾的发言时间都是有严格限制的，中间要插播广告啥的，我想这个中间是要插播一个关于元青花瓷配乐的正统介绍，这是这个节目一贯的路子。"

胡玉言点了点头，但是他的脸上仍旧没有任何表情。

林玲转头对胡玉言笑道："你说要是我有这么个爷爷该多幸福啊！你说是不是？"

胡玉言一脸凝重，这时他已经不再注意左边的那些专家组在说什么干什么，而是把所有的目光都集中在了孤零零坐在右边的那个估价的老头。

这时，尹剑平拿出了一块金牌，说道："恭喜你，你的藏品入围本次鉴宝的候选藏品！"说着，胖老头把金牌塞给了傅芳。

可能前边的藏品太过于平庸，偶尔见到了真品的台下观众，对真品的出现报以潮水般的掌声。导演也向观众示意要再大声一点。

"等一等！我有话说！"

声若洪钟的嗓音，让掌声戛然而止。所有的观众，都把目光投向了舞台的右边。

霍霍知道，这句话并不在舞台的设计之内，但他也似乎没有预料到事件的严重性，还只是赔笑地说道："看来今天估价的王大山老师也坐不住了，看看王老师对这个藏品有什么高见！"

王大山脸上并无表情，刚要开口说话。

只听得观众席侧面的走廊上传出了一声疾呼："危险！"

但是这声呼唤并没有阻止悲剧的发生，只听得"哐啷"一声，舞台的右侧刚刚还坐着的王大山已经消失了，连同他坐着的红木椅子和眼前的红木桌子，都在一瞬间变为了一堆破烂。

傅芳爆出来了刺耳的尖叫声，随后，无数女子高声的尖叫在演播大厅内此起彼伏地回响起来。

第二章

~ 1 ~

"王勇！封锁所有的出口和入口，谁也不许进出会场，赶快！"

王勇听到手机听筒内胡玉言近乎咆哮般的嚎叫，立刻知道大厅内出事了，他马上召集手下，开始封锁出入口。

"老胡？出了什么事？"王勇很着急。

"封锁外围，然后把外围的指挥交给小邢，你赶快进来！"

胡玉言撂了王勇的电话，然后拨通了警队的电话："喂，小方吗？告诉队里没有任务的弟兄，全都到鉴宝会场来，别忘了带上法医。还有通知所有今天休息的弟兄，给我醒着，随时待命！"

还没等那边回答，胡玉言就挂了电话，然后从裤子口袋中掏出警官证，向周围的观众喊道："我是警察，大家都不要动！"

早已被变故吓傻了的林玲，这才回过神来，没有想到在这样紧张的时刻，胡玉言在一瞬间就已经布局完成。事故发生得十分突然，演播大厅舞台右侧的聚光灯突然掉落，不偏不倚地砸在王大山所坐的位置上。

胡玉言转头对林玲说："打120叫救护车，虽然估计已经没用了！"

林玲回过神来问道："为什么是我打？"但话已出口，才知道胡玉言已经在距离他10米以外的地方了，他此时正三步并作两步向舞台奔去。

胡玉言身手矫健，他没有走旁边的楼梯，而是一个跃身便跳上了一米多高的舞台。当胡玉言看到王大山的时候，他的心里已经证明了自己的判断，能够处理眼下一切的不是医生，而是法医了。

霍霍和傅芳就站在原地一动也不敢动，特别是霍霍，一贯主持带有一些娱乐色彩的节目，可瞬间熟悉的舞台却上演了一出不折不扣的悲剧，这似乎让他一时无法接受。此时，王勇也从安全入口闯了进来，胡玉言远远看见了他，并对他做了一个上台来的手势。

王勇是大兵退伍，比起胡玉言来显得更加身手敏捷，他跨步而上，停在了尸体的旁边。即便是面对过无数凶残匪徒的资深刑警，恐怕也无法真正面对倒在血泊之中的王大山的尸身。

胡玉言对王勇说道："保护现场，不许让人接近尸体！"然后自己一个飞身跳下了舞台，他开始观察着场内几个摄像机的位置。

林玲此时已经走到了胡玉言的身边，把一个数码相机拿到了他的面前。

"这个我不在行，如果你不害怕，就从不同的方位给尸体拍照！"胡玉言已经明白了林玲的意思，但他却把这个工作推给了不是警务人员的记者。

林玲是个天生胆大又爱冒险的女性，作为刑警队的老熟人，她也算是见惯了大场面，任何血腥和恐怖的场景，恐怕也难以阻挡这位记者的好奇心，再加上胡玉言给了她特别的授权，让她感到兴奋不已。

胡玉言没有停歇，一把把台下的执行导演拉了过来。

"你叫什么名字？"

头发前额略有点谢顶的导演战战兢兢地回答道："庄严，庄重的庄，严格的严！是这个节目的导演。"

"这个节目设置了多少台摄像机？"

庄严没有想到胡玉言上来就问了这么靠近自己专业的问题，紧张的心情稍微缓解了一些，说道："一共五台。高脚远景一台，对观众两台，对舞台的不同角度有两台游击的摄影机。"

"让他们不要停止拍摄，刚才你好像没有下停止拍摄的命令吧，这些摄影师都应该听你的指令对吧？"

"是是，您放心，我照办！"庄严说完，向五个摄影师打出了继续拍摄的手势。

这时，王勇的手机响了起来。

"王队，外面的群众开始骚动。我有点控制不了了！"手机听筒中传来了外边驻守的邢振玉的声音。

王勇不敢声张，跳下舞台，把外边的情况耳语给胡玉言。

胡玉言一把抢过王勇的手机，对邢振玉说道："外边的群众你不用管，你给我把几个门守好了，不许进来一个人，更不许出来一个人！明白吗？"

"明白！"得到了邢振玉肯定的回答，胡玉言的表情稍微松弛了一下。外边的人这么快知道里边发生的事，肯定是有观众跟外边的人有了联系，胡玉言一边思考着问题，一边盘算着对策。

在现代社会，手机的发达，想要封锁一个众目睽睽下的消息几乎是不可能的，胡玉言知道根本无法在短时间内就切断会场内部与外部的联系。

王勇凑到胡玉言旁边，说道："不会这么巧是意外吧！"

"天晓得！"胡玉言的回答带有他一向的办案风格。

∽ 2 ∽

"老胡，你还真是个灾星啊！听说你都说不去现场了，那个女记者一打电话来，你屁颠屁颠地就过去了，结果出了这么大的事儿！"

坐在一角的胡玉言一句话也不说，深吸了一口手中的骆驼牌香烟。

"我说刘胡子，你能不能嘴上留点德，我们今天是要讨论案情的，跟案情无关的事少提。"主持会议的T市市局局长张涛狠狠地批评了说风凉话的东郊派出所所长刘胜利。

"节目主办方已经和咱们市里进行了沟通，希望咱们的调查秘密进行，越保密越好。"市局党委书记黄汉文依照老传统，先把上级指示传达给了与会的各位。

"现在已经不可能了，在众目睽睽之下，发生这么大的事故，现在已经有三段视频被上传到了网上，想瞒都瞒不住！"刘胜利是个爱顶撞领导的炮筒子。

"恐怕没有这么简单吧！上边的意思恐怕是让我们尽快以意外事件了结此事！对吧？"胡玉言把烟屁股掐在了烟灰缸中，随后又从烟盒里掏出了新的香烟，点了起来。

"小胡，上边可什么都没说，你不要错领会了意思。"黄汉文拧着眉头，但又不好发脾气。

胡玉言没有理会黄汉文的话，而是把话头牵到了案件本身来。

"据现在掌握的证据来看，这起案件谋杀的可能性极大，而嫌疑人的范围也极其大，如果像政委所说的那样一切调查都要偷偷摸摸进行的话，恐怕难度挺大！"

黄汉文再也忍不住怒气，一拍桌子，急道："小胡，你说话怎么总是带着情绪，我只是在转达上面的意思而已，今天开会的目的就是为了确定调查的方针。"

胡玉言的脾气一点也不比黄汉文小，面对这个从警队行政口上来的党委书记，却总是要在刑侦案件上横插一杠子，他感觉非常不爽。但是官大一级压死人，面对这种情况他还是强压住了火气，没有反驳黄汉文。

张涛是胡玉言的老上级，知道他的脾气，赶快把话头牵了回来："小胡，对于破案的事，还是你全权负责，上面并没有干涉的意思，但是你也要充分考虑一些实际情况，因为《古董鉴赏》这个节目在社会影响极大，调查相关工作一定要注意影响。"

胡玉言突然站了起来，对张涛和黄汉文正色答道："刑事案件人命关天，我的第一宗旨就是破案，不过上级的考虑我会在办案中注意的。但是我丑话说在前边，我不会因为任何因素影响我对案件的调查，也不会因为某些不相关的事情干扰到我的判断。"

胡玉言说着提起了警帽，转头就要出会议室，刚走到门口，好像想起了什么，转过头来冲着刘胡子说道："我跟林记者，我中年丧妻，她也还没出嫁，我们俩发生什么事都是正常的，没什么不好意思的，这也不涉及什么生活作风问题。而且她在多起案件中都帮了警方的大忙，比起那些只会说些八卦新闻却连那些小偷小摸的案子都处理不了的警察来，她确实是我更重要的伙伴！"

胡玉言说完，拉开了办公室的大门，他本想重重砸上大门，但是理智还是再次占据了他的大脑。他冲着屋里说道："对不起，这起案件真的很棘手，工作会很多，我先告辞了！"说完就拉上了门。

面对胡玉言的发飙，黄汉文感到并不意外，因为在之前的几次较大的刑侦会议上，胡玉言就多次指出自己所提出的侦破方向错误。在他30多年的仕途生涯中，还从来没有人敢对他发出如此挑战。急于在 T 市领导班子里树立威信的黄汉文，却一次次被胡玉言打击。事实证明他提出的侦破方向几乎全部与真相背道而驰。而胡玉言都是最终的胜利者，案件正是按照他的思路才最终侦破的，这在局里几乎成为了一个笑柄，更是有刑警在私底下说黄汉文是外行领导内行的典型。

对此，黄汉文觉得很不爽，他和老刑侦张涛间的关系也越发微妙起来。因为警察无论你做到多大的官最后都是要以破案率说话的，胡玉言很讨厌，却不能把他踢远了，因为刑侦这块缺了他实在是不灵。

再加上张涛和他的交情不浅，黄汉文心知肚明，没等到矛盾就要爆发的时候，张涛总会站出来以"严厉批评"的形式来保护胡玉言。与其说这样是圆了黄汉文的面子，还不如是手上挽着个棉花套子给黄汉文来了个没声响的耳光。

此时，刘胜利也站了起来，对张涛和黄汉文笑道："二位领导，你看主角都走了，我还是回去挖我的八卦新闻吧！我也告辞了。"说着，刘胜利带上帽子也走出了办公室。

黄汉文对这些乱七八糟一点儿不入道的手下简直是抓狂了，要不是顾着身份，他差一点就把手中的茶杯摔在地上。

张涛此时站了起来，对黄汉文说："书记息怒，这些家伙在基层干惯了，自由散漫，基层的情况就这样，他们这狗嘴里还真吐不出什么象牙来。"

"还要吐出象牙来？这口虎牙就快把人咬死了！"黄汉文气得拿着警帽走出了会议室。

张涛见四个人的会议只剩下他一个人，干脆自己坐了下来，独自享受一下清净，屋子里只剩下胡玉言留下的那一阵阵烟雾还没有散去。

∽ 3 ∽

刘胜利表面上是块滚刀肉，他说别人嘴上不留情，别人说他两句他也从不太在乎。但实际上，他是一个心思极其细腻的人。

胡玉言在会上跟张涛和黄汉文说本次案件极有可能是谋杀，而这个结果恐怕张涛和黄汉文事先就已经知道了，如果是这样的话，这就已经属于刑侦大队的工作范畴之内了。

虽然案发现场属于刘胜利的辖区，可是很明显，刘胜利根本不用对这样的事件负上什么责任。而开会时，张涛却特意叫上了刘胜利一起参加，刘胜利暗中寻思恐怕这位干了几十年的老刑侦是另有含义。刘胜利猜想张涛一定想让自己也参与调查，但是很明显性格偏强的胡玉言是不可能透露给自己任何的有关案情的细节和线索的，他只能靠他的方式去调查这个案件。

还好，当时负责会展中心警戒的都是东郊派出所的民警，他第一时间就知道了消息。而他不久就已经知道了事件的严重性，足有 100 公斤的照明灯垂直砸向了被害人，造成其当场死亡。刘胜利没吃过猪肉，但也见过猪跑，他心中明白这极有可能是一起谋杀。哪有这么巧就在节目进行的时候，一个大吊灯就这么掉了下来，还就不偏不倚地落在了一个人的脑袋上，一切都太蹊跷了。可是无从得知其中的细节，就变得无从调查。

不过，既然张涛已经在有意无意地暗示自己，不管是自作聪明，还是上头真的有这个意思，在自己辖区内出的事，自己出面进行调查，是无可厚非的，刘胜利此时已经下定决心参与到这个案件的调查中去，查到哪算哪。要是自己真的查不下去了，就装糊涂当作没有明白张涛的会意。

从市局回来的路上，刘胜利没有任何的停歇，直接开车到了东郊××宾馆。

刘胜利知道胡玉言此时正处于物理鉴定阶段，也就是俗称的法医鉴定，对于人证的调查还未展开，所以他率先来到了《古董鉴赏》节目组入住的东郊 ×× 宾馆，企图在这里率先得到有价值的情报。

刘胜利在宾馆外盘算了半天，才走进宾馆，大堂经理一看是刘胜利，赶快笑脸相迎。

"刘所长大驾光临，是不是为了案子的事？"大堂经理唐俊东笑着说道。

刘胜利把食指放在嘴上，做了一个小声点的手势，然后把唐俊东拉到一边，问道："你大哥在不？我找他有事。"

唐俊东点点头，说道："他在总经理办公室呢，听我大哥说，昨天刑警队胡队长就给他打电话了，说这两天有事要请他协助调查。"

刘胜利心里一凛，果然胡玉言已经有了向东郊 ×× 宾馆总经理唐俊南询问的打算。

"我现在就要见你大哥，不管他方便不方便！"

"见您肯定什么时候都方便，这宾馆开到今天，您也算是我们兄弟的大恩人了，在外边充老大可以，可在您面前打死我们也不敢摆谱啊，我这就带您上去！"

刘胜利面对唐俊东的客套，一点也不客气，跟着他坐电梯到了宾馆的三层。和宾馆的其他楼层相比，这里显得异常昏暗，本就深长的走廊，却只开了几盏灯。

刘胜利走到了经理办公室的门前，开始敲门，"咚咚咚！"，没有人回应。

唐俊东在一旁吃吃地笑了，刘胜利一肚子气向他骂道："你不是说你哥在吗？"

突然，在总经理办公室旁边的一道墙突然打开了，唐俊南走了出来冲着刘胜利一阵嘲笑："这咋说的，俊东这个坏小子，看刘所来了还开这种玩笑！"

原来，唐俊南的办公室大门是个摆设的假门，而真的门是藏在墙里的，由于灯光昏暗很难看出门在哪里。

"你这个臭小子是不是欠了人家钱想要躲债啊？"

唐俊南呵呵一阵坏笑，把刘胜利请进了办公室："看您说的，这叫狡兔三窟，干我们这行的，总有些不想见到的人不是？"

刘胜利用手指点了点唐俊南："你小子还是有事，不过这账以后再算，今天找你来不是为这个。"

唐俊南和唐俊东兄弟都长得一米八几的大高个，他们到现在为止都算得上是很惹眼的帅哥，若不是岁月不饶人，在他们兄弟的额头上留下了点痕迹，恐怕去参选个快男是没什么问题的。不过，在瘦小枯干的刘胜利面前，他们兄弟却显得毕恭毕敬，这不仅仅是一种惧怕，他们更多的有着那种发自肺腑的对这位警官像长辈似的尊敬。

刘胜利一屁股坐在屋中的连体沙发上，看着站在一边的唐氏兄弟冷笑。

"您是为了那个摄制组的事来的吧？命案的事情闹得很大，昨天刑警队的胡队长还请我随时准备协助调查呢。"唐俊南说着给刘胜利递上了一支万宝路牌的香烟。

"怎么说呢？胡玉言来恐怕跟你没什么关系，我估计他的目标是《古董鉴赏》那个节目的工作人员，还有那几个鉴宝专家。我今天来是想找你了解一些旁支的事情。"刘胜利把香烟拿在手里在鼻子上闻了一闻，并没有点上。

唐俊南掏出打火机要给刘胜利点上，刘胜利把手一摆，示意现在先不抽。

唐俊南把打火机放在桌子上，自己坐回老板桌旁的转椅上："有什么话您尽管问，我知道的都告诉您！"

"那个被砸死的王大山在住宾馆期间都干了什么没有？"

唐氏兄弟互望了一眼，相视苦笑了一下，似乎早就预料到刘胜利会问这个问题。

"死了人真是晦气啊，好在这个老家伙不是被杀在宾馆里，要不我们这生意都没法做了。"唐俊东多少带了点沮丧的神情。

刘胜利瞪了唐俊东一眼，嫌他废话太多。

"我不可能去注意每一个客人的行踪吧，呵呵，打尖、住店、吃面，在我们这也就干这些事。"唐俊南笑道。

"少贫嘴！说有价值的。"

"这个王专家早在摄制组入住半个月之前就已经入住宾馆了。"唐俊东突然转过了话头。

"什么？这么早！"

"嗯！如果我没记错的话，他是在九月一日下午入住的。"

刘胜利觉得，唐俊东作为东郊××宾馆的大堂经理，他的话绝对可信，只要他不是故意要撒谎。

"他住进来后，有什么异常的举动吗？"

"客人很多，我没特意注意过，不过可以肯定的是几乎他每天都出去，而且出去时都要戴墨镜，还有他那顶很奇怪的鸭舌帽。"

"怎么能这么肯定？"

"因为我们宾馆外的出租车都是专门外包给出租车公司的，也就是说其他出租车是不可能进我们宾馆前来接客的。而在九月二日开始，上早班的出租车司机老王几乎每天都能拉到王大山这位客人。"

"老王在哪？"

"估计这会拉活去了，这家伙是个懒人，上了年纪，不喜欢像年轻的司机一样在城里到处跑接活，而是愿意等在宾馆门口接送这里的客人，既省油，还不少挣钱，是个好差事。"

"你和老王很熟吗？"

唐俊东耸了耸肩："我这个工作可是很无聊的，不像大哥这样，可以坐在办公室里想想酒店经营的事，我总是要笑脸相迎形形色色的客人，所以有时烦了就爱跟别人聊天，这里的清洁工、厨师，还有外边的出租车司机，我没事都跟他们聊聊，就这么的跟老王算是认识。"

"我也是后来才知道这个老家伙原来还是个老上电视的大人物的，小东后来跟我说他就是《古董鉴赏》上的那个老头，我还不信哩！"唐俊南看着弟弟说得眉飞色舞，也就上前插了一句话。

"你是什么时候知道他是大人物王大山的？"

"一开始时没注意，之后总有人到前台来询问说王大山老师在吗？我就渐渐注意了，开始觉得眼熟，后来才想起来他就是《古董鉴赏》上那个专家。"唐俊东搔了搔头。

"看来还真是名人啊，他们都见到王大山了吗？"

"有的上楼去了，有的被直接拒了！都有，您是不是想要这些人的名字呢？我这里倒是有记录。"

"不用麻烦了，我也是个懒人，这么琐碎的工作还是交给刑警队去调查吧，你有司机老王的电话吗？"

唐俊东点了点头，掏出手机，找了好一会，说道："就是这个，王林省。"

刘胜利没有掏出手机，而是找唐俊南要了张便笺，自己提出口袋中的钢笔，把名字和手机号码都记了下来。

"我今天来调查的事，不要告诉胡玉言，还有他问的问题你们实话实说，如果他没问的问题你们不用回答，明白吗？"刘胜利一脸严肃地说。

唐俊东一脸茫然的地点了点头。

第三章

~ 1 ~

"鉴定科已经把杀人手法还原了，凶手设置了一个行凶的小机关，说实话还真有点不可思议。"邢振玉刚拿到鉴定报告就冲进屋来。

王勇白了他一眼，十分不屑地说道："那个手法在没有鉴定前胡队就已经作出推测了，没有什么可大惊小怪的。"王勇总是当面或在林玲面前称呼胡玉言作"老胡"，可是在手下面前还是用"胡队"这种敬称。

胡玉言此时没有在他那个烟雾缭绕的办公室里抽烟，而是坐在王勇对面看着眼前已经被各种颜色笔迹画满了的白画板。

"小邢，你把法医那里的科学鉴定报告给大家念念吧！也许和我说的有出入。"

"不不不，胡队，跟你的推测丝毫不差，凶手是在固定吊灯的拉绳上动了手脚，经物理报告显示，拉绳的断口处有明显被刀子割裂的痕迹，而绳子的断口正好磕在了一个高效的照明灯的边缘上，凶手打开了照明灯，由于照明灯的温度过高，烤断了拉绳，从而使得吊灯滑落，正中被害人的头部。被害人头部遭到致命撞击，头骨破裂，当场死亡。"邢振玉说得很兴奋，大有在拍胡玉言马屁的嫌疑。

"小邢，你来说说，为什么你进来就说这个手法太不可思议了呢？"胡玉言的表情上有点郁闷。

"因为有点像小说里的情节，很难想象，在现实中会用这么复杂的手法去杀人。"

胡玉言的食指和大拇指一错，发出了一声清脆的"啪"的声音，说："孺子可教！小邢说的没错，在一个这么庞大的会场中设计要杀死一个人有很多的方式。而最后凶手采用了这么复杂且没有任何保证的方式行凶，凶手之所以要这么做肯定有他特殊的原因。"

"是啊，很难想象，这样大胆和奇特的杀人方式，凶手的目的何在？如果吊灯没有砸下来呢？如果王大山正好离开呢？"王勇接着邢振玉的话头接茬说了句没有什么用的废话，这是他后知后觉的一贯作风。

"其实，凶手这么做的目的是有的，我现在就想到了一个。"

所有人都把目光集中到了这位刑警队长的身上，胡玉言站了起来，走到王勇身边，用力弹了一下王勇的脑门："你这家伙别老接现成的，也思考一下。"

王勇捂着脑袋，做痛苦状，逗得全屋的刑警哄堂大笑。

"你下命令，我去抓人，这可是咱们有明确分工的，这问题你还是问小邢吧！这家伙脑子好使，适合你那种脑力劳动。"

胡玉言转头看看邢振玉，邢振玉摇了摇脑袋，道："这个问题超出了我大脑承受的范围。"

"这样的话，嫌疑人的范围一下子就扩大了。"胡玉言拍了拍邢振玉的肩膀算是鼓励了这个还不到 30 岁的青年刑警。

王勇搔了搔脑袋："一直在等鉴定结果，到现在还没有思考过这个问题呢，到底嫌疑人是谁呢？"

"如果单从作案的可能性来说，所有在会场内的人全部有可能犯案。"胡玉言做出了斩钉截铁的判断。

"为什么呢？"有四五个刑警发出了同样的质疑。

"因为那个烧断拉绳的照明灯开关在一个所有会场中的人都能去的地方，并且那个地方是一个死角，没有安装摄像头。"

"你已经都调查过了？"王勇依旧说着废话。

"在案发当日，我就已经做了调查，并且询问过了工作人员，那个肇事的照明灯的开关就在一层环绕走道的墙壁的电盒中，那个盒子中有密密麻麻60多个开关。就连一般的工作人员都不知道这些灯光的开关到底是哪个，后来我找到了管内的电工才最后确定。"

"这样的话，凶手的范围应该小了才对啊！"邢振玉脱口而出，对胡玉言的判断再次提出了质疑。

"哦，你是不是想说，一定是熟悉会场场景的工作人员或者是摄制组人员做的，这个范围已经缩小到最小范围了，对吧？"

邢振玉点了点头。

"可惜，这个判断被无情推翻了。"

"推翻了？"

"嗯，因为一个剧务的突然失踪。我当时就询问了负责这块照明的人是谁，他们给我的回答是一个临时招来的剧务。"

"这样的工作也有临时工吗？"

谈话好像变成了邢振玉和胡玉言的对口相声。

"实际上这种专业的工作确实不太可能是找临时工来做的，但是，主办方想要把会展中心的《古董鉴赏》活动搞得声势浩大，就委托会展中心的相关负责人找一些做技术方面工作的临时工，报酬很优厚，节目结束后付工资。"

"也就是说有人混入了剧务的工作中，早就策划好了要杀害王大山。"

"似乎不太可能，剧务是在节目录制前半个月才招来的，而那时，我想他确定要杀害王大山是有可能的，但是决定要以这种方式杀害王大山应该是这十几天才决定的事。"

"如果他只是确定了要杀害王大山，为什么要混入会展中心呢？难道他是先找到了会展中心的工作，才见到了和自己有仇恨的王大山，才想到要杀他吗？"

"小邢你的这个推理也有其可能性，但是我个人觉得可能性仍旧较低。因为如果是偶然碰到了仇人，而实施杀害的话，一般的情形是晚上约出来白刀子进去红刀子出来，很干脆，没必要弄得这么复杂。"

王勇终于还是掺和进了胡玉言和邢振玉两个人的讨论中来。

"也就是说凶手就是那个剧务，现在就对他实施抓捕，应该不是个难事。抓住了再问他为什么干这么复杂的事！"

"剧务是在会展中心节目开始前一天失踪的，而到了晚上的时候，灯是全灭的，而出入场的工作证，是在剧务失踪后才下发的，也就是说剧务不太可能混入会场来，而他也没有机会打开那盏照明灯。"

"难道没有可能是他混入了观众的队伍吗？买票自己入场，然后偷偷跑到一楼的环形走廊中打开了开关。"邢振玉提出了新的假设。

胡玉言对邢振玉提出的每个假设都充满了欣喜，因为那都是他曾经思考并否定了的想法。

"我一开始确实这么想过，所以才叫王勇快速封锁了现场，虽然那时候我还没有弄清楚这起案件到底是意外还是谋杀，但是很明显，如果是谋杀的话，凶手逃掉的可能性会降低。后来我问了导演庄严，观众的来源是什么，他给我的答案是没有一个人是自己买票来的，一部分是 T 市的社会名流，还有一些是已经入围的收藏者的家属，剩下的观众都是常常在电视台里给晚会鼓掌助威的群众演员。"

胡玉言说得有点累，这两天烟抽得太多，声音也显得有些沙哑，他大口地喝了一口水，扬起脖子，故意让喉咙多受到这点甘泉的浸润。

放下水杯胡玉言继续说道："其实，我也不排除有观众冒名顶替进场的可能性，好在那时我没有让摄影师停机，两个面对观众的摄影机把所有的观众全部拍摄下来了，有必要的话，我们必须要逐一核对观众的身份。"

王勇吐了吐舌头，他深知这个工作量的巨大，而胡玉言很有可能把这个工作交给自己去办。

邢振玉此时若有所悟，对满屋子的刑警喊道："我知道了，如果一切都按胡队所推测的那样的话，也就说现场打开开关的行凶者是那个剧务的共犯，那样的话确实是每个人都有可能是凶手。"

"是这样的，只有这么一种解释，那就是剧务只是帮凶，他割裂了绳子，把拉绳磕到照明灯上，他的工作就此完成，然后他把开关的位置告诉了凶手，凶手在节目录制当天实施了犯罪。"

"可是还有一些疑问。"邢振玉越说越有精神。

"你说的是王大山的位置，凶手之前是如何确定的对吧？"

邢振玉点了点头。

"那就把这个疑问交由你去解决，导演庄严和主持人都在东郊××宾馆，我昨天已经跟宾馆经理打过招呼了，说咱们会过去。"

邢振玉点点头："那我马上就过去。"

胡玉言没有再对邢振玉有别的交代，而是转过头告诉王勇："你不是想抓那个剧务吗，只知道他的姓名叫张大海，不过很可能是假名，抓人是你的特长，兄弟行动吧！"

王勇显得很得意，因为在他的心里一直以为胡玉言会把那个核对观众的任务交给自己呢。

～ 2 ～

"警官，我叫王林省，那个省字在我的名字里念'醒'，跟醒着的醒同音，省字在字典里是个多音字，你看过有个电视剧叫《十三省》吗，里边有耿三那个，他装成了土匪，去打日本鬼子，其实是个共产党，那里的省就是我这个字。"

刘胜利对出租车司机王林省的调查很不顺利，因为这是个不太会交流的人，平时他很少说话，遇到了无关紧要的问题却要较起真来没个完。

"好好好，老王同志，我只想问您一些问题，不想耽误时间。"

"警官，您是在耽误我的时间好不好？"

"好好好，是我耽误您的时间了，我只想问问前两天您是不是一直在拉一个戴鸭舌帽和墨镜的人？就是每天早上都要从东郊××宾馆坐您的车的那位先生，您还有印象吗？"

"当然记得，我又不是得了健忘症！那个老头很奇怪，我记得半个多月前吧，他第一次坐我的车，上车之后就说了目的地，我知道他是外地人，但是我可没有给他故意绕弯，开的路线是最近的道。"

刘胜利哭笑不得，差点又被王林省搞的跑了题。

"他为什么每天都坐你的车呢？"

"我也不知道，可能是第二天他又恰巧碰到我的缘故吧。"

"你们在车上都交谈过什么没有？"

"他第二次下车后就找我要了电话号码，说明天还想搭我的车。"

"你给他了？"

"是啊！有买卖不做，傻瓜才干呢。从第二天开始，他就天天坐我的车了。然后一连两个多星期，我天天都能接到他的电话，他让我准时在宾馆楼下等他，不要接别的客人。"

"你觉得他有什么不对劲的地方吗？"

"警官，他是不是罪犯啊？"

刘胜利心想看来王大山的身份并没有被王林省识破，而且王林省这种比较彪呼呼的性格恐怕唐俊东也不会告诉他王大山的真实身份，还有王大山被杀的事情可以肯定王林省也并不知情。

"不是，不是，你放心，只是例行调查而已。"刘胜利痛苦地安慰着王林省，希望能赶快结束对他的询问。

"那个老头从第三天开始，每天都带着不同的盒子坐到我的车里。"

"什么盒子？"

"很精致的盒子，每天的几乎都不一样，大大小小的，像是过年过节去送礼的那种，不过比那个还精致，都是有着各种花纹的。他每次都小心翼翼地抱着，从来都不放在车座上。"

"他每天让你拉他去哪？"

"四平路！"

"每天都是那个地方？"

"每天都是！"

"能不能带我去那看看？"

王林省显得有些犹豫。

"放心，你开车打表，我给你车钱！"

王林省一脸别扭地说道："我听人家说的，警察坐我们的车都是不给钱的！"

"你这都是听谁说的？"刘胜利没有办法，把一张百元的票子塞在了他的手里，"信了不？我们警察坐车也花钱。"

"这够您打个来回的了，不用这么多！"王林省真接过了刘胜利这张百元的人民币又不太敢往口袋里掖了。

"别废话，开车，我这不还跟你聊了这么半天了嘛，就当半路堵车了。"

从东郊到四平路是个不算太近的路程，往年T市的九月已经开始有些微凉的感觉了，可是今年似乎桑拿天气占领了中国太久，即便是已经入秋，热气也不愿过早退却。让人郁闷的是王林省这一路上也不开空调，任凭热气涌进车里，这可苦了坐惯了空调屋子的刘胜利，大把的汗水从他脸颊留下。不知道王林省根本不热，还是装着没看见，一路上他一句话也不跟刘胜利说。

四平路终于到了，刘胜利虽然是地地道道的T市人，但是却很少遛街，他去的地方几乎都是集中在东郊那一块，而四平路是一个市内的商业聚集区，很繁华，刘胜利对这里并不熟悉。

道路两边都是有着西洋建筑风格的商铺，装修时尚气派，一看就都是高消费的地方。这里林荫成片，比起东郊的绿化来不知道好了多少倍，看见绿色，即便天气再热也会感到几分凉意，刘胜利此时也觉得凉爽了很多。

刘胜利下了车，从车窗外追问王林省："就是这里吗？"

"对，每次他都要在这里下车，然后就让我回去了，不用等他。"

"连第一次都是这样吗？"

"是的，他第一次就说到四平路去，我就在这里给他停车了，他下车时什么话都没说，我认为他肯定去过他要去的地方，而且对地形很熟。"

"之后也是这样吗？"

"是的，我每次都停在这，他也没有说过什么，付完钱就走人。"

刘胜利本想调查结束后，坐着王林省的车回去，可看到这个家伙实在是抠门，回去时可能已经临近正午，恐怕热得会更受不了，所以干脆让他走了。

王林省也不道谢，把捷达车调头，直溜溜开走了。

四平路，既然王大山每天都要来这一趟，肯定是有什么重要的事情，而这四周没有居民区，都是商铺，不出意外的话，王大山应该是每天都要来这里的一家商铺。可是到底是哪一家，无从知晓。刘胜利只好一家一家地遛遛看。

刘胜利今天没有穿着警服出来，原因很简单，他的身板就挑不起来一身板立的警服，即便是最小号的，穿在他身上也总有种穿错了衣服的感觉，要多别扭有多别扭，所以刘胜利也时常在想是不是自己选错了职业。所以，他在不是非要穿警服的场合，一般只穿一身便装出来，而裤子口袋里装上警官证就是了。

四平路的两边多是些西餐店和时尚的饰品店，走在这里的人也多是些打扮新潮的年轻情侣，显然刘胜利在这里和这些青年形成了强烈的反差。正在刘胜利受到青年们质疑般的目光时，他突然意识到，如果是王大山从这里走过，是不是也非常惹眼呢？就像自己现在这样。也就是说，无论王大山走到哪里，都会被人注意，而且他先后在这里溜达了两个星期，应该会有人记住这个怪异的老头儿。

想到这，刘胜利抖擞了精神，准备一家一家去问问。不过，刘胜利很快又想起了一条线索，王林省说王大山是拿着一些大大小小的盒子来到四平路的，那些盒子里装的是什么？

王大山是古董鉴定专家，那么精美的盒子，里面很可能是些值钱的宝贝，如果真的是这样的话，那么恐怕他就不会漫无目的地瞎走，而是找和古董有关的地方。况且，王大山下车的地方每次都是固定的，如果假设他每次去的都是同一个地方的话，那么这个地方应该离这里不算太远才对，否则他拿着东西是很不方便的，刘胜利这样推测着。可这条街上哪里都不像是有经营字画、古玩生意的地方。刘胜利有心找个人来问问，可是看看身边那些染着黄毛的年轻男女们，恐怕他们是不会搭理自己这个怪异的老头子的。

没有办法，刘胜利只好硬着头皮继续往前走，当走过第一个街口的时候，他的眼前突然一亮。原来，这里有几家连锁的玉石经销店，虽然就经营项目而言，这和古玩有很大的差别，但比起前边那些店铺来，总算是沾点边。

刘胜利走到这家玉石店前，看店铺的顶子上挂着"兰之海玉石专卖店"的牌子，牌子的周围还被霓虹灯缠绕着。一般的珠宝店只要天一黑就打烊了，这是为了保证店里商品的安全性，可是很明显这家店在晚上还可以继续经营，实在是有点特别。

刘胜利推开店门，见店中没有经过特别的装修，而四周都被大大的玻璃柜子环绕着，玻璃柜中摆着琳琅满目的玉石，都是未经加工的石料。店中共有两个店员模样的人，一男一女，但是他们似乎根本没有看见有客人进来，而是都在干着自己的事。男的留着中分，脸上有几个难看的青春痘，他趴在柜台上眯着眼在玩PSP，女的长长的头发垂在面前，看不清脸，她专心地在摆弄手中的手机。有这样的店员，这家玉石店的冷清也是可想而知的。

刘胜利上前来先注视了一会玻璃柜子里的玉石，标价有高有低，不过最便宜的玉石原料也在千元上下。刘胜利心想真没想到这种东西会如此高价，但是自己对玉石一窍不通，擅自评价是会惹来麻烦的，所以必须要重新找个话题跟这两个店员攀谈才行。

"你们这生意可够冷清的。"刘胜利想要率先勾起两个店员的注意。

男店员瞄了刘胜利一眼，然后一边继续玩PSP，一边用浓厚的天津口音对他说道："我看您也不像是要买石头的。"

"不是本地人啊？"

"天津卫的，在贵宝地混口饭吃。"

刘胜利摆摆手，道："呵呵，欢迎欢迎，只要有能耐的人在哪都能混口饭吃。"

男店员一脸的不屑，放下手中的游戏机，瞅着刘胜利，然后说道："如果是来买料的尽管看，如果是来找茬的我们奉陪！"

"小伙子，这话从何说起？"

"看你这模样也不像是来挑事的，不过你也不像是懂这行的人。"

"你用这种态度对待客人，怕是一年这里也不会开张哦！"

"你懂什么，我们这里讲究三年不开张，开张吃三年。"

刘胜利一笑，从上衣口袋拿出一张照片，摆在了玻璃柜台上："我今天来是想问问你见没见过这个人？"

照片是昨天刘胜利才让人打印出来的，是在网上下载的王大山的照片。

男店员一见照片，表情发生了明显的变化，眼珠滴溜溜乱转，这个微小的细节让刘胜利感觉到自己恐怕是找对地方了。

"您是？"男店员的话柔和了下来。

刘胜利笑着从口袋里掏出了警官证，放到了男店员的面前。

男店员表情有点扭曲，不过很快就恢复了平静。

"到底见没见过啊？"

"既然您都找来了，我要说没见过，那不是给自己找麻烦吗？"

刘胜利笑道："真是聪明人。"他表面很平静心中却欢喜得不得了，没想到调查会如此顺利。

"他来这干什么？"

"他拿来几件东西，问我大哥要不要？"

"东西呢？你们收了？"

"不知道，都是我大哥接待的他。"

"你大哥呢？"

男店员满脸狐疑，看着刘胜利有点心虚地说道："在你们那啊，前天带着几个兄弟跟你们本地人打架被拘留了！"

~ 3 ~

"赶快把这篇报道从头版上撤下来！"

林玲面对主编朱清齐的命令，脸上充满了诧异。

似乎朱清齐也知道性格倔强的林玲势必要反击，所以他再次大声命令："你没听见吗？把这个从头版上撤掉！"

朱清齐愤怒的声音让整个忙碌嘈杂的报社办公室里顿时鸦雀无声，大家的目光都霎时间开始聚焦到了两人的身上。

"为什么？难道有什么问题吗？"

面对朱清齐的吼叫，林玲片刻后就恢复了过来，并且如朱清齐所愿发起了反击。

"公安局现在都没有正式公布《古董鉴赏》事故的鉴定结果，你凭什么写那个鉴宝专家是被害身亡的？"

"王大山不是事故致死的，而是谋杀，我有内部消息！"

只听"啪"的一声，朱清齐狠狠地拍了一下林玲眼前的桌子，吓得桌子边上的女编辑差点没有跳起来，随后就听到朱清齐失态的骂声："还真在老子面前摆谱了，难道他娘的就凭你和刑警队的队长关系密切，就可以发布不负责任的报道吗？"

林玲丝毫不肯示弱，回应道："朱清齐，你把嘴巴放干净点，谁和刑警队长关系密切了？请您把话说清楚，谁做不负责任的报道了？"

"说别人对得起你吗？平常那些普通的杀人案，你可以报道无所谓！但是这个《古董鉴赏》节目在全国范围内都有影响，你这样没有经过官方证实就擅自报道，就是不负责任，如果引起了不良的后果，给报社造成了损失，你担待得起吗？"朱清齐说得青筋直跳。

林玲在报社虽然只是个普通记者，但是其文章一向以犀利见称，从和胡玉言一起破获了当年轰动全省的 T 市理工大学女大学生连续自杀事件后，她以一篇《大学的花朵已经凋谢》获得了全国优秀报道奖。可以说，正是罪案成就了林玲今天的成绩，也正是他在罪案方面那种记者的优秀嗅觉，又先后帮助了胡玉言破获了好几起大案，当然作为酬谢，第一手的罪案报道资料也就顺理成章变成了《T 市晚报》最有影响力的报道。《T 市晚报》可以在 T 市的范围内，甚至在省里都有一定影响力，与林玲及时且准确的报道绝对是分不开的。

在传媒业竞争激烈的当下，再加上国家要求出版社和报社公司化改制的大背景下，除了少数的党政机关报刊外，其他的报纸全部被商业化，能赚钱才是第一位的，朱清齐作为报社的直接负责人，他深知这一点。向来信奉利益至上这个真理的他，几乎不过问林玲负责的版面的相关内容，因为他知道林玲是这份晚报的半个支柱。

朱清齐一向对这个属下是一百个放心，放心到都有点骄纵的地步了。骄纵惯了的林玲在报社中，也养成了坏毛病，那就是她从来就听不进去别人的意见，常常是她写的稿子别人改不得，别人写的稿子她一定按照自己的思路去删改，这就造成了报社内部的人员与林玲的关系极为紧张。不过，谁都知道报社离开了林玲是玩不转的，所以所有人都对她有着几近极限的克制和忍让。

所有人没有想到的是这一次朱清齐竟然对这个"宝贝疙瘩"大发雷霆，可见事件的严重性。所有人都在猜测主编对林玲发脾气的原因，更有人在一旁幸灾乐祸，准备看热闹。

林玲娇小姐脾气惯了，一提采访包，干脆把工作甩下，怒冲冲地甩开大门就出去了。

朱清齐看到林玲不再管稿子的事，松了一口气，但嘴里还故意不肯罢休："这算什么？撂挑子？爱去哪去哪，最好不要回来！"说完他走回了办公室，重重关上了门。

在这么多人面前被主编痛骂，林玲差点就当众哭了鼻子，但是想起自己也是个快 30 岁的女人了，如果在众人面前哭起来，实在是个比较难为情的事，所以她干脆拎包离开了办公室，以免在众人面前出丑。不过刚到大街上，林玲的泪水就像是淘气的小兔子，夺眶而出。她抽出自己的手，一边哭着一边抹着眼泪。可是她好像根本控制不了自己的感情，委屈的眼泪还是顺着手边越流越多。而这时，林玲的手机突然响了起来，那个俏皮的《水果篮子》的铃音，好像和这会儿的糟糕情景并不相符，生活就是这样，快乐的歌总是难以掩盖郁闷的心情。林玲尽量抹抹眼泪，看了一眼手机的来电显示，是王勇打来的！

这个讨厌的家伙，干吗要在这么尴尬的时刻给自己打电话，不过想起每次都是王勇把案件的细节透露给自己，林玲还是接了电话。接之前，她故意多抽噎了两声，还用鼻子深吸了两口气。

"林记者，快到四号高速公路的入口来。"

"去那干什么？我忙着呢！"

手机听筒里的声音停顿了一下，显然王勇感到有些意外，他没有意识到林玲这里的变化。

"晕菜，可是你一再叮嘱我有罪案就通知你的，叫你来当然是有重要的案子了。"

林玲本来想说自己现在没心情去管什么案子了，但是很快她就冷静了下来，工作不可能丢下，即便主编对自己发脾气，但工作肯定是一样都不少的，都还要去做的。到这时，林玲这才意识到，无论自己再怎么努力，其实还是一个无助的打工仔，一个小编辑而已。让她辞去工作再去重新开始新的尝试，林玲此时还真的没有那份勇气。

所以，她强忍着怒气，对王勇说道："你等着我，我马上就到。"

说完，林玲就走到路边，拦了一辆的士，然后坐在了的士的后排。还好刚才她出来时就一把拎起了采访包，所有采访用具都在这个包包里，林玲心想幸好自己做了这个下意识的动作，否则自己现在再回办公室里拿采访包，那就糗大了。

"四号高速公路入口！"

司机答应一声，开动了车子。

林玲有驾照，也想过买车，因为采访用的私家车都是给报销油费的，即便你没有私家车，报社也有专用的采访车可以开，只不过没有配置司机。但是由于林玲的驾驶技术实在是糟糕，大家都曾经取笑她，想要林玲开的车停下来，只能找一个固体去撞才行。越着急就越开不好，所以后来林玲也就放弃了，原来会开车的助手小黄，嫁了大款，不久前辞职了，林玲不仅失去了最得力的助手，还失去了一个好司机。现在，林玲去哪里都要自己打车去了，不过还好，报社对林玲的打车费用实报实销。

林玲坐在出租车上开始冷静思考为什么朱清齐要对自己大发脾气，要说是别的事情还有情可原，但是这份关于王大山死亡确系谋杀的报道绝对是国内第一家报道，这种爆炸性新闻，朱清齐却不让登出来，还竟然爆粗口骂自己，林玲怎么想都难以理解，这到底是为什么？

突然，林玲想到这会不会不是朱清齐的意思，而是有人不让他刊登这则新闻呢？林玲越想越觉得有这种可能性，因为虽然《T市晚报》已经改制为企业化自负盈亏的模式中，但是中国的传媒还是受到了诸多因素的影响。而这起谋杀案是在国内知名的品牌节目《古董鉴赏》的录制过程中发生的，如果谋杀的事情被公布，就很有可能影响到这个节目的收视率。但是，林玲又觉得不对，因为现在中国，无论是娱乐业、传媒业，还是影视业都很怪异，不怕出大事，就怕没有事，很多人挖空了心思搞出一些绯闻、爆料来吸引观众的眼球。

《古董鉴赏》节目虽然属于那种正统的节目配置，但是它多少也加入了很多娱乐的因素，也就是说一个专家的横死，很有可能更加吸引观众的视线也说不定，根本没有必要这么大惊小怪，如临大敌一样的防备。

那是基于什么理由呢？林玲还在想着这个问题。难道《古董鉴赏》节目内部有什么不可告人的秘密，而王大山的死很可能会暴露这些秘密？林玲的脑子里这个比较怪的想法，却瞬间改变了她对这个案件的想法，如果真的是这样的话，那么王大山的死就绝不仅仅是一场谋杀案，这后边很可能还隐藏着巨大的隐情。难道真的是这样吗？林玲想到这里，赶紧掏出了手机，找出了胡玉言的电话，但是响了半天，胡玉言却没有接听。

林玲暗骂胡玉言，这个家伙总是在关键时候找不到他。林玲于是又给胡玉言发了个短信，上面写道：

"我觉得鉴宝节目内部有问题！"

林玲又想了想，一向严谨的她把"鉴宝"两个字两边又加上了书名号，这才发送过去，手机显示已发送之后，林玲才闭合了手机，然后开始等着胡玉言的回复。

去四号高速公路的路很顺，双向八车道对于并不大的 T 市来说是个"奢侈品"，而出租车就在这样的高速通道下直达到了高速公路的入口处。林玲付了钱，找司机要来了票据，便下车四处张望，寻找王勇。还好，王勇此时正用他那双大手在道路边挥舞着。

"真够傻的！"林玲走到王勇的身边，开始调侃。

"咦？美女，你的眼睛怎么红了？"

"昨天没睡好，别废话，快说啥事情？"

"不像哦，像是刚哭过呢，你看你的妆上还有泪痕呢。"

林玲这才意识到自己好像出了丑，虽然自己每天出来涂的粉底并不算浓，但是如果遭到了眼泪的侵蚀，再加上刚才自己一顿胡乱涂抹，恐怕自己脸上现在已经变成了一只大花猫了。

她赶紧掏出化妆盒，把脸背对王勇开始补妆，不过还好，没有想象中的那么严重，不一会，林玲就把妆补好，然后回头对王勇说："快说什么案子吧。"

王勇虽然并不善于思考，但是也知道女人的隐私是不容许男人去触碰这个真理，所以也不好再问，只好把话题引入了正题。

"我们在高速公路入口截获了一批文物。"

"文物？"

"嗯，虽然不太懂，但一看一些瓶瓶罐罐的东西，怕不会是只用来插花的花瓶。"

"怎么发现的？据我所知，好像高速公路并没有例行的检查。"

"嗯，是的，其实这是高速公路收费站一直在盯着的一辆车。"

"什么意思？"

"有一些车辆通过高速公路时，是不需要交费的，比如军车，而一些司机为了节省这笔高速公路费就动起了套用军车牌照的脑筋。"

"这还不是因为国家的高速公路收费太贵，逼得百姓没有办法！搞运输的也不是没有老婆孩子，都要挣钱吃饭嘛。"

"哎呀呀，少说这种话了，入正题吧，公路收费处一个月前就报警了，而我们也派专人在这里盯守，终于确定了这辆套牌车。"

"今天拦下来了？"

"嗯，而且有意外收获！本以为这车上拉的是一些很重的东西，没想到打开一看，都是些这种玩意！"

"司机呢？"

"已经带回局里了，准备进行突审。"

"嗯，带我去看看文物，我拍两张照片！"

"带你去看可以，但是只需看不许拍，你看博物馆里的文物都是写着禁止拍照的。"

林玲心说王勇还真是粗中有细，自己刚才都没有想到这个问题。

"好，好，不拍就是了！"

"那跟我来吧！"

在高速公路收费站旁，有一个加油站，旁边是一块开阔地，此时公安已经用警封把这个区域划定为了禁区，被发现的文物整整摆了一地。

"你们怎么敢擅自动这些文物呢？"

"谁说我们擅自动了，我们第一时间就请来了市博物馆的两位专家。"

"在他们的指导下才开始清点文物数量的，由于怕拉回警局去路上有不必要的损伤，所以干脆就在这片清净的地方开始了。"

"专家呢？"

"文物造册后，已经回去了，剩下的事都是这些博物馆的工作人员处理。"王勇一指在一旁酷似大学生模样的青年，他在小心翼翼地把这些瓶瓶罐罐的东西重新包装起来。

"这下你们又立大功了！"

"歪打正着而已，现在眼下最重要的还是《古董鉴赏》案，这个只不过是搂草打兔子！"

林玲一边走一边看着王勇的便宜卖乖的样子就想笑。

"哎？"林玲突然停在了一个文物的前边。

"怎么了？"

"这个东西我好像在哪见过。"林玲的眼前是一个锥形的瓶子。

"在哪见过？"

"你刚才说什么，《古董鉴赏》案？"

"是啊！我说《古董鉴赏》案才是这期间的重点！"

"我想起来了，这个瓶子就上过《古董鉴赏》节目，不会错，而且还是一个得到了金牌的宝贝，我还记得名字好像是叫鸡油黄锥把瓶，是清雍正年间官窑的好东西呢。"

第四章

∽ 1 ∾

人的命运似乎总有着很多的支点，而许多人就站在这个支点的两边。有支点的地方往往是不会平衡的，支点上面的木板肯定会倒向其中的一边，而这种倒向常常让一边的人穷困潦倒，而又常常让另一边人陡然而富。不是因为人的才能高低，也不是因为他们所遇到的机遇不同，只是因为有这个支点存在。

同住在 T 市东郊的两户人家，刑振玉住在城里算是城镇户口，而就在隔着一条马路的地方住着两个兄弟，哥哥叫唐俊南，弟弟叫唐俊东，兄弟俩却都是农村户口。

唐氏兄弟年长几岁，他们小时候常常和就住在另一条街边的邢振玉玩耍，跳绳、沙袋、逮人，这些孩子们间司空见惯的游戏都在他们中间快乐地进行着。可谁会知道同是在一起玩耍的孩子，就因为有着这样的支点存在，会造成未来巨大的差异。到了上学的年龄，邢振玉可以上东郊最好的小学，而唐氏兄弟却只能在乡办的学校里读书。

教育的差异，改变了很多人的命运，邢振玉顺理成章地升入了市里的名牌高中，而唐氏兄弟却早早地初中毕业，没有机会再接受教育。邢振玉大学毕业后，一直在感谢父母当时把自己生在了城里，因为自己在这里获得了最好的教育，而能够顺利成为一名警察，也是因为邢振玉的父亲就是东郊派出所的一名民警，而且跟刘胜利关系很好。警务人员的孩子考取公务员从警是优先录取的，这已经是中国一个不成文的规定。

而唐氏兄弟此时，却还在社会上飘着，没有什么正经工作可以做，家中分的几亩地，却也因为他们的父母年纪大了，他们兄弟也懒得去管理而荒废着，上面的草比人还高。

这些都是支点的作用，恐怕并非人力所为。但是，谁也不会想到支点有时也会起到反作用，就像跷跷板一样，总是会一边翘上来，一边沉下去，而这种起伏也不用有任何的外力作用。

没想到唐家的那几亩地却被政府征用了，要进行东郊地区的商品房规划建设。生产大队从征地的那一刻起就开始统计人数，无论男女老少，都要登记造册，有一个算一个，能喘气的就算。后边的事，简直让东郊的农户们觉得自己是在做梦。原来刚刚还为征走了土地不知道如何继续生活的农民们，却被一个天上掉下来的大馅饼砸得眩晕。大队书记宣布只要在十八岁以上的成年人，每人都有50万元的补偿，他们的小孩无论多大也要补偿20万元，娘胎里的都算！商品房建好后，另外每人给两套200多平方米的房子做补偿，无论成人还是孩子。

一下子，一个收入平平的村落，却变成了家家都是百万元户的巨富聚集地。更令人不可思议的是被征用土地的农民们，他们的农村户口，一律改为城镇户口。久久都抬不起头来的城外人，这次可让城里人大大羡慕了一把。因为仅仅隔了一条街的城里，拆迁改造的补偿款不过几万元而已。

唐氏兄弟家中四口，老爹、老娘，再加上兄弟两人，竟然拿到了两百万的补偿金，和800平方米的商品房。不幸的是唐老爹和唐老妈都无福消受，分到了这笔巨大的财产后不久，便去世了。而本来连个工作都没有，又不想种地的唐氏兄弟，却毫不费力继承了父母的百万家产，摇身一变成了腰缠万贯的大富翁。不过，后来人们渐渐发现有了钱的唐氏兄弟，却超出他们所想的固定模式，当大家都以为他们兄弟还会无所事事，花天酒地花光父母留下的老本的时候，他们却突然开始了他们神奇的创业。

人生的第一桶金看来真的能给很多有志向的人带来潜在的动力，唐氏兄弟就像是被埋没在沙子里许久的金子，开始在阳光下闪光。他们先是在东郊盘下了一家饭店，兄弟两人经营着这家不大不小的饭店，生意却异常红火，利润也相当可观。而兄弟俩的好运并没有这样结束，似乎小富即安并不适合这对兄弟，机遇也一个接着一个朝着他们来了。饭店经营了两年后，当时的东郊招待所开始重新修建，装修，也就变成了今天的东郊××宾馆。但是由于规划的失误，本来是地方政府巨资投建的项目，可是却怎么经营也赚不上钱来，于是当地政府动了外包东郊××宾馆的念头。当时东郊并不发达，离市区也远，几乎没有什么人到这里来住宾馆。

可是唐氏兄弟，不知道是真的预料到了这里的商机，还是愣头青一样的一头闯了下来，他们竟然耗尽了满可以让自己逍遥过上一辈子的家产，将东郊××宾馆承包了下来。其实，真的是一个幸运连着一个幸运，区区200万的存款是根本不够承包东郊××宾馆的，而房地产业的高速发展，使得这对兄弟名下的资产暴增，这也就给了他们这个机会。他们利用名下房产作为抵押进行了高额的贷款，从而顺利承包下了东郊××宾馆。

没有想到，宾馆刚承包下来不久，T市的国际会展中心就在东郊修建，地点离东郊××宾馆很近。国际会展中心几乎每个月都要举办省里，甚至是全国的重要活动。来到这里的各地客商、游客源源不断，而他们住宿的首选就是离会展中心最近且高档的东郊××宾馆。

就是这样的支点，让幸运彻底倒向了唐氏兄弟，让这对曾经游手好闲、无所事事的兄弟变成了东郊，乃至整个T市都可以提得出来的商业巨子。而在支点两端不停起起伏伏的邢振玉和唐氏兄弟，却在这起《古董鉴赏》大案的驱使下又见面了。

"邢振玉！你小子这么多年了，都不说来看看一块长大的发小！"唐俊东拍着邢振玉的肩膀说道。

"两位哥哥，现在是大富大贵，兄弟可是无事不敢登你们这三宝殿！"

"你这是骂我们兄弟呢，没想到当初一起光屁股长大的小弟弟，现在是警官了，以后可要照顾你两位哥哥啊！"

邢振玉对小时候的玩伴仍旧抱有着不错的回忆，但是此时唐俊东充满了世俗和灰色意味的话，却让邢振玉觉得好像大家已经生活在两个世界了，弄得他多少有点反感，不过邢振玉还是换上了一张笑脸，笑而不答。

唐俊南见邢振玉的态度并不十分热情，也知道大家彼此之间早就有了很多的屏障，所以用脚轻轻地碰了弟弟一下。唐俊东脸上没有表情，但他已经明白了大哥的意思，所以也不再说这种带有着明显不良倾向的话。

"你是来查住在这里的那个王大山的吧？"

"大唐哥，小弟就是为了这个才来的你这块宝地。"

"有什么能帮忙的尽管说。"唐俊南显得很轻松的模样。

"我想先去看看王大山的房间。"

"没问题，这个让你唐二哥带你去！还有什么要问的你都问他，所有的住客的情况都归他管，这个他比我清楚。"

"那就麻烦大唐哥了！我这就跟唐二哥去看看。"

唐俊南冲弟弟点了点头，唐俊南会意，说道："振玉，跟我来吧，案子发生后我就吩咐下去了，房间里边一切都不许动，就是在等着你们来呢。"

两人离开了一楼的会客区，唐俊南掐掉了万宝路香烟，等看着两人上了电梯，才离开沙发，走到电梯前，按下了电梯旁箭头向上的按键。

"振玉，你父母都还好吧？"

"老爹去年退休了，老两口身子骨还算硬朗。"

"哎，你真是好命，还有父母能够孝敬。我们兄弟不发达那会儿吧，也没什么可以孝敬两位老人的，等到有钱了，老爹老娘却没福分花上我们的钱了。"

"伯父伯母的事我听说了，你们节哀，父母看到儿女能够过上好日子，他们即便在那边也会为你们高兴的。"

"呵呵，有学问的人说话，就是不一样，我听了这话心里还挺敞亮的，对了，振玉，你结婚没有？"

"嗯，去年刚结的，也是个警察。"

"呵呵，是吗？那真……不错！"唐俊东本想说怎么不通知我们兄弟之类的话，不过刚才大哥已经暗示过自己，没必要说些自讨没趣的话，所以他还是转了话头。

"你们呢？"

"大哥还没有结婚，我儿子都三岁了，哈哈！"

唐俊东的老婆是东郊远近闻名的美女，所以每当有人提到他的婚姻，他都会笑得合不拢嘴。

"哦？大唐哥这么帅，又有钱，找个漂亮嫂子应该不是问题吧？"

"他？不知道他怎么想的，总是觉得他对这件事吊儿郎当的。要说吧，他才是长子，传宗接代的事应该他来才合适。"唐俊东说完这句话之后，又在琢磨是不是自己的话多了。

不过，好像邢振玉对这个问题并不是十分关心，唐俊东也就没有把这个话题继续下去。

电梯在七楼停了下来，两人顺着走廊来到了 7103 的房间前。

"就是这里了！我把门给你打开。"

"稍等一下，唐二哥！"

"嗯？"

"那头的摄像头是好的吗？"

"当然，我们这怎么说也是四星级宾馆，客人的安全我们是很重视的，每层的楼梯口和走廊中都安装了摄像头。"

"录像能保存多长时间？"

"一个月！"

"嗯，好！我一会可能要借用一下录像带。"

"没问题，现在可以打开门了吗？"

邢振玉点了点头。

唐俊东把一个磁卡插进了门上的磁卡槽中，然后一拧门把手，门开了。

"是不是有点暗，要不要我把灯给你打开？"说着唐俊东就要把手伸向墙上的开关。

"等一等！"刑振玉立即阻止了唐俊东，"这样有可能会破坏现场，唐二哥你最好就站在门口先别动。"

唐俊东乖乖点了点头，像是门前布满了地雷，一步也不靠前。邢振玉带上了白手套，亲自按下了开关。本来是白天，但是由于 7103 房间处在阴面，还是显得非常灰暗，顶灯打开后，邢振玉有一种重见光明的感觉。

这是个并不大的普通公寓型套间，并不像邢振玉想像的那样，装修得金碧辉煌，这样的房间应该并不算贵。邢振玉想这么有钱的摄制组却只定制这种规格的房间，实在是有点寒酸。

"说一句不该说的。"唐俊东突然向邢振玉说道。

"你是不是想问我，为什么一个人来？而且我也没带搜查令。"邢振玉一边仔细看着房间里的一切，一边回答着唐俊东的问题。

"你小子的脑子果然灵光，知道我要问什么，我是看电视剧里的情节啊，那种刑侦题材的电视剧，一说要搜查总是呼啦呼啦来一大帮子警察，又照相，又翻东西的，今天就你一个人来，真的很怪。"

"那一般是凶案现场，这里不是！"

"还好这里不是，要不我们的生意就没法做了。"

"既然你问到了，我也不免向你说一句，虽然我也不知道这话应不应该告诉你。这次案件，好像上头给刑警队下了个要求，要低调。"

"低调？"

"就连胡队长的压力都很大，虽然他并不怕压力。但是我看得出来，这起案件好像并不想让我们刑警队把事情扩大化。但是案子不能不查，所以我只能一个人来搜查。"

"怪不得呢，你要穿便衣来！你一个人没问题吧？"

邢振玉笑了笑："放心吧！我也是老刑警了！"邢振玉虽然在胡玉言面前还是个毛头小子，但是无疑他的能力已经可以在刑警队中独当一面了，所以胡玉言才敢把这里的搜查任务交给他。

邢振玉先是拉开卫生间的门，里面整整齐齐，牙刷、牙膏、毛巾的摆放都很整齐。

"这里每天都会打扫吗？"

"根据客人的要求吧，不过我们每天都会问一句的，如果客人不希望服务员打扰，我们自然不会来添乱。"

"很人性化啊！"

"服务行业是顾客至上，这是不争的事实。"

"王大山入住后，从来没有服务生来做过卫生吗？"

"是的，这是他入住前就特意嘱咐的，不要进他的房间打扫，牙膏和毛巾都是我们之前摆放在那的，看样子他从来没有动过。"唐俊东一边说着一边看着离门口不远的卫生间里的陈设，"从九月一日开始入住到今天，这个房间几乎没有灰尘，看来这个王大山很爱干净啊，每天都是自己打扫吧。"

邢振玉听到这个时间，并没有什么特别的反应，并不是他没有注意到王大山提前入住的事情，而是胡玉言在一开始跟东郊××宾馆联系时，就率先确认过了王大山入住的时间，当时邢振玉就在旁边，他很清楚这个细节。

"我看是的，这个房间好像比你们服务员整理的还要整齐呢。"

"可惜这个老家伙不在了，要是还活着的话，我一定让服务员们向他取取经。"

邢振玉对于唐振东这种近乎残忍的笑话并不想笑，他把全部目光都集中在了一个大的旅行箱上，这是一个并不大的普通行李箱，并没有密码锁之类的烦琐器件。邢振玉犹豫了一下，因为胡玉言给他的任务是非常含糊的，让他去调查王大山，却没有给他搜查令，而这时打开王大山的箱子，却没有其他刑警在场，这很明显是不合规矩的，但对案件的好奇心还是驱使邢振玉把手放在了箱子的拉锁上。

"刺啦！"箱子被打开了，里边的东西摆放得依旧整齐。两件薄薄的短袖衬衫和一条西裤叠得整整齐齐放在箱子的一角，几条内裤叠了四折放在另一个角上，高露洁牙膏和一柄折叠牙刷放在一个杯子里，毛巾和香皂盒在杯子的右侧，里边还有一只墨镜和一顶鸭舌帽。剩下的都是书籍，无不是近些年来关于古玩鉴定之类的书籍，这些东西才是箱子里的"主力"，邢振玉想王大山提着这些东西到处跑来跑去也够累的。邢振玉把这些摆放整齐的书整摞地拿了出来，然后放在了屋中的地板上，然后开始从上到下一本一本地翻动着这些书籍，这摞书的最底层，是一本相册、一个黑色的软皮笔记本和一打皱巴巴的纸张，像是一堆单据。

邢振玉坐在床角边，翻开了笔记本，一篇一篇看了起来，一句话也不说。站在一旁的唐俊东也不敢出声，只是等着邢振玉下一步的指示。大约看了三分钟左右，邢振玉合上笔记本，又拿起了那本相册，这次他翻得比较快，几乎只用了不到一分钟的时间，然后他又把那些单据从头到尾翻阅了一遍。

"是不是有很多人来找过王大山？"邢振玉突然开始发问。

这个问题唐俊东一直保持着缄默，因为刘胜利曾经告诉过他和大哥，只回答刑警们提问的问题。

"嗯，是的，有很多人来见这个老家伙，上楼来见的，我们这里都有记录的，我一会儿给你拿过来。"

"嗯，麻烦了，他不是每个人都见吗？"

"好像是，有几个很固执的人非要留下联系方式给这个老头，我都让服务员把联系方式递给他了，但是那个有没有记录就不好说了，他们到底见没见过面，也不得而知。"

"原来是这样。"

"王大山见了很多人你是怎么知道的？"

邢振玉把笔记本摊开让唐俊东看清楚。

"这里边记载的一清二楚呢。"

这不是邢振玉要向唐俊东泄露什么，而是自己的调查实在是违背规矩，如果再装的深沉，什么也不告诉人家，实在是有点说不过去。

"对了，我想把这三件东西都借走！"

唐俊东搔了搔脑袋："你借我的东西没问题，但是这些你是不是要给我个字据啥的，咋说你也是没有搜查令的，随便拿走客人的东西，我可是有点为难。"

"你跟我来！"说着邢振玉就带着这三件东西走出了房间，唐俊东一脸疑惑地跟着他走出了屋子。

邢振玉拿着三件东西，先后冲着摄像头摆着 pose，故意让摄像头照下他拿着这三件东西的影像来。

完成后，邢振玉对唐俊东说："你保留这三段影像就是了。"

∽ 2 ∽

胡玉言跷着二郎腿，托着腮帮看着外滩咖啡店的菜单，服务生慢条斯理地给他端来一杯泡着柠檬的水。他道了声谢，拿起杯子，喝了一口，又在嘴里回味了一下，感觉到了一种说不出来的别扭。

"都喝不出来个滋味，不明白为什么一个堂堂的考古专家会选这样的洋地方来见面。"胡玉言一边抱怨着，一边放下杯子，继续托腮看着那份菜单。

"是胡警官吧？"

胡玉言突然抬起了头，看见一个肥硕的身躯站在了自己的面前，弄得他竟然一时有些紧张。

"您好，尹教授。"胡玉言主动伸出了右手，摆出了少有的谦虚姿态。

"你好，看来是我来晚了，实在抱歉。"胖教授尹剑平也把自己的手伸了出来。

两个人的手握在一起，胡玉言感到尹剑平的手可没有他身上的那些肥肉柔软，可能是常年在野外进行考古工作的原因，这只手充满了沧桑且极为有力。

"美国有个作家叫海伦·凯勒，听说过吗？"尹剑平握住胡玉言的手突然问道。

"嗯，是那个又聋又哑却意志坚强的女作家吧？"胡玉言也跟着秀了一把自己的学问。

"嗯，她曾经说过手能拒人千里之外，也可充满阳光，让你感到很温暖。"

"那您从我的手上能感到什么？"

"一种可以信赖的感觉。"

两人相视，都是一笑，各自坐在了桌台的两侧。服务生很及时地又给尹剑平上了一杯柠檬水，尹剑平喝了一口，胡玉言丝毫没觉得他有任何反感。

"您要点什么？"胡玉言把放在手里摆弄半天的菜单交给了尹剑平。

尹剑平看都没看，便告诉旁边的服务生："请来一壶柠檬茶，谢谢。"

"我还以为您会点咖啡呢？"

"那种西洋的玩意，喝不惯，喝多了睡不着，不太适合我这个年龄。"

"这种柠檬茶好像也不是中国的玩意吧？"胡玉言的脸上带着笑容。

"中国人一直是善于学习的，我反对完全照搬外国的生活习惯，比如中国人要强迫自己天天喝咖啡，而放弃我们多年来的茶道。但我一直不太排斥中西合璧，我觉得这个柠檬茶的味道就很特别，既有柠檬的香气，又有中国花茶的清香，我很喜欢。"尹剑平的回答深显出一位教授的古朴和品位。

"我总觉得这和您的工作并不匹配呢。"

"呵呵，谁说摆弄古董的人就一定是老古董要因循守旧啊！听你这么说，说明你根本不了解鉴别古董这项工作，还有它能给我们现代人带来的启示。"

"哦？愿意听您的教诲。"

"不敢，其实，我们历代的古董都吸收了很多外来文明的长处，无一例外。"

"是吗，原来是这样啊！"

"嗯，汉朝的铜器、陶器有很多都受到了西域文化的影响，而明朝的瓷器就更为明显了，特别是永乐一朝，也就是明成祖朱棣皇帝时。"

说到这里尹剑平特意停顿了一下。

"嗯，您说，没关系，我对历史知识还是有一些了解。"

尹剑平一笑，脸上的赘肉抖动了一下，继续说道："从朱棣称帝开始，加强了与各国之间的联系，后来就连景德镇的官窑瓷器有很多更是受到了伊斯兰文明的影响，很多的瓷器上甚至还有伊斯兰文字，这都说明我们古人是抱着包容的态度去对待文化的，并不保守。而我们这些搞考古的人，是可以解读到古人带给我们的情绪和思想的，也就自然被感染了。"

胡玉言听着似乎有些吃力，但是还是做出了愿意认真聆听的表情来，等到尹剑平把话说完，便有点胆怯地问道："您说的就是派郑和下西洋的那位皇帝吧？"

"是的，他是一位伟大的皇帝。"

"一个历史学家对一个皇帝有这样的评价，可是很少见的。"

"是吗？"

"嗯，我记得我学过的历史教材中，对于帝王的评价都是什么压迫人民的封建统治者这类的词眼，即便是秦皇汉武，也都是如此，能从您的口中听出伟大这个词来，说明您是个很敢讲真话的人。"

"谢谢，有时这真的和我的工作性质有关，我和那些靠近政治的历史评论家不一样，我的工作更靠近真实的文物。"

胡玉言往前挪了挪身子，他一直觉得这里的沙发有些别扭，总是让自己往下出溜，不是这么舒服。

"你不太喜欢这里吗？"尹剑平看着胡玉言的表情说道。

"呵呵，不是，只是之前没有来过。"胡玉言的回答有些羞涩。

"是吗，像你这个岁数的人，估计还是很多哥们聚在一起，喝酒聊天比较兴奋吧？"

"嗯，警队里常常因为侦破大案后，大家兴奋地要去聚餐。好像我们还是比较适合那种可以胡乱喊闹的地方。"

"是吗，不过像今天的事情恐怕不太适合那种场合，所以我才选在这里。"

"您难道知道我为什么要找您来吗？"

"其实，这个你大可不必这样的绕圈子，我还想问你呢，为什么找我来，而不是其他的三位专家？"尹剑平脸上的赘肉一点都没有松动。

胡玉言心想一直都是你东拉西扯地卖弄学问而已。

这时，服务生已经把柠檬茶端了上来，他先在桌子上放了一个底下带蜡烛的小托盘，然后点燃了蜡烛，再把玻璃茶壶放在了小托盘上，让柠檬茶可以在蜡烛上面一直煮着。

胡玉言先给尹剑平倒上了一杯柠檬茶，然后也给自己倒了一杯。

"根据心理学的综合分析，无论是年龄、职业，还是您的资历，我都觉得在您的身上可以得到我需要的情报。"胡玉言的情绪恢复了以往的平静，也不知道为什么，一进入询问的状态后，他很少会受到心理因素的影响。

"你还真是自信，说说理由。"

"从您的职业和学识来说，应该是这些专家里最高的，我想您对于名利应该是他们之中看的最淡的一个，而且凭您的地位恐怕也不应该会受外界压力的影响，还有您从事考古工作多年，我相信您对真相的追求应该跟我一样的强烈。"

"说的还真是有点瘆人啊！"说着，尹剑平喝了一口柠檬茶，"嗯，这茶看来全国各地都一个口味。"

胡玉言见尹剑平根本没有正面回答问题的意思，眼珠转了一转，准备转换策略。作为T市最有经验的刑事侦查人员，胡玉言在各种侦讯手段上都是有一套的，面对这样的学识高深的教授，胡玉言并没有急于求问，因为那样很可能引起对方的反感。

"对不起，我之前并没有看过《古董鉴赏》节目，案件发生后，我才请朋友给我找来了几期节目的视频，我觉得这确实是一个比较神秘的节目。"

"神秘？这话从何说起？"尹剑平脸上的赘肉稍微动了一下，但表情却仍旧自然平和。

"因为无论是台上的主持人，还是台下的观众，还有电视机前的观众，甚至是广大的藏友，其实都被剥夺了话语权。真正决定这场游戏胜负的是台上的五位专家。无论怎么说，你们都是游戏规则的制定者，更是判定游戏胜负的裁判。"

"嗯，继续！"尹剑平不动声色。

"我看到了视频中，观众们那种对你们崇拜的眼神，我特别想知道鉴宝这个工作，难道真的是一项这么有难度的工作吗？"

尹剑平看了看胡玉言，严肃地说道："我用我的名声保证，这个工作难度不在造卫星、导弹之下。"

"嗯，这点我相信。鉴宝师，我可以这么称呼您的这份工作吧？"

"很贴切。"

"那么请问鉴宝师的工作需要不需要特别的职业资质呢？比如要像律师一样去考律师证。"

"据我所知，这个行业的顶尖人员，都是靠自己多年的鉴定经验和积累的名声。当然有些特殊的领域是必须有资格证的，比如宝石鉴定师。不过宝石有时并不是古董，现代艺术品也很多，即便再值钱也不属于古玩的范畴。当然也有一些行业协会也在发所谓的古玩鉴定师的资格证书，但是这种资格证，好像并没有得到国家的正式承认。"

"嗯，这个事我明白了，那么民间的那些所谓的行业协会，也在做这方面的鉴定吗？"

"是的，而且很多，不过恕我直言，这些协会大部分都是在骗钱，他们都自称自己有古玩的鉴定资格，而国家根本就没有承认过这种资格。"

"你是说这些行业协会的鉴定很多都是假的。"

"可以这么说，甚至有的人花几十万元鉴定费就是为了给自己的赝品加上一个防伪标签而已。"

尹剑平的话，让胡玉言感到了一丝兴奋，把他的烟瘾都勾了上来，他本想掏出香烟抽上一支，但是看对面坐的是彬彬有礼的教授，实在是不好大煞风景，打破这种和谐的气氛，所以他干脆忍住了，狠狠地喝了一口柠檬茶，然后继续开始发问。

"那么《古董鉴赏》节目会不会也出现过错误的鉴定？"

"你什么意思？直说。"尹剑平脸上的平和正在被胡玉言的话一点点抹掉，而换上的是越来越严肃的面孔。

"就是把赝品当作正品了，也就是您们的行话，叫打眼。你们打眼了。"

这个问题，让尹剑平开始沉默了。

"对不起，可能提了让您尴尬的问题。"胡玉言的脸上显得有些复杂。

"我现在想问问，胡警官，你这次请我来的目的，是例行询问吗？"尹剑平开始对胡玉言发难了。

"不不不，如果是那样的话，地点应该是警局，我今天只是想向您请教一些我们这些人并不知晓的比较专业的问题而已。"

胡玉言的话让尹剑平感到了巨大的压力，不温不火，不急不躁，老教授终于领略了老刑警的厉害。

"你刚才说的那种事理论上是不可能出现的。"

"哦？是吗？您的回答并不肯定啊！"

尹剑平再次喝了一口柠檬茶，这次他感到了这种中西合璧的茶水中，似乎也带有着一种苦涩的味道。

"其实，古玩鉴定并不是你们看到的那么简单，在台上几个专家好歹看看就可以确定古玩的真伪。"尹剑平的脑门再次舒展开，只露出了赘肉下浅浅的皱纹。

胡玉言感觉到了前所未有的喜悦，他终于要打开教授的话匣子了，对于这种情况，他选择了倾听，而不再去提问。

"现在不同于以往，过去的造假，无非是在表面上做一些文章而已，比如字画会用炭火烘烤，以增加他的古旧感，而瓷器有可能在釉色上做一些文章，让他比较接近元、明瓷器的光泽。但是现在，各种先进的科学手段已经上来了，即便是专家，如果只凭自己的肉眼去看，恐怕也不好确定文物的真伪。所以，在很多时候，有必要借助于仪器。"尹剑平说完这段话后，好像也意识到了胡玉言在等待自己继续发言，他果断地停下了话头，又喝了一口柠檬茶。

"比如C14检测吗？"胡玉言可不想放过自己确定的猎物，他一定要在尹剑平的身上得到什么之后才肯罢休。

"嗯，这是被大众所知晓的比较常用的一种，但是好像在国外都已经不用了，因为很多聪明的造假者好像做出了相应的措施来应付仪器，比如最常见的是找来一些个古代瓷器的碎片然后再以这些碎片重新粘合修补成新的瓷器，这种瓷器如果运气好，C14检测是无效的，因为这种瓷器中本来有一部分就是真品。取代C14技术的是核磁或者频谱扫描之类的先进技术，但是这些技术的检测费用较高，在中国还没有被普遍使用，而且据我所知，检测的结果也不十分稳定。"

"用仪器都不一定能测出真伪，那么你们怎么保证在节目上的鉴定就一定能够准确呢？我看过《古董鉴赏》节目，每件古玩的鉴定时间都不超过一分钟，你们看得是很快的，专家给每件藏品的评定理由也很充分。您刚才也说了鉴定一个古玩的真假，并不是一件这么简单的事情。那么您刚才说过，鉴定出现错误的可能性理论上是不可能出现的，您的那份自信由何处而来呢？"胡玉言继续做着有针对性的引导，而这次他不再用温柔的方式去试探，而是以尖利的语气直插入问题的核心。

"本来有些话，我是不该说的，也有人嘱托过我不要说，但是正如你所说，我这个年纪是不怕什么的，而且我确实也有一种对事物真实感的执着追求的欲望。"

胡玉言不知道尹剑平是投降了，还是根本就打算说出一些事情来，他觉得这会儿又该是自己一言不发的时候了。

"节目中所鉴定的藏品都是事先决定好的，藏品只有两种可以登上节目，一种是完全可以确定的真品，一种是赝品中的赝品，典型的不能再典型的假货。那些模棱两可不好鉴定的东西是绝对不会上节目的，就算在录制的过程中有，在最后播出前，也会被裁减掉，即便它只是存在着一丁点疑问。因为这种电视台播出的节目，如果鉴定出一点纰漏，特别是电视机前如果真有行家在注意的话，是很危险的，对专家的声誉和《古董鉴赏》这款品牌节目的声誉都会有影响。我这么说你能够明白了吧？"

这令胡玉言大为意外。

"也就说，你们事先就知道藏品的真伪，到台上录制节目只不过是做戏而已。"

"我对此不发表言论，因为刚才我已经说得很清楚了，不过我可以告诉你，这不是欺骗，而是一种负责任的态度。"

"您真的认可这种态度吗？"

尹剑平再次陷入了沉默，但他还是冲胡玉言点了点头。

"我一开始也对这种形式不认同，但是想来人都是有各种考虑的，这又并不涉及诈骗的环节，恐怕都是人们面对利益时对待事物的态度会有不同的角度。从我这里来说，把真的东西鉴定出来，假的东西剔除出去，这是我的工作，剩下的工作都是电视台的事，我管不着，也管不了。"

"再问一个问题，您可以不回答。每一次鉴宝，摄制组会给您多少报酬？"

"这个确实不能回答你，因为跟电视台签订的合同里有明文规定，对于报酬的问题，要绝对对外保密的。不过我可以告诉你，并不是你想象的那样丰厚，但对普通人来说也绝对是一笔不菲的收入。"

此时，胡玉言的电话响起了，上面显示着林玲的名字，胡玉言早就把模式弄到了静音，所以并未理会，一会儿后，才发现了林玲的那个短信：

"我觉得《古董鉴赏》节目内部有问题！"

❦ 3 ❦

"刘胡子，什么风把你吹来了？是不是想我了？"

"我可没兴趣来看你这个老家伙，又老又丑的，又不是美女，我想你干什么啊？"刘胜利见到了 T 市治安拘留所的所长区东，一脸的皱纹都展开了。

区东和刘胜利的年龄相仿，职位相当，他原来也是 T 市一个派出所所长。本来区东是一个非常有干劲的警察，在辖区里他带着所里的干警，侦破过许多的犯罪案件。虽然案件本身无非是偷自行车，勒索中小学生，公交车站盗窃，等等这种并不被人重视的小案件，但因为都是关乎老百姓利益的事情，所以在他的那片辖区中，区东的名声极好，颇受百姓的爱戴，这在警民矛盾突出的今天实在是个特例。

而刘胜利的状况恰恰相反，他比较懒散，对于辖区内的治安总是抓大放小，每当有群众为一些琐碎的小型犯罪案件报案的时候，他总是一副无精打采的样子，从不积极地给手下布置任务，所以东郊派出所的破案率是全 T 市最低的。很多百姓都恨他，说他一个月白拿这么多工资不给百姓办事。

可就是这样两个性格迥异，对生活和工作态度截然不同的人确是生活中最好的朋友。

干事的人和不干事的人区别在哪里？不干事的人永远不会犯错误，而干事的人难免会犯错误，这就是区别。区东的辖区有一年发生了严重砸汽车玻璃盗取车内财物的案件，犯罪分子十分猖狂，曾经一个晚上就作案十多起，弄得该辖区民怨沸腾。区东仔细分析了几起案件的事发地点，最终发现罪犯是按照街区的顺序轮回作案的，所以他带领手下干警在有可能发生案件的街口蹲守，这一守就是半个多月。那时正值寒冬腊月，数十个汉子，轮流在寒冬中忍受着刺骨的寒意，他们在苦等着不知道是否还会出现的罪犯。

终于在蹲守的第 10 天，这些罪犯出现了。罪犯一共五人，他们开着一辆吉林牌照的捷达轿车停在了街边的停车位置前，起初干警们并没有注意这就是罪犯们。

突然区东大喊了一声："就是他们，下手！"原来区东在一瞬间已经看清楚了他们的作案手法。

原来坐在捷达车后排座上的罪犯按下车窗，砸开临近车辆的车玻璃，然后下手偷盗车辆中的财物。这样的犯罪手法既隐蔽又利于逃跑。但再狡猾的狐狸也斗不过老猎手，这一幕被区东一双敏锐的鹰眼逮了个正着。十多个干警这才意识到这些人就是他们等待多日的罪犯，他们一拥而上企图把该车包围。可是没有想到，这些砸车的盗贼们非常机警，跳车后四散奔逃。因为他们知道如果一同坐在车中，可能会逃走，但是这样终究目标太大，而且如果被抓就一个都跑不了。如果做麻雀状四散奔逃，可能有人被抓，但有人逃走的概率也会大大提高，这很明显是他们事先就商量好的。

由于警力有限，十多个警察费劲九牛二虎之力，最后只把三名犯罪嫌疑人死死按在了地上，而气喘吁吁的他们只能看着剩下的两个逃之夭夭，无法再继续追击了。罪犯的逃跑计划很成功，而警方也算有收获，"皆大欢喜"！

正当区东破获案件而欣喜若狂的时候，他却犯了一个十分低级的错误。罪犯们很明显已经达成了默契，跑掉的算运气好，跑不掉的认倒霉。三名嫌疑人统一了口径，不知道那两个人是谁，大家是临时拼凑起来作案的，而且这是第一次作案。区东的那些手下，那些在寒风中冻了十多天的警察本就怒火中烧，再听到这些用来骗人的鬼话，他们把心中的火气一下子都撒在了这三名犯罪嫌疑人的身上。

开始时，审讯人员在寒冬腊月扒光了三名嫌疑人的上衣，让他们站在院子里，然后一盆一盆往他们身上倒凉水，冻得三人叫苦不迭。不过这三个人也算是硬骨头，就是不招出另外两人的行踪来，也不承认他们之前的罪行，一口咬定这是临时起意的犯罪。犯罪嫌疑人的顽固，让审讯的干警们的愤怒一下子到达了临界点，彻底爆发了，他们想出了更"新奇"的法子来折磨一下这三个冥顽不灵的家伙。

他们把三名嫌疑人带到了一间封闭的小屋内，然后把他们三人铐在暖气片上，然后他们来到了隔壁的小屋，用电棍电击暖气管子。顿时，隔壁的屋中传来了惨叫声。对这样的刑讯逼供，区东竟然是睁一眼闭一眼，什么都没有过问。而意外却发生了，一名嫌疑人突然急性病发昏厥，被送医院治疗，诊疗的结果是三人都遭到了不同程度的电击。

区东永远都忘不了那一天，有一个右腕上刺着火焰文身的人突然带着记者闯入了医院，而警方刑讯逼供的事件也就由此曝光。在区东的脑子里从此多了两个东西，那个火焰文身和这次屈辱的经历。本来是一场立功的案件，却演变为了一个刑讯逼供的典型，这场风波的牵连极大，除了许多干警被停职外，区东自然也脱不了干系。而更让警方泄气的是好不容易被逮捕的三名犯罪嫌疑人都被保外就医，后又因证据不足的理由，最终并未受到刑事处罚。

但这件影响极坏的虐囚事件，再次成为了社会口诛笔伐的焦点，T市的警察形象受到了前所未有的挑战。那时又恰巧市局新的党委书记黄汉文上任，新官上任三把火，大家都在想黄汉文肯定会拿区东开刀，给自己立威。而事实也确实如此，在关于区东破获砸车案问题的总结大会上，黄汉文狠狠地批评了区东的错误，本应是当作英雄表彰的区东一下子变成了彻底的罪人，黄汉文那时就想把区东作为负面典型，把问题会搞成个批判大会。那时，所有的人都保持了沉默，只有胡玉言一个人在会上，为区东据理力争，把所有可以为区东开脱的理由都说了个遍。可是黄汉文却不为所动，所有人都替区东捏了一把汗，因为看黄汉文的气势，大有想给区东来个开除公职，最好是开除党籍的处分。

可是，最后这个事却大事化小，小事化了了，区东甚至连处分都没有受到，只是从管片派出所转到了市里的治安拘留所当了所长，平级调动。所有人都不知道怎么回事，可是区东心里清楚，这是刘胜利在私底下做了很多工作。

人在危难的时候才最见真情，在区东岌岌可危的时候，胡玉言敢于在明里和黄汉文顶牛，是因为他知道区东在市里是仅次于自己的刑侦人员。而刘胜利却完全是因为他和区东是二十几年的老朋友。这个号称T市最懒惰的派出所所长，却为了自己的老朋友，在这个问题上显得十分积极，发动各种关系，为区东开脱，甚至不惜去区东的管片鼓动群众，联名为区东喊冤。

当然，左右事件本身的绝对不是这些百姓的努力，刘胜利能够如此懒惰，却还能安稳地坐在东郊派出所所长的职位上稳如泰山，这源于他的一种超乎常人的能力，那就是公关，也就是我们常说的人际关系。如果说谁在 T 市的业务能力最好，那非胡玉言莫属，而若说谁在 T 市的警界最吃香，刘胜利说第二，就没人敢说第一。这个满脸皱纹的老警察，在 T 市高层的眼中，却是个人见人爱，花见花开的角色，无论是哪个"衙门口"的人都要给他点面子。

当区东被调到拘留所的时候，他问过刘胜利，他是怎么做到的，刘胜利那时却只是淡淡一笑，不肯回答。但是从那时起，区东知道在 T 市警界可以相信的只有三个人，刘胜利、胡玉言和 T 市市局局长张涛。

区东感谢刘胜利是因为他为朋友出力，感谢胡玉言是因为他为同事仗义执言，感谢张涛是因为他知道没有这位老局长的暗中保护，恐怕自己的这身警服算是脱下去了。不过，区东的仕途也就算走到了头，谁都知道拘留所这个地方只适合养老，不适合干实事了。不过让一个虐囚的警官头子，调动来管犯人，在 T 市也算是一种莫大的笑话了。

区东到了这里，依旧是他执着的作风，他对于工作兢兢业业，毫不放松，关进这里的每一个拘留人员他都会把他们的案由和相关材料研究个底掉，虽然这对于他来说已经没有什么实际的意义了。而刘胜利却也依旧在他的派出所所长的岗位上继续着他吊儿郎当的工作生活，上班喝茶看报，好生惬意。

恐怕，人们的生活就是在这样不和谐的交往中互换着默契！

"前两天是不是有几个天津人因为打架被关了进来？"刘胜利对区东没有任何的隐瞒，上来就直入主题，开始问自己关心的情况。

"你向来对案件是不关心的，今天来问案子，快说，是哪根筋搭错了？"区东笑着给刘胜利拿了一个一次性的纸杯，放上了一包"立顿"的菊花茶，并打开纯净水的水管给他泡上。

"我到你这来还不来点好茶啊？拿这些纸包里放些碎末子来敷衍我。"

"老兄，这牌子的袋装茶可比那些散装茶要贵哩，我这一般都喝点普通花茶，贵客来了才用这个呢。"

刘胜利指了指区东，口中念叨着："你这个老抠门！"

"你问那几个天津人干啥？他们在你的地头犯过案子？"

"那倒不是，其实我这次还真的是不知道搭错了哪根筋了，根本不是我的案子，你也知道就算是我的案子，其实我也懒得管的。"

"那是什么原因？"

"你知道国际会展中心，前天办的那个《古董鉴赏》节目吗？"

"知道啊！据说是吊灯掉了下来，出了人命，当场砸死了一位古玩专家。我还听有风言风语说八成是他杀。"

"嗯，这事本来是委派胡玉言去侦办的，但是开会的时候，张局特意把我也给叫上了。我就寻思着是不是他有意让我为这个案子出出力？"

"不是我说你，你这个懒虫闲了这么多年了，就算张局没这个意思，你也早就该活动活动筋骨了。"

"可是你也知道人家小胡可是看不上我，在会上就给我甩脸子看了。所以，有好多事我还是通过我自己的关系去查。"

"呵呵，小胡为人耿直，不是个坏人。"

"哦，你的意思是说我是个坏人啊，我知道你对他有好感，当年那件事，小胡在会上跟黄汉文当场顶牛要保你，你感激他。"

"说的哪里话，那件事我最要感谢的是你，只不过觉得一个没什么交情的人，却愿意为我说两句话，实在是够朋友。不过，后来我请小胡吃饭，他可是一次都没来。"

"那家伙就那样，要是放在宋朝，估计他贴个月牙就去当包青天了。"

"呵呵，你可真逗，不扯闲篇了，说说你查到什么没有。"

"我在东郊××宾馆前找到一个出租车司机。"刘胜利故意没有把和唐氏兄弟关系密切的事告诉区东，这是他谈话的一贯作风，不肯透露自己的私人关系，"据那个司机说，王大山，也就是那个死者……"

区东点点头，意思是他知道，不用刘胜利解释。

"王大山在死之前半个月内，天天都坐他的出租车到一个地方。"

"什么地方？"

"四平路的兰之海玉石专卖店。"

"你这么说，我就明白了。但是王大山去那个店干什么？"

"这就是我今天来这的目的，据出租车司机回忆，王大山每次去都要带一些精美的盒子，而且都不用他等着。我怀疑王大山是去做什么交易，从他的职业分析，八成是去卖古玩的。回来后东西也就卖了，再随便打辆车就回来了。"

区东拍了拍刘胜利的肩膀："你这个老小子就是懒，真的认真起来也是相当厉害的嘛。"

"少废话了，其实我还有更深的想法，只不过这时还没有得到证实，没法跟你说。你还是先带我去见见那几个天津人的头，应该是叫张苊的那个人吧。"

"没问题，但是我有个要求，我要在一旁听着，你也知道这个案件和他们所犯的事是两码事，我不想再惹麻烦了。"

"你是一朝被蛇咬十年怕井绳啊！"

"没办法，这年头想当个好人真难！呵呵。"区东说完就拿起电话给下边的狱警安排了相关事宜。

询问被安排在了区东办公室隔壁的一间会客室里，并没有特意放在审讯室里进行，这也是区东特意安排的。张苊被狱警带着走进房间，此人一进屋子便令刘胜利颇感意外。在刘胜利的印象中，张苊这个人应该是个混混儿，对警察有种天生藐视的眼光，生怕别人拿自己当好人看的那种形象。可是，当刘胜利见到张苊时，却发现这是一个在外表上极其温文尔雅的人，耳朵上架着时尚且流行的塑料框眼镜，凸显了几分文气，若不是在拘留所里，说他是个律师或医生绝对有人相信。他的身上流露出一丝凶悍的气息，他眉目突出，虽不俊朗，但是身上散发出了一种让人敬服的气质。年纪在 40 岁上下，宽厚的肩膀，显得人非常的魁梧，而厚厚的胸膛也预示着这个人是一副好身板。如果摘掉那个伪装似的眼镜，瞬间击倒几个大汉，似乎也并非难事，刘胜利对眼前的这个人充满了联想。

张芃进来后，也不客气，一下子坐在了刘胜利斜对面的沙发上。

"抽烟不？"刘胜利掏出香烟，这两年因为老是咳嗽，所以他自己不经常抽，带着烟多数是为了让让别人。

"对不起，我不会。"张芃的回答简单明了，他的举动一个接一个令刘胜利意外。

"你叫张芃？你这个名字很特别啊？"

"家里上辈是做学问的人，就给起了这么个好多人不会念的字。"张芃用一口流利的普通话与刘胜利交谈着，丝毫没有带出任何的天津口音来。

"这个芃字当什么讲呢？"

"字形上就能解释吧，就是看似平凡，却绝不平凡的小草。小草看似弱小，却可以在狂风过后仍旧屹立在草原上，在大火过后依旧重新钻出土壤。野火烧不尽，春风吹又生，这个芃就有这个意思。"

"还真是有学问的人家啊，不过没想到会在这里见到你，为什么进来呢？"

"打架，把人打伤了。"

"可真看不出来是像你这样的斯文人干出来的事。"

"有时逼急了，兔子也能咬人。"

"说说为了什么事啊？把你这只兔子给惹急了。"

"你们有几个当地人抢了我们的生意，截了我们的货，这个我在审问的时候已经说得很清楚了。"

"哦？截了你们什么货？"

"明知故问，当然是玉石了。他们的玉石来路不好，没有我们卖得好，就变着法地使坏，威胁我们的进货商不要进货给我们，他们还企图联合你们当地的地痞流氓，想把我们的地盘吞了。"

"有这么严重啊？"

"做玉石这行生意的，靠的就是货好，给我进货的客商的料都是正宗的蓝田玉和和田玉，可你们当地贩卖玉石的总是想拿什么缅甸玉以次充好，欺骗消费者。我们家的玉石都是好玉，而且从来不骗人，价格又公道，生意自然比他们好，他们眼红，就去找流氓威胁供货商让他们不许再踏进 T 市来，否则威胁他们有生命危险。这也就罢了，客商不进来，我可以去外地自己进货。但他们还成天找人来我店门前捣乱，弄得我们做不下去生意了。"张芃说到此处有点激动，没了刚才的冷静。

"嗯，这行还真是难干啊，就因为这个你带人把他们打了？"

"当然不是了，一开始只是口角。"

"口角？"

"昨天，我跟他们约了出来谈和解，我一开始跟他们说得很清楚，我卖的是玉石原料，他们卖的是一些已经加工好的玉镯、玉坠之类的成品，本来井水不犯河水的，没必要大动干戈。"

"这样说，我觉得是不会演变成一场斗殴的。"

"可是他们不依不饶，非说我们抢了他们的地盘，弄得他们现在只能搞些 A 到 C 级的翡翠装饰品，最挣钱的玉石原料生意被我们都给抢走了。"

"哦，原来如此，继续说。"

"我一开始也并没有想打架，但同行是冤家，这是不争的事实，也怪我手下的兄弟多嘴，他对他们说谁让你们的水平只能卖些玉镯、玉坠的东西，糊弄糊弄无知妇孺而已。好像这句话一下子就把他们激怒了。"

"呵呵，这话如果是我当时听见，估计也要冲你动手了。"

"对呀，就是他们先动的手，我是无奈才还击的。不过，你们当地的警察还自己人护着自己人，把我们都抓了，你们本地人却都释放了。"

"是吗？其实我现在就能放了你。"

刘胜利的话，让旁边的区东一阵紧张，心想这个老小子不知道又在要什么花活。

"哼哼，还是不要了，反正就是 15 天呗，在这里待几天就出去了，我可不想欠谁人情，特别是你们这些警察。"

"出去？哪这么容易，你们打伤的人里边两个是轻伤，现在他们死咬着你们不放，如果他们不放口，到法院去自诉，判你个三年没什么问题。"

张芃的眼神里依旧满不在乎，没有一丝害怕，不过他听到刘胜利的这句话却一言不发了。

"你放心，事情没有这么严重，我已经找到那些人跟他们说过了，他们不会再追究这件事了。"

"为什么帮我？"张芃的眼神中充满了疑惑，在眼镜片的放射下，这种疑惑似乎被放大了。

"自然是有原因的，你不光做玉石生意吧？"

"我只懂得玉石，当然在天津时也倒腾过一阵蝈蝈罐子和葫芦。"

"恐怕不是这么简单吧，如果你这么不实诚的话，我恐怕很难让你尽快出去的。"

"你不用这么威胁我，我外边也有人，能把我捞出去。"

"我相信，不过恐怕你的关系也不是这么硬吧，要不你干吗这会儿了还在里边坐着呢？"

张芃再次陷入了沉默，所谓的外边关系也确实没有他想象的那么给力，自己现在还待在拘留所里是事实。

"其实我知道你是 T 市地区最大的地下古玩商，对吧？"刘胜利见张芃的表情有所松动，赶紧把自己想要问的问题说了出来。

"你这家伙真能瞎猜，我说过我只做玉石生意。"

从张芃的眼神中似乎又什么也看不到了，而越是这样刘胜利越觉得他在隐瞒什么。

"还记得这个人嘛？"刘胜利说着拿出了王大山的照片，在张芃面前晃了晃。

张芃看着照片，突然沉默了，似乎已经察觉到了警方掌握了相关的情况。

"嗯，认识，前两天来我店里要让我帮他销几样东西。"

"你不是说你不卖古玩吗？"

"我确实不玩古玩，我只是托朋友帮他销出去的。"

"朋友？什么朋友？"

"这个是恐怕不能告诉你，这种买卖并不违法，这个客人卖的东西里也没有什么国家禁止买卖的像青铜器一样的文物，只不过都是普通的古董而已。"

"你知道这个客人的真实身份吗？"

张芃犹豫了一下，然后点了点头："他虽然没说，但我一眼就看出来了，他是那个《古董鉴赏》节目的专家，叫王大山。"

"我现在想要知道王大山托你卖过什么，还有你又转卖给了谁？"

"我真的不能说！"

刘胜利一拍桌子，吓得旁边的区东都一个激灵，这会儿刘胜利给区东的感觉是这家伙不知道什么时候被某位大侦探的灵魂附体了，简直像换了个人一样，这会儿的他绝对是个合格的刑警。

"你知道吗，王大山就在你被拘留的前一天，死了！现在是人命案，比你打架的事可大多了。现在警方掌握的情况是他在死之前，只跟你接触过。你如果死扛着那边的人不说的话，那么你现在就被列入嫌疑人的范围之内了，知道不？"

"他死了？"张芃简直不敢相信自己的耳朵。

"想好了没有？到底愿不愿意告诉我们？当然你也可以再考虑一下。"

张芃咬了咬嘴唇，思考了很久，然后点了点头。

第五章

∽ 1 ∽

东郊××宾馆是个非常综合性的宾馆，各种消遣的项目齐全。健身房、KTV、台球厅、桑拿室、小型电影院应有尽有，而且都是二十四小时营业。曾经有××快餐公司的地方代理找到过唐俊南谈过合作的事，希望租用他的一块地方，在东郊办一家快餐店。可是，唐俊南给他的回应很简单：对不起，我这里都是高消费场所，你不够档次！

东郊××宾馆的一楼右侧是个不亚于任何市内酒楼的大饭庄，这里菜肴丰富，花样众多，但就是一个字——贵。由于唐氏兄弟最早就是干饭店起家的，所以他们十分重视宾馆内饭庄的经营。唐俊南不仅从各地花重金聘请著名的大厨把各地的美味聚集在这里，还要求他们要对各种传统菜品进行改进。所以这家饭庄不只是保存了可口的传统菜目，还创造出了许多受欢迎的新菜肴。但是，这种精致的菜肴的价格却让工薪阶层难以接受，一般在这里吃一顿普通的饭菜，两个人也要一千五百元左右。可是就是这样，来的人还是络绎不绝，这些都让人感叹中国好像就没有穷人，有钱的人真多。

在饭庄的东侧分别有四个比较大的雅间，每间屋子都起了非常别致的"雅号"，分别是"云冈雾出"、"红云当照"、"鹤展梅台"、"玉凤飘香"。在"鹤展梅台"的这个屋子里，满满的摆了一桌子好酒好菜，桌子的一角还摆着两瓶五粮液，桌旁坐了三男一女四个人。

"这次要感谢黄书记的帮助啊，小弟不胜感激。"庄严把一杯酒给黄汉文满上了。

　　"庄导不用这么客气，我什么都没做啊，你请我这顿饭，我可是受之有愧。"黄汉文一改在警局马克思列宁般的严肃，和庄严开始寒暄。

　　"今天我是怕服务员上菜影响咱们喝酒，我让他们把菜都先上齐了，也不知道合不合您口味？"

　　"我胃口不好，什么都无所谓的。"黄汉文对于满桌的山珍海味似乎并不太感兴趣。

　　庄严看出了黄汉文的态度，对旁边的一对男女说道："我说，小霍、小刘，快给黄书记敬酒啊！"庄严急促地催促道。

　　这一男一女都举起了酒杯，同时说道："敬黄书记一杯。"

　　黄汉文举起了酒杯，说道："在这种场合你们这么称呼我，可让我很不自在啊！"

　　"那怎么称呼呢？"

　　"你们随便吧，别叫黄书记就行。"黄汉文显然已经对这个称呼十分厌烦了。

　　"那这里，小弟就斗胆叫一声黄兄了。"

　　"嗯，就这么叫吧。我比你大几岁，当你个哥哥也不是不行。"黄汉文瞧都没有正眼瞧庄严。

　　"那就好！"说完，庄严就主动用酒杯的杯口磕了黄汉文的杯身，这在北方有个规矩，那就是地位或者辈分比对方低的，两人碰杯时，杯口一定不能高过对方。

　　碰完，庄严一饮而尽，喝完还向黄汉文展示了一下，亮了亮杯底，既像是展示一下自己的酒量，也像是向黄汉文表达一下自己的诚意。

　　"我可没有庄老弟你这么好的酒量，我可是适可而止。"黄汉文说完只是喝了一杯的三分之一。

　　庄严说道："你老哥还是保守，像您这种级别的领导，我可不信您的酒量就是这样的。"

　　黄汉文一笑："我真的不行，有时一闻就醉了。"

见黄汉文不肯大口喝酒，庄严也不好再勉强。

"对了，我忘了给您介绍了，这两位是我们节目的台柱子，帅哥叫霍霍，美女叫刘轩轩，是我们节目的两位主持。小霍负责内景主持，轩轩负责外景。"

霍霍和刘轩轩话都不多，并不像在电视机前那样侃侃而谈，在饭桌前，霍霍的表情更多的是复杂，而刘轩轩则是有些尴尬，似乎她来像是另有任务。黄汉文没怎么看霍霍，而是一直盯着穿着青色短袖套裙的刘轩轩。这个举动被庄严看在眼里，喜在心间，马上怂恿刘轩轩给黄汉文再次敬酒。刘轩轩显得十分羞涩、别扭，脸上似笑非笑。

"哎，别难为小姑娘了，咱俩喝就是了。"黄汉文举起杯也不跟庄严碰杯，把酒杯中剩下的三分之二一饮而尽。

庄严对于黄汉文的举动十分意外，但随而哈哈大笑，道："我说黄兄也不是这种水平嘛，呵呵，原来是英雄难过美人关。"

屋中其他三个人对于庄严的这句话都没有说话，特别是黄汉文表情显得非常平静，但是他还是时不时去偷看刘轩轩一眼。

庄严见黄汉文一杯酒下肚，开始了他的表演："其实，今天来呢，还是想请黄兄帮个忙。"

"让我帮忙？开玩笑吧，整个媒体都让你们封了个死死的，就连上边都给我下了指示说这起案件调查要慎重，低调。你们的能量这么大还有什么忙让我帮啊？"黄汉文一边说着，一边拿起了旁边盘子里的一个小窝头放在了嘴里嚼了起来。

"呵呵，不是因为这个事，是你们那的胡队长一直要求我们摄制组的人不要轻易离开宾馆，要随时协助调查。说他可能要随时找我们了解情况。您说，我们又不是嫌疑犯，再说工作日程排得满满的，可没有时间在这耽误啊！"

"庄导想走了？节目不是还没录制完吗？"黄汉文用眼角瞄了他一眼。

"摄制组出了这样的事，大家都不自在，哪还有心情在这接着录节目，都想回家去好好歇歇呢。"庄严露出哀求的表情来。

"理论上胡玉言的话没有法律效力，你们也不是嫌疑犯，你们的自由不会受到任何的限制，你们想走就可以走。"

"可是胡队长说，在场的所有人都有嫌疑，所以还是留下协助调查好。"

"是吗？我跟你这么说吧，在警局里有个规矩，书记、教导员这些职务，其实大多并不负责具体案件的调查，也对下边的这些警员们没有什么震慑作用，你们这顿饭请错了。"

"我就不相信在 T 市的警界，就没有黄兄摆不平的事情，谁不知道黄兄那可是在 T 市呼风唤雨的人物。"庄严的眼神里此时出现了一种狠毒。

"哎，哎，注意你的用词啊，这说的我跟黑社会老大一样，说好了我可不是。庄导看着是搞文艺的，说话可是够江湖的！"黄汉文显然对庄严的说法很不屑，而且对他的人品也算是心中有数了。

"呵呵，黄兄，我喝多了，您多包涵啊！"说着庄严又给黄汉文满上了一杯。

黄汉文举起杯子，猛喝了一口，然后接着把一杯五粮液全部喝干。

"我说来状态了吧，您肯定是海量。"庄严一边说着一边又要给黄汉文劝酒。

黄汉文一摆手，道："实在是不能再喝了，再喝可就真多了。"

庄严左右是不答应，黄汉文只好又跟他把酒杯倒满。两个人你来我往，似乎黄汉文也发挥了状态，撤去了先前的矜持，开始和庄严斗酒。两瓶五粮液没有一个小时的工夫，就被两个人给造去了，酒喝到这份上，喝得两人都醉意蒙蒙了。坐在旁边的霍霍感到似乎是黄汉文一直在牵着庄严斗酒，而他也故意不让别人掺和进来。而桌子上的菜基本上没动，霍霍和刘轩轩就像是两个木偶一样，庄严和黄汉文说话，他们一句嘴也插不上。

"黄兄，我们摄制组既然来一趟 T 市不容易，我们也给表表心意，这个东西送给您，不成敬意。"说着，庄严从包里掏出了一个精美的缎子面锦盒。

"你这是向我行贿啊？"黄汉文脸上醉意明显，眼睛也似乎有些发花，这都是喝醉了的表现。

"哪敢，您打开看看，就是一个小玩意。"庄严的脸上开始泛红，这是一种喝酒过度、脸上充血的表现。

黄汉文接过锦盒，用手轻轻把锁扣打开，里边是一个精美的小瓶子，瓶子上有一幅风景人物画，一个小人在一棵松树下读书，画的十分精美，画旁还有题字，由于字太小，黄汉文并没有看清楚写的是什么。

　　"我对这玩意一窍不通，什么东西这是？"

　　"是鼻烟壶，是河北衡水的特产。"

　　"哦？很贵吧，这东西我可不能收。"黄汉文的眼神明显开始迷离，说话有点不利索了。

　　"不贵，卖这个的河北衡水到处都是，这个东西的价值就在这个内画上。"庄严一指鼻烟壶上面的画，"这种瓶都是统一打磨成型后，再掏眼，然后画是从外面，这个小小的瓶口，探进去一支画笔，一点点勾勒成的，行话叫'内画'，说他有价值就在这里。"

　　"哦？那真是很有功夫啊！"

　　"是啊，河北衡水把这个东西已经申请下来非物质文化遗产了。很有纪念意义的，您就收着吧！"

　　黄汉文听庄严这么一说，似乎也来了兴趣，把这个小鼻烟壶放在手中把玩，然后打开了瓶盖，瓶盖下镶着一颗长长的签子，直通瓶底。

　　"这是什么做的？"

　　"瓶身是紫水晶，瓶盖是玛瑙的，这个签子是象牙的，用来挑鼻烟用的。"

　　"经你这么一说，我还真想抽一抽呢，这鼻烟哪有卖的？"黄汉文的好奇心似乎被庄严一下子勾了起来。

　　"你们这里我可不知道，据我所知，北京就一家，绝对正牌的英国进口货，闻上一下打个喷嚏，别提多舒服了。"

　　"嗯，回来我也弄点抽抽。"

　　"放心，黄兄，等兄弟回北京一定弄点上好的鼻烟给您寄过来。不过说好了，您可别拿这玩意盛着，这个鼻烟壶就是个玩意儿，工艺品，回来真放上鼻烟就糟蹋了。"

　　"我说什么来着，这玩意还是值钱吧？"

　　"跟您说笑了，您就留着玩吧！"

"我可真羡慕你们的工作啊，还有那些专家，坐在台上说两句话，就把钱赚回家了。"黄汉文突然凑到庄严的跟前，"那些专家肯定挣得不少吧？"

"呵呵，哪里，您不知道吧，他们在我们这挣的钱只是个小头。"

"小头，这是什么意思？"

"节目只是为这些专家提供一个平台。没错，我们会给他们酬金，但是这笔钱跟他们因为这个《古董鉴赏》节目所获得的其他收入相比，那简直是九牛一毛。"

"是吗？难道他们还有其他的收入？"

庄严故意坐的又离黄汉文近了一点，说："呵呵，当然了，比如他们在我这做一期节目，就成了名人，名人可以出书，可以去别的电视台做讲座。知道他们一本书光版税就分多少钱吗？就说那个死鬼王大山，他出的那几本书少说有500多万的版税，那些讲座一个小时最少是6000元的酬劳，这些都比我们这个节目给的多多了，这还不包括他们私下给人鉴宝所收取的费用。"

"好家伙，原来他们还会私下给别人鉴宝啊？"黄汉文显出了一种难以置信的表情来。

"那可不是，上了我们节目的专家，那就是古玩品质的保证，他们说这个东西是真的，那就是真的，他们说这个玩意是赝品，就算再真也是赝品，永远也翻不过身来了，明白了吧？"庄严趁着酒劲似乎已经进入了状态，弄得旁边的霍霍和刘轩轩很无语，来之前庄严还嘱咐他们俩别乱说话，没想到现在出丑的竟然就是他自己。

"那照你的意思，你说会不会王大山，是因为给一些真品的古玩做出了赝品的假鉴定来，收藏者心中不平，所以才杀了他？"

庄严给黄汉文竖起了大拇指："绝对有这种可能，实话告诉您兄弟，我也是这么想的。"

"每期节目的专家都一样吗？难道不换换吗？"

"嘿嘿，换啊，换不换都是我说了算，专家有的是，我说谁是专家谁就是专家，上了节目的就是专家，呵呵！"庄严越说越多，而黄汉文似乎也没有停止询问的意思。

"那他们还不对你表示表示？"

"那当然了，不过我们一般没有这么俗，他们一般让我便宜淘换几件真东西就是了。"

"你们怎么淘换啊？有这种好事也教教我。"

现在很明显了，黄汉文好像是在套庄严的话。

"嘿嘿，还不是那些专家，说有的东西是赝品或者是高仿，其实那些东西都是真的，然后不就能顺手买过来了吗？"

"这个东西也是这么弄过来的吧？"黄汉文一指手中的鼻烟壶。

"这个不是，您放心，这个是我花钱买的，专门送给老兄您这样的朋友的。"庄严说着把手都搭在了黄汉文的肩膀上。

霍霍见庄严真的喝多了，什么话都已经往外吐露了，干脆走上前去，说："庄导，我看今天黄书记也累了，咱不如今天就到这吧。"

黄汉文见霍霍搅乱了自己的谈话，显得十分扫兴，晃晃悠悠站起身来，说道："今天这酒是有点喝多了，我回去了，谢谢庄导的款待。"

黄汉文把鼻烟壶放在了盒子里，并没有拿走，而是留在了桌子上。庄严虽然醉了，却对刘轩轩使了个眼色，让她把鼻烟壶给黄汉文带上。

"让轩轩送送黄兄吧！"庄严一边摇晃一边站了起来。

黄汉文并没有反对，晃晃悠悠走出了房间，回头对庄严和霍霍说道："你说的事我会考虑的，霍主持赶快把你们导演扶上楼去休息吧，他今天可是真醉了。"说完，黄汉文诡异地笑了笑，也摇晃了一下，刘轩轩就在他身后，躲都躲不开，只好一把扶住了黄汉文。

黄汉文看看身后的刘轩轩，一把搂住了她的肩膀，摇摇晃晃地走着，刘轩轩只好默默承受着这种老男人对自己的压迫感，后边传来了庄严已经充满了迷离声调的喊叫声："轩轩，照顾好黄兄！"

刘轩轩全身一震，似乎非常紧张。

饭庄有两个出口，一个与宾馆相接，而另一个出来后就是马路，很显然黄汉文选择了后者。刚出饭庄门口，走了几步，刘轩轩突然感觉到身子一轻，再看旁边的黄汉文，竟然已经直立了起来，丝毫没有了刚才的醉意。

"我是做戏给庄严看的，刚才让你受委屈了，对不起！"

刘轩轩的表情十分诧异，问："您刚才是装的？"

黄汉文笑着点点头："要不怎么能套出你们这么多内幕来呢？"

刘轩轩对这个刚才还很反感的老头，似乎一下子变得有些崇敬了起来，他的形象也从刚才的反面变成了正面的，她好像是突然知道了黄汉文就是潜伏在国军中的地下党一样，形象一下子高大了起来。

"你不用紧张，我刚才没有反对你送我，是因为我有些话想跟你说，不知道你方便不方便？"黄汉文的话说得有条不紊，一点也不像刚刚喝了一斤酒的人。

"那就把戏做真吧，我还是扶着您走。"说着，刘轩轩一把扶住了黄汉文的肩膀，这令黄汉文十分意外，两人通过人行横道向街道的另一侧走去。

"那边是会展广场，这个时间应该只有些跳舞的老人们，我们去那聊聊好吗？"黄汉文一边走着一边对刘轩轩说道。

刘轩轩没有回答，只是点了点头。

两个人依旧搀扶着，越过了马路，又走了一段，渐渐地才变得松弛了下来，不过他们依旧保持着搀扶的姿态走到了会展广场，这里的确有一些老年人在随着录音机发出的乐曲声跳舞，他们都在晚年享受着这种现代文化带给自己的愉悦。

黄汉文找了一个石椅子坐了下来，刘轩轩坐在了他的旁边，她的手中仍旧拿着那个装鼻烟壶的盒子。

"是不是以为我是老色狼了？"黄汉文笑了笑。

刘轩轩不好意思地点点头。

"之前是不是也没少遇到过这种情况啊？"

刘轩轩没有回答，低下了头。

"刚才我在席间一直盯着你看，不是因为我有非分之想，而是因为你长得挺像我的二女儿。"

刘轩轩突然抬起头，望着黄汉文，这让黄汉文又与她对视了几秒钟。

"我那位走的早，大女儿是个女强人，天天在外面忙乎，整天不着家，二女儿从小功课就不好，也没考上什么大学，后来进了一家银行当柜台做储蓄员。不过多亏了她，她每天都按点回家给我做饭，都是她一直在照顾我的起居，没有她，估计我这老头子就活不下去了。"黄汉文说着从屁股后边的口袋中掏出了钱包，打开后，左侧夹着一张少女的照片，他抽出来递给了刘轩轩。

刘轩轩把照片拿过了定睛一看，虽然细看过去还是有很大的差别，但是确实有相似之处，特别是眉目简直和自己一模一样，"她现在还在照顾您吗？"刘轩轩试探着问，因为她从黄汉文近乎低沉的话语中嗅到了一丝不祥的感觉。

"去年因为一场车祸去世了，肇事司机逃逸，到现在都没有找到。"

刘轩轩听后捂起了嘴，深深地感受着黄汉文此时的痛苦。

"对不起，不该问您这些。"

黄汉文淡淡地笑了笑，摇了摇头："都过去了，你今年多大了？"

"27 岁！"

"跟我女儿一样大，如果她还活着的话。干这行受了不少的苦吧？"

刘轩轩抿着嘴，黄汉文看她的泪珠在眼中不停地打转。

"谁都知道你们这个行业是很风光的，但是我知道其实你们这行也是最苦的一个行当。"

黄汉文似乎能读懂刘轩轩心中的苦闷。

刘轩轩等了半天才说道："其他节目还好，那些纯文艺节目主持人是节目绝对的主角，导演都要供着他们的，因为他们好像就是那些节目的品牌。可是我们这个节目就惨了，节目有导演，有专家，还有那些宝贝，我们只不过是被线绳吊住，任人摆布的人偶而已。"

"人偶？比喻的还真是很恰当呢，包括像今天这种情况，也是被操纵了吗？"

刘轩轩点了点头，说："主持人这个行业竞争也是相当激烈的，特别是像我们这种只给观众个脸熟，根本叫不上名字来的主持人，还必须靠《古董鉴赏》这个节目才有饭吃，所以导演说啥就是啥，如果不听他的，下次就撤换了你，下边想上的主持人排着队呢。"

"所以，你就……"黄汉文话说到了一半，觉得话如果再说的深一点，就是对她的伤害了，所以没有继续说下去。

"对不起，有的时候，人为了生存，为了让自己活下去，很多事是必须去做的。"

"你不用抱歉，很多时候是这样的，包括我自己在内，能够上到这个位置，在官场上也不知道是伤害了多少人才成功的，我常想着也充满了内疚，你说的对，一切都是为了能活下去，生存下去。"

刘轩轩用一双充满了泪光的眼睛看了看黄汉文，知道这个人在跟自己说心里话。

"我是不是有点喝多了？"黄汉文有点不好意思地说。

"没有，好久没有人跟我说这么真诚的话了，真的谢谢您。"刘轩轩的话也充满了真诚。

然后，两个人都沉默了好一会儿。

"对于王大山的案件，如果你知道什么情况，可以跟我说说吗？"

听到王大山的名字，刘轩轩的眉头猛地皱了起来，眉梢间迸发出一种像是诅咒一般的恶念："不要跟我提那个人好吗？那个人就算死一千回也是活该！"

黄汉文似乎已经觉察到了王大山可能对刘轩轩做过什么，但是这种事情，在一个年轻美丽的女子面前似乎是不能打开的潘多拉魔盒。

"刘小姐，这种话千万不能跟其他人说，知道吗？"

刘轩轩突然意识到自己的失态，对黄汉文马上说道："对不起，黄书记，是我失态了。"但在此时，刘轩轩的表情仍旧充满了痛苦。

"这件事虽然让你不快，因为这起案件的特殊性，我还是要向你问一句。你觉得会是什么人杀了他？"

刘轩轩叹了一口气，泪珠终于从眼眶中流了出来，说："我和他是在三年前认识的，当时向我们这样的资历短浅的节目主持人，是根本没有机会到一个固定的节目去的，只能跟着一些采访组风里来雨里去地到处跑，去做现场的采访。"

黄汉文点了点头，没有说话，但他递上了一张面巾纸，让刘轩轩拭泪。

"后来，一个偶然的机会，有朋友推荐我来到了《古董鉴赏》，让我当外景主持，我一开始认为这是一个非常好的机会，但是谁会想到我的生活就像进入了一个魔窟。"刘轩轩一边擦着眼泪一边说。

"这话从何说起？"黄汉文似乎是要调整刘轩轩说话的节奏，不让她说得过于激动。

刘轩轩顿了顿，继续说道："一般的节目组，都是应该由我们电视台统一去做的，但是《古董鉴赏》节目很特殊，它势必要与地方各个电视台来合作，而更为关键的是占据主动地位的不是我们，而是地方电视台。而且这个节目不光需要地方同行的支持，如果没有地方政府的支持也是办不下去的。"

"你的意思是每期的《古董鉴赏》节目都先要和地方政府联系，等一切妥当之后才会进行？"

"嗯，是这样的。因为这个节目非常特殊，需要很多的群众参加。而您也应该知道，超过一定数量的人的活动都是要受到国家监控的，因为怕有非法集会的产生。况且这些活动需要较大的场馆举行，群众报名工作啥的，都需要投入极大的人力和物力。只靠我们这些人生地不熟的外乡人来做是不可能办到的。"

"所以，你们每次来都要先打通上层的关节。"

"嗯，是的，这些任务都是由庄严去做的，不过每次我都要被邀请去陪那些领导吃饭。"刘轩轩说完，看了看黄汉文。

黄汉文会意："就像今天对我这样吗？中间也肯定发生过不愉快的事情吧？"

刘轩轩的泪再一次掉下来，说："一切都像是买卖一样，我就是那个被交易的商品。"

"你不用往下说了，我明白了。"

"说也没有关系，平常吃饭时被那帮畜生揩油是稀松平常的事，而更有甚者，他们明晃晃就要求我跟他们上床。"

黄汉文没有再插言，因为他已经不知道如何去面对眼前的这位姑娘，正是他把谈话引入了这个难以启齿的话题上，至于到底刘轩轩有没有跟那些人有过什么，黄汉文没有再问。

"这种情况一直延续到了王大山进入摄制组，这个人不同于其他的专家，他很明显是一个社会经验丰富的人，而自从他来之后，几乎每次都要参加与那些领导的宴会。之后，他每次都坐在我的旁边，而自从那以后，酒都是他替我挡了，那些领导看到我，虽然还是有色迷迷地看着我的，但是有他在我的面前，我确实没有再受到过侵犯。"

"他是怎么做到的？"

"因为他在每次宴会上都会送给那些领导们一些价值不菲的宝贝，这些宝贝大多数是前几期节目被确定为宝物的藏品。"

"你说什么？"黄汉文的脸上充满了疑惑。

"嗯，您没必要这么大惊小怪的，我没有说错。那些藏品有的就是王大山自己的，他的东西本没有这么值钱，但是他在电视的转播中故意提高了估价，那件藏品的价格一下子就上去了，也就变成了可以上得了台面，送给各级领导的贿赂品。"

黄汉文的脑门发汗，这时头脑有些眩晕，不知道是五粮液的酒劲上来了，还是听到的事情太过于震惊，他突然又回想起上面给自己下的"低调"令，和胡玉言久久不能申请下来的检察院搜查令。这一切难道都是另有原因的？而且是很深层次的原因？

"我开始还很天真，认为自己遇到了一位长者，愿意帮我挡开这些乱七八糟的事情，可是没有想到，他却……"刘轩轩说着说着，又开始哽咽起来。

黄汉文一句话也说不出来，也不知道如何安慰这位和自己女儿年龄相同的姑娘。

"他每次都要求庄严给他安排与我最近的房间，而他的目的就是能够接近我。有一次，他成心用酒把我灌醉了，然后就……"刘轩轩不愿多做细节上的描述，说完后她再次泣不成声。

虽然，黄汉文已经对发生在刘轩轩身上的故事有所预料，但是当刘轩轩再次哭起来的时候，他还是心中如同刀绞一般，这种感觉就像是一个父亲看着女儿被歹徒蹂躏却无能为力一样。

"我真的没有想到，这样的长者，这样的专家，能干出这样的事情来，而且不是一次，他几乎每次做节目的时候都要对我……"刘轩轩咬着牙。

"你为什么不反抗，不揭发？"

"我老家在河南，我妈一辈子的梦想就是想让我有个北京户口，大学毕业后，我顺利进入这个看似美丽的圈子里，这成了我妈在邻里的骄傲一样。我每年回老家都跟我妈谈想离开北京的事，而一说到这个事她就哭得死去活来，弄得我最后只能留在这里，我现在也没有别的办法，只好委曲求全地在世上活着，因为离开电视台我恐怕也找不到更好的工作了。"

"没有试图交个男朋友？你这么漂亮，应该不难找的。"

"交过，但是王大山一再威胁，说他才是我的男人，是他一直在我身边保护我，如果敢对不起他，他就说要揭发我们之间的事。所以交的男朋友我后来就都拒绝了。"

"这些事还有谁知道？"

"庄严应该知道，但是他好像很仰仗王大山，对于其他专家他经常在台上吆五喝六的，但是对于王大山他是出了奇地尊重，对于这种事，我想在他的眼里我不过是个可以利用的棋子，恐怕比酒吧里坐台的小姐还要廉价吧。"

"你为什么跟我说这些？"

"我觉得您是个可以信赖的人。"

"你怎么看出来我就是个比较值得信赖的人呢？"

"只是感觉，当我看到您女儿照片的时候，我觉得我有必要跟您说这些，我已经没有可以倾诉的对象了。"

"还要问你个比较尴尬的问题。"

"这一次王大山也进过你的房间吗？"

刘轩轩低下了头，轻轻点了点。

"那你这些天有没有发现他有什么异常的举动？"

"他好像比我们早来了很多天，但是他还是把我的房间安排在了他的对面。我只发现了一件比较不正常的事情，有一天有个女人来敲过他的门，但是他不在。"

"一个女人敲门？这有什么不正常的？"

"绝对不正常！因为王大山每次在各地做节目的时候，都有很多人找他的，王大山虽然也有接待，但我们入住的都是比较高档的宾馆，有着很严格的管理，王大山不想见的人，在柜台那里就都被拦住了，也就是说能上楼见到他的都是提前约好了的人。可是这个女人，来到了他的门前，按说这应该是已经和王大山约好了才是。可是敲了半天的门，王大山却不在，这难道不是一件很奇怪的事吗？"

"嗯，这确实是不正常的，你有没有看清那个女人长得什么样子？"

"对不起，我也没有预料到会有案件发生，所以我没有注意，而且只是在猫眼里往外看了一眼而已，而且那个女子好像也特意伪装了自己，戴着墨镜，还有个圆沿的帽子，衣服的颜色我记得是一件红色的连衣裙。"

"哦？她是什么时间来的？"

"9月16日上午9点。"

"记得这么清楚。"

"那天正好是节目开始筹备的时间，我随后就要随着摄制组去会展中心了，所以我记得很清楚。"

"一般找王大山来的人都是什么事？"

"这种事他不和任何人说，都是关上房门来做，但是可以预见都是和鉴宝有关的事，而我也看到过曾经做过的那几期节目的获奖者到过他的房间，我猜测无非是有想抬高自己的收藏品价值的人找到他，想让他在节目中抬高收藏品的价值，还有一种可能就是他找来那些是枪手，想把自己的收藏品交给他们，让这些人在节目中出现，他好做戏来抬高自己的藏品价值。"

"你说的有道理，但是现在有个问题，现在其实最大的杀人嫌疑犯就是你！你还不知道吧？"

刘轩轩瞪大了眼睛，说："难道您不相信我刚才说的话？虽然我很恨他，但是人不是我杀的，不过我倒是很感激那个凶手，杀了这个披着人皮的禽兽。"刘轩轩那一段段痛苦的回忆似乎又袭上了她的心头。

"不，我相信。但是据现有的证据来说，我想凭借我们刑警队长胡玉言的能力，他很快就会查到你。而关键是你要不要把刚才告诉我的也告诉他？"

"我也不知道。"刘轩轩再次低下了头。

"我觉得如果他找到你的话，你还是全盘托出的好，不要有所保留，我虽然不太喜欢那个家伙，但是胡玉言绝对是个可以信赖的刑警。"

"到时再说吧，您让我也考虑一下。"

"嗯，不早了，刘小姐你还是早点回去吧。"

刘轩轩点了点头，这才记得手中还一直拿着那个鼻烟壶的盒子，然后不知道是把这个给黄汉文好，还是不给好。

"这个到底值多少钱？"黄汉文指着鼻烟壶的小盒说。

"我估计不会少于一万元！"

"看来我的级别还是不够啊，送给别人的都是《古董鉴赏》节目上那些动辄几十万的东西吧？"

刘轩轩选择了沉默，因为她确实不知道这个东西的价值，只是知道确实是庄严在河北衡水做节目时买的。

"这个你还是拿回去还给那个庄导吧，顺便告诉他一句话，我想我帮不了他。"

刘轩轩点了点头，向黄汉文告别后就要走。

"等一等！"

刘轩轩转过身来："您还有什么事？"

黄汉文从怀中掏出了一张名片，说："如果你还有什么需要帮助的话，就打这个电话，这是我大女儿的名片，她叫黄晓英，我估计你们见过面了，她是 T 市电视台的。如果你真的不想在北京干了，你就来 T 市吧，这里虽然小，但很适合生活，你找晓英，我跟她打个招呼，让你在她那里工作。你母亲那你不用太多顾虑，人生不是只为了别人活的，一个北京户口不值得搭上你一辈子的幸福。"

"好的，我会考虑的。"刘轩轩的眼睛里再次充满了晶莹的泪光，而一颗泪珠已经顺着他的脸颊流了下来。

"王大山死了，未尝不是件好事，你还年轻，赶快走出来，找个好男人结婚，忘掉过去吧。"

"谢谢您，真的很感谢您，也希望今晚上没有给您添麻烦。"

"放心吧，包括今天我跟你们吃的这顿饭也是跟上面打过招呼的，我是搞政治出身的，从来不会在这些方面出问题的。"黄汉文依旧保持着平静的笑容。

～ 2 ～

"你小子的脑袋是不是让驴给踢了？"王勇一边看着邢振玉拿来的东西，一边责怪他，"怎么能在人家的摄像头里故意留下了影像呢？"

"行了，小邢这事办的没错，如果是我也会这么做的。"胡玉言在一旁打断了王勇的责难。

"胡队，你就护犊子吧！"王勇狠狠地瞅了一眼邢振玉。

"求您动动脑子，我们没有搜查令，又要到人家的地方带出东西来，不给人家留点东西人家能让你出来吗？那唐家兄弟可是精明得很！"胡玉言一点也不让步。

"那也不能给人家留个清晰的影像啊？"王勇显得也有点急了。

"小邢进门前，他就已经被摄像头拍到了。这点我想这小子进门前就已经意识到了，所以他才会无所顾忌，拿出东西来干脆在摄像头跟前留下影像，否则只是拿着东西出来，而避讳摄像头的话那不是更可疑吗？再说即便不留下影像，估计唐家兄弟也会让你留下个字据啥的，你说说看，是留下个白纸黑字的字据好，还是留下一个早已不能回避的影像好？"

这几句话说得王勇哑口无言，憋了半天才愤愤地说道："我这思维就是不能和你们这帮大学生比，这么一会儿能想起来这么多弯弯绕来。"

"这不是弯弯绕，而是人最起码的逻辑模式，用最小的代价来换取最大的利益！"胡玉言依旧带着埋怨的语气。

邢振玉在旁边抿着嘴，尽量不让自己笑出声来。

"不过这可是违纪啊，这么做就怕上边会有什么……"王勇总是在这种时候，体现他粗中有细的一面。

"我说王勇，我最近可是发现你越来越适合当指导员了，常常搞起政治工作来了！"胡玉言还没等王勇的话说完，就把他拦了下来。

"胡队，你又说笑！"王勇开始嬉皮笑脸起来。

"有什么事我担着就是了，又不是第一次跟上边吵架了。你知道，这年头，在中国，只是一本正经靠推理和鉴定去破案那是根本不可能的，一来咱们的鉴定技术跟不上，二来我们的司法公正常常会受到方方面面的压力所限制，不打打擦边球是不行的。"

胡玉言说完，点上了一根骆驼烟，又瞅了瞅王勇："让你小子去找那个临时工，你倒好，跑到高速公路入口去给我拦套牌车，你说你是不是够不着调的啊？"

"胡队，那套牌车可是我追了很长时间的，正好昨天抓到了，不能不去啊，再说这不是也有意外收获吗？"

胡玉言嘴角露出了难得的笑容，说："你这次还真是瞎猫碰上死耗子，不过你得感谢人家林记者才是。"

"嗯，嗯，还是你们这些念过大学的人厉害，过目不忘，她凭记忆就说出了那辆车上有10件曾经上过《古董鉴赏》节目的宝贝，而且还都能叫出名字来。什么香木鸳鸯、鸡油黄锥把瓶什么的，太多，我也记不住。"

胡玉言暗自在感谢林玲又有意无意地帮了自己的忙，而且她那个说《古董鉴赏》节目内部有问题的短信，也让胡玉言对案件线索的串联有了初步的认识。但是从现在情况看，他深知这个案件背后的内幕复杂且深邃，所以他打心眼里不愿意林玲再继续参与调查。

"王勇我跟你说，林记者参与别的案件可以，但是《古董鉴赏》案到此为止，你不能私下再透露给她任何关于案件的消息，听到没有？"胡玉言的表情变得有点严厉了。

"那丫头鬼得很，简直是无孔不入，她可不光是咱们警方这一条线。"王勇把自己说得有点无辜。

"把好你的嘴就行了，别人你不用管，还有你那嘴实在太容易漏风了，最好买点线缝起来。"

"胡队，你又拿我找乐！"王勇把手一摊，做了一个脑袋重重砸在桌子上的动作。

"少耍活宝，那批缴获的文物呢？"胡玉言向来对王勇所做的天真可爱的动作有免疫。

"都交给市里的博物馆，让专业人员去做进一步鉴定了。"

胡玉言点了点头，问："货车司机，审问了没有？"

"回来就审了，他只是个司机替人拉活，连车都不是他的。"

"他老板是谁查了没有？"

"已经有眉目了，我已经派人去了，都是精明的弟兄，这个你放心。"王勇这话显然是在敷衍胡玉言。

"嗯，抓紧啊！还有那个临时工，有眉目了没？"

"我已经联系了会展中心人员，他们说所有的场景外的人员都不是摄制组雇佣的，而是咱们 T 市电视台的人负责的。我已经跟他们这个节目的负责人黄晓英联系过了，今天下午我就去她那，了解一下具体情况。"

"黄晓英就是黄汉文他那个宝贝女儿吧！"

王勇点了点头："对，上次她妹妹去世时，到咱们刑警队来过，是个很坚强的女人。那起失去妹妹的交通肇事案到现在都没有破，说实话我还真有点难以面对她呢。"

"那还是我去吧，你不知深浅，再轻一脚重一脚的，出了问题不好交代。"胡玉言的脸上显示出了难得的体贴。

王勇心想，好像在处理这些问题上，胡玉言比自己还不知道轻重，不过他也没有反驳胡玉言，说："你去时想着试着找他们要当天会场的录像，据说电视台有一份拷贝，找摄制组那头要了，可他们推脱不给，我们又没有上面下的手续，没法办。"

"我试着看看吧，摄制组不给，电视台也未必就能给咱们。"

胡玉言想起了自己与黄汉文的矛盾，而且自己还欠他女儿一起人命案未破，心里也不禁收紧起来。恐怕去电视台黄晓英也未必帮忙，不过胡玉言想来想去，这也正常，因为自己似乎还是亏欠人家多些。

"那我接下来干什么？"王勇怕胡玉言再骂他，试探地问道。

"通过你的所有关系，查那个临时工，你不是说过嘛，抓人你在行。我看你小子有多大道行，别光说不练啊！还有那批缴获的文物你也盯着点，有消息随时通知我！"

王勇点点头，有点不好意思，破案没思路，抓人够勇敢一向是他的工作作风。

"来吧！小邢说你的事。"胡玉言又转向了邢振玉。

邢振玉的准备非常完备，他拿出一个笔记本打开，原来他把这些天的调查情况已经详细列出了一个具体的框架来。

"王大山是从9月1日开始入住的东郊××宾馆，摄制组是在9月15日才到，而节目是在9月17日才正式开始录制，他整整早入住了两个星期。我查看了王大山的房间，那里十分整齐，据大堂经理唐俊东说，他从来不让服务员去打扫房间，也就是说这个房间半个月内都是他自己打扫的。我昨天回来把9月1日到9月16日的宾馆录像大略看了一遍，正如唐俊东所说，服务员确实没有进过他的房间。"

邢振玉顿了一顿，把黑色软皮本拿了起来，继续说道："鉴证科已经确定，这个软皮本上的指纹确系王大山的，因为得到王大山的笔迹太少，这本上记的内容是不是王大山的笔迹尚未确定。但如果这个本上的内容确系王大山所记录的话，应该是这些天王大山接待的客人情况，具体的时间他记录得非常详细，但是会见时干了什么却没有很明确的记载，只是写了一些古玩的名称在时间后。"

胡玉言点点头。

"我已经找唐俊东把这些天到宾馆来见王大山的人员名单复印了一份，我会尽快与监控录像中那些进过王大山房间的人进行核对，然后组织人力对这些人员进行逐个排查。据唐俊东说，还有一些想见王大山的人却被拒绝接见，这些人有的留下了联系方式，有的没有。这些留下联系方式的还好说，那些没有留下联系方式的人排查起来会很困难，但是现在还不能完全确定那些人就和本案无关，所以还不能放弃这个努力。"

"没有关系，我派拨人手给你。"胡玉言一边点头一边说。

邢振玉也点了点头，又拿起旁边的相册，说："相册上同样只有王大山的指纹，这上面都是些古玩、珍宝的照片，乍看之下，并没有什么特别的，但是昨天王队拿回来的10张林记者辨认出来的被截获的在《古董鉴赏》节目中出现过的宝贝，全部赫然在列。而且在这些照片下，标注着价格，我计算了一下，10件宝贝超过了700万。"

"看来极有可能是王大山贩卖了在节目中出现的珍宝！"王勇又开始插嘴。

"真实情况还不能确定，但是我询问了唐俊东，王大山是否带着大件的东西出去过，唐俊东推说不知道，后来我看了录像，他自从9月1日开始到9月15日，每天早晨八九点钟，就会抱着一些盒子出去，去哪不得而知。这个必须还要加强警力询问门口等待乘客的出租车司机，运气好的话应该会有线索。"唐俊东很明显遵守了和刘胜利的约定，并没有把王林省的情况告诉邢振玉。

"这个我也会加派警力去调查。"胡玉言又吐了一口烟圈。

"在王大山的行李中，还发现了正好15张托运单。全部加了全额的保金，始运地是北京，时间是8月27日到8月28日之间，目的地都是我市东郊××宾馆7103号房间。"

"看来是早有预谋，房间是很早之前就确定下来的。"胡玉言想了想说道。

"确实是这样的，我询问过，王大山是在8月27日电话预订了7103号房间，不过很奇怪，他同时预订了7104号房间，7104号房间就在王大山房间的对面。而这间房间现在是《古董鉴赏》节目的外景主持人刘轩轩在住。"

"看来这个人和王大山的关系也不一般。"胡玉言道，"这也是个追查的重点。"

"鉴宝专家给节目组女主持提前半个月预订房间，看来有不正当的男女关系的可能性。"王勇推测着。

胡玉言没有说话，沉默了好一会，他显然是认同王勇的这次判断，只不过是不愿意附和而已。

"其实，确实在摄制组入住的那天晚上，王大山就进入了7104号房间，到了转天早上才出来。"邢振玉最后还是补充了这么一句，算是证明了王勇的判断。

"还有个事情很让我意外，就是这些托运单，是用各种不同的托运公司托运的，而且邮寄的人员全部不相同。这个核查的工作量也很大，要不要请求北京警方予以协助，等待胡队你的指示。"

"暂时不要了，现在上方的意思不明，各地方对于这起事件态度也不明朗，如果要调查的话，我们自己派人过去就是了。"胡玉言的话多少有点郁闷，"还有什么情况吗？"

"由于没有搜查令，所以，我的搜查也不太细致，在王大山的行李里还有几本书，都是关于鉴宝方面的，其中有几本是他自己出的，他还签了名字，可能是要送人的，至于要送给谁恐怕很难知道了。就这么多了，其他的情况还需要进一步的调查。"

胡玉言对邢振玉的调查非常满意，对他说道："辛苦了！不过，我还是要补充一点疑问。"

邢振玉双眼注视着胡玉言，认真地聆听着他的声音。

"从王大山出门携带的物品数量和托运单的物品数量来看，他最少带来了15件古玩来到T市，而林玲只确认出了10件藏品是出于他带来的东西中，剩下的5件在哪里？是还有5件林玲没有确认出来？还是这5件藏品另在他处？这些也需要我们调查。"

"胡队说的是，对于这个问题看来又是个工作量不小的事情，不过我会尽快查明的。"邢振玉表情严肃。

这时，那首《信仰》又响了起来，胡玉言看了看来电显示，知道是局长张涛的电话，便起身走入了自己的办公室，并带上了门。

"有点情况，你赶快到我这来一趟。"张涛的语气很急迫。

❧ 3 ❧

人是一种很奇怪的动物，常常会因为利益而互相争斗，你死我活，也常常会因为利益而聚集在一起，互惠互利。

在整个摄制组里，霍霍感觉只有王大山才是把他们串联起来的那条利益的红线。王大山有一双近乎神奇的眼睛，这双眼睛不只能分辨出古玩的真假，还能看透很多事物的本质。不知道王大山挖通了什么样的关系，并没有任何显赫学历背景和工作经历的他在 3 年前来到了摄制组。

而自从他进组以后，《古董鉴赏》节目所有的一切都在发生着改变，原来节目像是一个古板的纪录片，只是在说这件藏品的真假，还有他的历史、制作方法等等，不涉及价值的范畴。再加上观众互动的环节很少，节目的收视率不是很高。众所周知，这样的纯文化性节目，是根本引不起现代人的兴趣的，是王大山率先把给宝贝估价这个理念引进了节目组。

商业价值是现代中国社会的润滑剂，再无趣的事加上利益两个字也会让无数人驻足围观，而即便是伟大、正义这些高尚的词眼，或是很吸引群众的那些低级趣味的事，现在只要不和利益、价值沾边，也会变得极少有人关注。中国人就是在这种文化和思想的畸形发展下，不知道什么时候，变得现实且丑陋起来。

王大山带来的是屡屡提高的收视率，还有人们对一件价值连城的古玩真品的疯狂追求。这些都说明王大山的眼睛能看到中国人心中这个时候到底需要什么，必须是活生生的利益才能抓住观众的心，才能真正提高节目的收视率。而王大山这根红线一旦被剪断，摄制组就像串在红线上的铜钱一样，叮叮当当散落了一地。

王大山死后，摄制组的人际关系霎时冷却了下来。就像是一片烧红的铁片，被突然浇上了一瓢凉水，铁片瞬间冷却定型，而人们之间的亲昵就像是蒸发上来的白色水汽一样迅速散尽了，只留下那难闻的让人窒息的气味。

霍霍近期显得局促不安，身上总是像有一百多只小虫子撕咬一样，要多难受有多难受。他明明知道一些王大山死之前的异常举动，却被庄严严格下达了封口令，什么都不能对外界透露，特别是警察。从一开始，霍霍就感觉到，这起案件绝没有想象的那么简单，虽然警方并没有对外公布调查结果，但是王大山死时，自己是离他最近的人之一，王大山确系谋杀无疑，霍霍基本可以肯定这一点。

霍藿无数次在思索，是不是凶手就在自己的身边，他想过和王大山关系不清不楚的刘轩轩，也想过与王大山总有着那么多秘密的庄严，但是他却不能确定任何的东西，因为王大山的死是那么的突然，那么的神秘。更让他感到不安的是虽然案件发生已经有两天了，可是警方早就应该展开的例行询问，却迟迟没有到来。而他也反复在思索，如果警察对他进行询问，他要怎么回答。如果案件发生后，警方就来盘查，恐怕自己很可能会按照庄严的要求，一问三不知。但是现在这个想法就像是一个毒瘤一样折磨着霍藿。

刚出道时，霍藿并不是个很受欢迎的主持人，他一直想要模仿很多主持人都在模仿的港台音，可是这种模仿是失败的。娱乐节目中，他没有现在流行的那种中性男子的做作，而新闻节目中，他却又显得不那么严肃自然，这让他在主持界混迹多年却还是默默无闻。

一个偶然的机会，庄严发现了这个还在台中跑着龙套的可怜虫，他一眼发现了他适合《古董鉴赏》这个节目，不能太严肃，但也不能太时尚，霍藿正属于这种可以为那些宝贝当配角的角色。而霍藿也确实一度在这个节目中找到了快乐，找到了那种属于主持人特有的归属感。他还一直试图跟专家们学上两招，喜欢在背后听他们讲解古玩的故事。可是，似乎鉴宝专家的职业和他的职业好像永远是平行线，即便这两条线离得再近，却也不会相交。霍藿每一次都抱着极度认真的态度去学习，但是一年多下来，他还是灰心了，觉得这一行实在离自己太远了，这让他觉得越来越没有意思，他还曾经一度想要放弃这个好不容易才占据的位置。

正是王大山的到来，才彻底改变了这种情况，无论别人怎么看王大山，但是从霍藿这里他十分感谢王大山。因为他感到，王大山是在真心地毫无保留地想要教自己一些东西，他并不像其他的专家一样把古玩鉴赏说得那么神乎其神，让人一听就觉得这不是一般人可以触及的行业。

有几次王大山甚至在业余时间，手把手教给霍藿一些宝物的简单鉴赏方法。

王大山总是对霍藿说道："所有的宝物除了字画外，都应该用你的手去抚摸，才能感到他们的价值，你抚摸他们的时候应该比你抚摸美女的肌肤还要兴奋才对。"

对于很多参加节目的真品，王大山在录制的过程中，都故意让霍藿去抚摸一下，感受着这些真品能够给人带来的那种冲击感。霍藿虽然在鉴赏方面没能有多大进步，但是他依旧感谢王大山，因为王大山在用自己的行动传达给他一个信息，那就是鉴宝行业属于人，而不是属于神。如果你肯努力学习，照样可以做一个优秀的鉴宝师，当然这可能需要很长的时间。而这些都是其他专家拒绝给予霍藿的信息，他们总是觉得鉴宝只有他们极少数人才能触碰这个领域，而普通人只有对他们顶礼膜拜的份儿。

霍藿知道，王大山在背地里干着一些不可见人的勾当，他对于宝物价值的极为看重，也让其他专家对他十分不齿。可就霍藿看来，对于利益的追求，王大山表现在了明面儿上，而那些假道学的专家们，之所以挤破头往《古董鉴赏》这个节目里钻，不也是为了追求利益吗？这跟王大山比，根本没有本质的区别。相反，他们少了那种真小人的洒脱，多的是伪君子的负担。是王大山给了霍藿在《古董鉴赏》节目中继续干下去的兴趣和希望。而对于王大山的死亡，整个摄制组最痛苦的莫过于霍藿，因为对他而言他失去的是一位良师益友。而能够找到杀害王大山的凶手，也就变成了霍藿的希望。他想把自己所知道的一切全都说出来，但是又迫于庄严的压力，他不敢主动去找警察。

但此时，只要霍藿一闭上眼睛，就能看到王大山那双充满了魔力的眼睛总是在盯着自己，这并不是噩梦，也没有那么恐怖，但却让霍藿感到焦躁不安。他越发感到应该把自己知道的告知给警方，即便因此会丢了工作，也应该去这么做。但每当他有这种想法的时候，霍藿就会觉得长着鹰眼的庄严就会用另一种眼神盯着他，像是在警告他，不能轻举妄动。

霍藿的脑子里不是天使和恶魔在争斗，而是王大山和庄严的两双眼睛在对视。

但在与黄汉文吃完那顿饭，看到庄严的种种丑态后，霍藿的思想已经完全偏向于向警方坦白自己所知道的一些事情。但是，此时他还是缺少那种向警局走去的勇气，他万分希望警察现在就来敲开他的房门，然后向他询问案件前后的种种状况，他那时会一股脑地把前前后后的事件说得清清楚楚，这样就能尽快找到杀害王大山的凶手。可是他现在却什么都做不了，也什么都不敢做。

霍霍躺在房间的床上，仰望着天花板，霍霍记得当初王大山也爱这样做，他不说话的时候，总是爱看着天花板，但是却就是天花板上掉下来的东西夺去了他的生命，这简直像个巨大的预兆。难道王大山自己曾经听到过某些偈语，让他多注视头顶上的东西？难道真的有人告诉过他，头顶上会飞来横祸？霍霍胡思乱想着毫无意义的问题。

突然他的手机铃声响了起来，霍霍是个彻底的"哈日族"，他的手机铃声是日本天后级女歌星仓木麻衣的《always》，这首铃声曾经给他带来了无数人的白眼和不理解，对于一首根本听不懂的日文歌，霍霍却一直坚持用它来做铃声。因为这首日本铃声，其实是最符合霍霍的生活状态的，他的生活和工作总是一遍遍重复着自己而已，而且是高速重复着，没有任何的停歇，仓木麻衣甜美的声音，和带有爵士乐特点的鼓点儿与吉他的混音，都让霍霍一次次感同身受，所以他喜欢这首歌。

霍霍真想听完了这首歌再接听电话，可是看到来电显示，他还是按下了接听键。

"喂，你好，我是 T 市电视台的黄晓英。"

"哦，你好，黄组长，有什么事情吗？"

"嗯，不知道霍老师您有没有时间，我想请您吃饭。"

"吃饭吗？对不起，最近是多事之秋，摄制组严禁外出呢，特别是如果在吃饭的时间看不到人的话，恐怕会被领导骂的。"霍霍装出了那种小孩才会有的为难语气。

"一顿午饭而已，恐怕没有这么严重吧，来吧，给您介绍一位朋友，大美女啊！不来准后悔。"

"是哪位美女啊？我认识吗？"

"哎，问这么多干吗，见了不就知道了，你赶快来吧！"

对于霍霍来说，在电视台工作的他从来就不缺少看美女的机会，一个美女根本就提不起他的兴趣来，只不过黄晓英在 T 市电视台来说是一个比较有能量的人，不到 30 岁的年纪就可以独当一面，电视台把整个《古董鉴赏》节目的会场安排全权交给她负责，可见上级对她的信任。但是在中国当代也不难知道，小小年纪就被委以重任的人，后台也一定够硬，所以霍霍知道贸然回绝黄晓英的邀请，绝非明智之举。

"那好吧！哪里？"

"你现在打车出来，到电台路下车，那里有一家厢式烧烤店很不错的，我们在那等你。"

"好的，我收拾一下就出来，你们可能要等一会儿。"

"呵呵，帅哥就是要注意形象啊，好的，不见不散。"

霍霍挂掉电话，开始思索着自己的形象，案件发生后，他一直都没有换衣服，把做节目时的一身短袖 T 恤衫一直穿在身上。他嗅了嗅，除了有一股汗渍的味道外，似乎还夹杂了一点昨天搀扶庄严时所留下的酒气。这让他多少有点恶心，要去见两位女士，自然要换一身干净的衣服。

他换上了一身深蓝色的普通 T 恤衫，穿上牛仔裤。然后，他又想了想要不要戴上墨镜，后来觉得自己真是有点可笑，又不是一线的大牌明星，怕狗仔队跟踪，戴那玩意倒显得惹眼了，所以霍霍又照了照镜子，觉得没有任何问题后，就打开房门，准备出门了。旁边就是庄严的房间，霍霍脑子里还有一个念头——要不要去打个招呼，后来想想，恐怕这会儿他还在神智并不清醒的状态下，还是不惹他为好。

霍霍之所以敢自己独自出去，是因为自王大山死后，摄制组里午饭和晚饭的时候，都很少有人到餐厅去聚餐，而大多是叫服务员把饭菜送到客房来吃。所以大家一天见不上一面都是很正常的事情，这会儿出去运气好，恐怕庄严都不会察觉。即便是察觉，霍霍想到他昨天的丑态，自己出去和朋友吃顿饭，恐怕也不是什么说不过去的事。

霍霍坐着电梯下楼，准备离开东郊 ×× 宾馆，礼仪小姐有礼貌地向他打着招呼，霍霍也礼貌地冲他们点了点头，宾馆外就有停靠在边上的出租车，还没等霍霍招手，就有一辆车开了过来。

霍霍坐在了车的后座上，说："电台路有个厢式烧烤店，我要去那。"

司机点了点头，挂上一挡，踩下了油门。出租车司机正在听着电台的广播，而一则新闻触动了霍霍。

"9 月 17 日，我市东郊会展中心举行的《古董鉴赏》活动录制现场发生悲剧，全国知名鉴宝专家王大山被掉落的会场顶灯砸中，当场死亡。现我市刑警队已经对该事件展开全面调查，据刑警队队长胡玉言表示本案不排除他杀的可能性。此次事件的后续报道，请继续关注我台的新闻节目。"

霍藿一阵奇怪，心想："庄严不是说媒体都已经被封住了吗？怎么会这么高调地宣布警方要开始全面调查了？难道是昨天请黄汉文吃的那顿饭起了反作用？都怪庄严昨天喝多了，说了那么多废话。"不过霍藿转念又想，也许这样更好，自己解脱的时刻可能就快要到了。

司机在后视镜里看了看霍藿，道："您也是那个《古董鉴赏》节目的吧？"

霍藿轻声答应一声，并没有说话。

"也不知道这回警察怎么回事，外边都在传言那个王大山是他杀嘛，干吗老这么遮遮掩掩的，还什么不排除他杀的可能性，也不知道这帮家伙是干什么吃的？"

"您也认为是他杀？"

"不瞒你说，那个王大山在死前半个月都一直在坐我的出租车，警察早就调查我了，你说要是意外的话，警察干吗要询问我呢？"

"您认识王大山？"霍藿的表情有点紧张。

司机正是前两天被刘胜利询问说话着三不着两的那个王林省。

"说实话我是不认识他的，你也知道，我们开出租的起早贪黑，哪有工夫看电视。要不是后来这事传得沸沸扬扬，我儿子让我上网看，我都不知道那两天拉的那个人原来是个大人物。"

"我们节目虽然有点影响力，但是也不像是大家想得这么火，您不认识是很正常的。"霍藿遮掩似的回答，不想再和王林省继续这个话题。

但王林省似乎并没有要停下来的意思。

"其实我也是后来才琢磨过来的，因为那个王大山一直戴着墨镜和鸭舌帽。"

"不认识恐怕也是件好事。"

"哎，像你们这些有钱人还真是很危险呢，有时名气越大，就越危险啊！"

王林省一直没有提到霍霍的名字和主持人的事，霍霍觉得恐怕他还真是没看节目，根本不知道他就是《古董鉴赏》节目的主持人。霍霍一路上都在思考王林省所说的话，一个人怎么活着才算幸福？

王林省虽然整天忙忙碌碌，为了老婆孩子，连个看电视的时间都没有，但是他却享受着平庸所带来的幸福，而像他一样每天都有着很高的追求，梦想着成为中国首屈一指的主持人，站在星光闪耀的舞台上享受着众星捧月一般的待遇，到头来又得到了了什么？霍霍想到这，就觉得有点像一个宋瓷真品和家中摆放的普通花瓶一样，宋瓷虽然名贵，却时常要费尽精力、小心翼翼去留意它在意它，而花瓶虽然普通，但是人们却可以每天自然地接近他。宋瓷和花瓶都是泥土烧制出来的东西，工艺也大致相同，但是他们的价值却有着天壤之别，人们都想拥有一个宋瓷的宝贝，却忽略了身边的花瓶，其实很可能就是那个花瓶才是最适合自己生活的物件。人们常常会忽略只有最普通的东西才能融入最真实的自然中。

东郊××宾馆离电台路并不远，而王林省把车也正好停在了厢式烧烤的路旁。

"用不用我等您？"

"不用了，谢谢您，师傅"

"嗯，看来你们电视台的都一样，管送不用管接。"说完，王林省调头从另一边的马路疾驰而去了。

霍霍推测一定是王大山坐他的车也不让他送回来，不过他对此并不感兴趣，径直走入了厢式烧烤店的大门。

这家烧烤店并不是一家很大的门脸，像是街边到处都有的那种小型烧烤店。但是走进一看，里边却是别有洞天，整齐的布局，清洁的环境立即带给了顾客好感。

见霍霍进来，热情的老板娘马上迎过来。

"先生，几位？"

"三位，请问有没有一个姓黄的小姐已经来了。"

"嗯，是的，两个人就在十号桌等您呢！从这左拐，楼梯旁就是。"

"好的，谢谢！"

老板娘的热情，让霍藿对这里又增加了几分亲切感。

刚刚走过拐角，霍藿就看到了黄晓英。黄晓英长得不算漂亮，但是却有着一副高挑的身材和匀称的女性比例。像是一个笑话里说的，长得漂亮的姑娘叫美女，而身材好的姑娘叫气质女。黄晓英就属于这种很有女性气质的女人。而黄晓英的身边坐着一个穿着白色缎面衬衫的女性，霍藿一眼就觉得她很眼熟，好像近期见过她。

黄晓英此时也看到了霍藿，冲他使劲摇晃着右手，跟他打招呼。

霍藿慢步走了过去，看到两位女性打了招呼："这么早就到了，作为男性迟到真的很不应该。"

"没事，你远，我们近嘛。"

很显然黄晓英的性格中带有种一种豪爽，当然这种豪爽体现在女性身上就有点贬义的味道，常常会跟疯联系在一起。

"这顿饭我请了啊！"霍藿显然对让两位女士等他感觉到了歉疚。

"嗬嗬嗬，刚才还挺绅士的，这会怎么又俗上来了，什么请客不请客的！对了，还没给你介绍，这位是……"

还没等黄晓英介绍完，霍藿主动说道："我们是不是见过面？"

"你真是贵人多忘事啊！案发当天，是我给尸体照的相。"

霍藿突然想起，她就是在王大山被砸死后，也跟着胡玉言上了舞台，保护现场并且给尸体拍照的那位女性。

"哦，想起来了！您是位女刑警？"霍藿伸出了右手，心中充满了喜悦。

"呵呵，您还没有见过像我这样大胆的女孩吧？我叫林玲，是《T市晚报》的记者。"

原来坐在黄晓英旁边的正是林玲，她伸出手来跟霍藿握手。林玲的回答让霍藿大感意外，他一直以为那天拍照的是一位便衣女警。

"行啦，行啦，二位帅哥、美女不要寒暄了，赶快坐下说吧。"

霍藿一笑，不知道为啥，他虽然和黄晓英认识的时日尚短，却可以从她身上感到那种在自己摄制组身上难以感到的亲近感。

"你点吧！"说着，黄晓英把菜单甩给了霍藿。

霍藿一边展开菜单一边说："为什么选择这家烧烤店？"

"当然是我们两个都爱吃烧烤了。"黄晓英的性格开朗，然后又指了指桌子旁边抽油烟的管道说道，"还有这个，一般的店里可没有这个，烧烤如果弄得女孩子满身都是油烟味那就腻歪人了，还要回去洗头，换衣裳，烦人。"

霍藿保持着对黄晓英的好感，笑着对早已经站在旁边的服务员说："五花肉、牛舌、牛肉各一盘，给两位女士上一盘山药，再来一盘山芋。"

"看来你也是常吃烧烤啊？"黄晓英抿着嘴一笑，虽不美丽的脸上却带出了一个无比可爱的神情。

"嗯，前女友很爱吃这个，所以我也有点心得。"

黄晓英和林玲都不知道霍藿说这话是什么意思，两人有点尴尬，都没搭茬。

不久，烧红的炭被服务员放到了金属的凹槽中。在这暑气还没有消退的季节，人们坐在凉气逼人的屋中靠着炭火吃东西，让每个人都能感觉到人类的生活总是充满在矛盾之中，却又在这种矛盾中顺其自然地进行着。

霍藿喝了一口早已摆在眼前的大麦茶，对黄晓英说道："今天找我出来到底为了何事？"

黄晓英努着嘴，指了指林玲："不是我，是她找你！"

"哦？林小姐有何贵干？"

霍藿早已猜到恐怕是这个和警察关系密切的记者，可能要从自己这里套出一些有关王大山案件的新闻来，但是他还是故意装了糊涂。

一直在旁边没有说话的林玲笑道："当然是为了王大山的案子！"

"你还不知道吧，你眼前的这位美女，可是我们市的女福尔摩斯，这里一半的刑事大案都有她参与的。"黄晓英一边看着霍藿一边夸奖旁边的林玲。

而这一句话，倒让霍藿紧张起来。

"对不起，如果不是警察的话，有关王大山的事，我无可奉告。"

"我知道王大山这个人的背后有事情，而你们节目组的背后也有事情，警方也已经掌握了一些重要的线索，我想他们不久就会找到你的。"

"既然是这样，让警方来找我好了，对不起，林小姐这件事我对您只能说抱歉，我无可奉告。"

虽然活霍霍十分想找个可以倾诉案件情况的对象，但是他知道眼前的这个记者绝不适合。

"我是搞传媒的，新闻的及时性是报纸营销的最大卖点，我想从您这更加深入地了解一下《古董鉴赏》这个节目的程序和过程，还有王大山这个人。"林玲的话急迫且有压迫感。

"你觉得我会跟你谈这些话题吗？"霍霍似乎已经对林玲的说法产生了反感。

"我知道这起案件，你们摄制组的每个人都在案发后受到了空前的压力，可是有些事很明显是压不住的，王大山被杀绝对不是什么单纯的意外事件。我可以负责任地告诉你，现在警方已经确定了案件为他杀，而王大山来到 T 市，也绝不仅仅是为了做一期节目这么简单。"林玲还是试图在打动霍霍。

"你果然和警方走得很近啊！干吗非要报道罪案呢？新闻有很多种的。"霍霍的口气多少有点不屑。

"嗯，我对罪案有种天生的兴趣，我很喜欢追查罪案的感觉。"

"可是，我不可能什么都告诉你的。"

"没关系，我只问我想知道的一部分。"

"你可以试着问，但我不一定会回答。"

"当然，我不是警察。即便是警察，你也有权保持沉默。"林玲的表情单纯且坚定。

"林记者，你还真是顽固啊！"霍霍感觉自己遇上了比警察还要难缠的女人，心里更加不自在了。

黄晓英见眼前两人的状态有点不对，马上做出了反应："二位，今天只为吃饭，交朋友，工作第二。"

而服务员也恰是时候地把三盘精致的肉类和三份混装的朝鲜甜酱端了

上来，然后给炭炉上加上了一个厚厚的圆形黑色铁板。这一系列的动作像是教练叫了暂停，暂时缓解了场上的紧张气氛。

霍藿看到桌上的这三份肉类，果然很有特色，与其他店大有不同，虽然量少但是却很精致。特别是那盘五花肉，被切成了一个个的小圆片，肥肉和瘦肉相间排列，一个肥肉圆圈套着一个瘦肉的圆圈，像是大树的年轮，让人感觉到十分的喜欢，看到这样的菜肴，霍藿的心情似乎也好了很多。

"对不起，最近发生了很多事，心情不是太好。"霍藿先夹了一块五花肉，放在了烤肉的铁板上，铁板上瞬间发出了刺啦刺啦的声音，五花肉也从刚才的"美丽"形状开始扭曲，蜷缩成一团。

"没关系，其实我知道，这件事情口封得都很紧，不只是你们那，我们报社也是，主编全部封杀了与这次事件相关的报道。不过这也正说明，这件事背后，有着很复杂的内幕。"

"可是我觉得真的不能和你说什么，我现在的压力也很大。"霍藿说着就把那个并没怎么烤熟的五花肉塞进了嘴里。

说完这句话，霍藿的背后突然被人拍了一下，随后传来了一个男人的声音："那你对我说，合不合适呢？"

霍藿回头一望，没想到又是一个熟悉的面孔。

"胡队长？！"霍藿的眼神里充满了疑惑。

胡玉言笑着坐在了霍藿旁边的空座上，说："对不起，其实是我想让林玲约你出来的，她不认识你，只好找到了黄小姐的关系，绕了这么个大弯子，你很意外吧？"

黄晓英一笑："我怕说胡队长约你出来，你会紧张呢，所以就说美女想见你喽！"

"不不，我倒觉得这会儿有个警察想见我，我感觉踏实一些。"霍藿之前想到的事提前到来了。

"你是不是认为，警方一直没有找相关的人员询问是一件很意外的事啊？"

"我想不只是我，摄制组的每一个成员都会这么认为。不过估计也是因为您上面也下了所谓的低调调查之类的命令，才让您很为难的吧？所以您才会把地点选在这里。"

"两个小时前还是这样的，但是现在不存在任何障碍了，至少我们警方这头已经有了新的指示，可以放手调查了，检察院的搜查令也马上就到。"说着胡玉言对黄晓英一笑，弄得黄晓英有点不知所措。

"原来是这样啊！"霍藿想起了之前的那则电台新闻，似乎一切都预示着一切障碍都已经被搬走了，媒体和警方的介入都已经没有了任何阻碍，而胡玉言的话证实了他的猜测。

"这要拜托很多人的帮忙呢！我之所以把询问的地点选在这里，就是因为我不想让其他摄制组的人知道。嗨，今天其实也不是什么询问啦，我也不会做什么笔录之类的东西，我想就是咱们四个人在这里讨论一下案情，这样我觉得气氛就蛮好的了。"

黄晓英笑道："难得，难得，能跟大名鼎鼎的神探一起讨论案情可是件十分惬意的事呢。"

服务员此时又端上了一套餐具和小料，还有两小盘的山药和山芋。

"再来一盘五花肉吧，谢谢。"胡玉言对服务员说道，然后扭过头对着旁边的霍藿说道，"你好像很喜欢这儿的五花肉啊！"

"很特别，很精致！"霍藿好像觉得胡玉言能看透他心中所想。

"这起案件已经确定为谋杀了，所以，找出行凶嫌疑人也就变成了警方现阶段的重点。"胡玉言显然很坦诚，而他的这句话也不仅仅是冲着霍藿说的，也是对对面的黄晓英说的，"我很想知道王大山在被害前有什么特别的举动没有？"

胡玉言一字一字地对霍藿说道："请你一定仔细回忆，即便是再细小的细节。"

铁板上的肉已经糊了，好像烧烤这种要把一半精力都集中在烤炉上的项目，非常不适合谈话，特别是这种严肃话题的谈话。

"既然是胡队长你亲自来问了，我就把我知道的都告诉你！"

胡玉言点点头，不再管烧烤的事，而两位女士此时变成了暂时的烧烤工，给两位男士制作烤肉。

"其实，王大山参加这次节目我是很意外的，因为最初的专家名单中并没有他。"

"你说什么？"胡玉言确实也觉得很震惊。

"其实，懂得鉴宝的专家在全国挺多的，而想上这个节目的专家非常多。王大山在这个节目中的角色十分特殊，他不只是节目的嘉宾，其实他也是节目主要策划者之一，他和其他专家不同，他没有特意要求每期节目都必须上场，相反他有时会把节目的录制机会让给其他的专家。而T市这期节目，他说有其他的讲座，已经确定了不来了。可是就在节目策划完成后，他又突然改口说，一定要来T市。"

"他又重新确定要来的时间是什么时间？"

"这个是他跟庄严定的，但是肯定是在八月中旬的事。"

这是胡玉言遇到的新的线索，完全没有想到王大山竟然有可能躲过这场无妄之灾。而凶手到底是以什么样的理由引诱他前来，还是真的是他必须到T市来才能贩卖那些曾经上过节目的古玩，还需要进一步的核查。

"那你觉得是什么原因让他改变了主意？"

"这个我也不知道，但是他在节目录制的当天说过很奇怪的话。"

"很奇怪的话？"

"是的，他在节目录制前曾经跟我说过，他曾经在年轻的时候来过T市，而且在这里见过一样东西，据说那件东西，人们看上一眼就会觉得无比幸福了。"

"他是这么说的？"

"嗯！一字不差，而且我觉得那件东西好像出现在《古董鉴赏》现场了，当然我不敢肯定。"

胡玉言、林玲、黄晓英都被霍藿的话吸引了。

"哪一件？"

因为亲身参与了节目的录制，黄晓英率先提出了疑问。

"是D213号藏品。"

"你怎么会知道是那一件？"胡玉言带着疑惑的语气问道。

"其实我并不敢肯定，只是因为在节目录制前，剧务把这次参与古玩鉴定的艺术品名册拿给王大山看时，王大山看着那个藏品的照片，说了一句话，他说它终于又出现了！而且一说就是好多遍。"

"在你看来这是个什么样的东西？"

"应该是元青花的坛子，虽然我不太懂，但是从照片上看，从那种不太鲜艳的青花色，再加上很粗犷的上釉来看，是元青花的可能性比较大。"

"日读唐诗三百首，不会做来也能吟！看来就是这个意思吧！"林玲说着把烤好的牛肉夹到了霍藿的盘子里。

"不敢，不过我确实在跟王大山学习着鉴宝。"霍藿话说的有些伤感。

"那个编号是怎么回事？"

"是这样的，由于每期节目百姓送来的藏品都很多，因为节目时间的原因，这些藏品事先要经过筛选，有很多藏品是不可能进入节目录制的。而 D 项的藏品就是不能参加节目录制的藏品。"

"是因为他们都是模棱两可的藏品吗？"

霍藿吃惊地点了点头，说："看来您之前也做过一番调查了。"

胡玉言想到之前尹剑平所说的情况确实没错，为了保障节目的权威性，能够上节目的要不是真品中的真品，就是赝品中的赝品，至于那些在短时间内不能确定真假的藏品则被无情地抛弃了。

"有了 D 号，应该还有 A、B、C 的编号吧？"

"A 代表了真品，B 是赝品，C 是候补的藏品，也就是说还不知道能不能上节目录制的藏品。"

"能不能查到那个 D213 号藏品是属于谁的？"

"所有的藏品都是在节目录制的前一天就到了会展中心，由专家进行筛选，但是很遗憾，初选的藏品基本上专家只是看一眼而已，也并未进行摄像，如果未打算保留的，恐怕只是留藏品的一张照片而已。由于藏品很多，再加上很多藏友不愿意透露自己的姓名和居住地址，所以未进入最后节目录制的藏品也就没有保留其拥有者的相关信息。要问这个 D213 号的藏品的拥有者，恐怕还要问那几个鉴宝的专家有没有相关的印象。"

"嗯，这个我会去的。"

"不过，我想一个没有机会进入会场的藏友，恐怕不会和这次谋杀有什么关系吧？虽然我不太知道具体的杀人方法。"霍霍吃了一口牛肉，觉得这牛肉也很鲜美。

胡玉言没有回答霍霍这个猜测，但是如果他真的不知道那个杀人方法的话，霍霍作出这样的判断是完全有逻辑的想法。

胡玉言继续问了下边的问题："王大山在节目录制前一天，并没有到现场吗？"

"是的，他那天不知道去哪了。"

也就是说，在节目开始前，王大山并没有机会看到这件藏品，这又意味着什么呢？胡玉言的脑子飞快地转着，但是却始终找不到那个应该确定的方向。

"王大山9月1号就来到T市，这你知道吗？"胡玉言开始转过头来向霍霍发问。

"知道！"

"他之前的节目也是这样吗？"

"可能会提前几天，但是据我所知，提前这么多天是第一次。"

"你知道他提前来T市，来干什么吗？"

"咦？这你们不都调查了吗？"

"调查？我们什么时候调查了？"

"我刚来的时候坐的出租车，司机告诉我前两周就是他一直在拉王大山，而且说已经有警察调查过他了！"霍霍一脸狐疑地看着胡玉言。

"开玩笑吧！"

胡玉言早晨才刚刚向邢振玉交代了要调查东郊××宾馆周围出租车的事情，邢振玉上午一直没有离开过办公室，不可能去调查，那又会是谁呢？还是警察！忽然胡玉言的脑子里想到了一个人，但是他怎么也不相信那个人会去参与这起案件的调查。林玲也发现了问题，胡玉言显然还没有命令对王大山这15天行踪的调查，却已经有警察完成了调查任务，而且不应该是刑警队的人，看来对这起案件感兴趣的人实在不在少数。

"你还记不记得那个出租车的车牌号？"

"没注意，不过是辆捷达轿车，而且它就等在宾馆门前，应该是时常在宾馆前拉活的司机。"

胡玉言点点头："刚才你的话给我的帮助很大，还有个问题要问你。"

"你说。"

"王大山和你们的外景主持刘轩轩之间是不是有种很特殊的关系？"

霍藿真的对胡玉言的调查能力感到了钦佩，但是这个问题实在是不好回答，他说："这个我不太明白您的意思，如果有什么问题还是请您自己去调查，因为我实在不太清楚。"

"嗯，好吧，您觉得还有什么其他值得关注的细节吗？"

"这个细节你应该也听到了，就是在王大山留给世上的最后一句话，他当时曾经说，'等等我有话说'。"

"是的，我听见了。"

"当时，王大山戴着耳麦和小型的麦克，所以观众席应该都能听得见他的话，虽然节目不是现场直播，但王大山不惜打断节目录制而说的那句话，肯定是有含义的。"

"我也这么认为！"坐在一旁的林玲一边又给胡玉言夹了一块肉一边说道。

"到底指的是什么呢？"胡玉言也似乎回忆起了这个情节。

"我想应该跟第 17 号藏友的藏品有关，当时她正好获得金牌，已经可以证明她的东西是真的了，而当时还没有到估价的环节，那是等所有的宝贝都确定后才要进行的程序，王大山在这时是不应该说话的，而这时他说话，就表明了可能那几位专家的判断，他有不同的想法，我觉得可能是因为这个。但是我觉得即便有这种想法，也不应该在节目的录制现场说，因为这不是现场直播，即便有错误，也可以在后期的剪辑中删去，王大山是应该知道这点的。所以这句话说的实在是蹊跷，当然我并不敢肯定这和谋杀案有关。"

胡玉言显得很迷茫，虽然得到了很多新的线索，但是这些线索就现在看来还是些没有找到线头的毛线球。

"嗯，今天看来询问就到这里了，如果霍主持再想起什么来，给我打个电话就成。"

"好的，我留一下您的电话号码。"

胡玉言把号码告诉了霍藿，霍藿却只把号码记在了手机里，并没有给胡玉言回拨回来，可能是不愿意把自己的手机号泄露给别人的缘故。

"你难道不怀疑我是凶手吗？"霍藿突然问道。

"据现在所掌握的证据来看，你是第一个被我排除的嫌疑人。"胡玉言冲着霍藿一笑，"要不我也不会最先找你来了解情况。"

霍藿一笑，觉得眼前的这个刑警队长确实值得信赖。

"对了，黄小姐，我想问问您，关于会场布置是不是您一手操办的？"胡玉言又对黄晓英问道。

"嗯，是的！"黄晓英点着头。

"那么王大山在节目录制中所坐的位置也是您那里提前固定好的吗？"

"是的，在调节好灯光后，那里是最合适的位置，是我提前设定好的。"

"电视台的所有人都知道那个位置是提前设定好的吗？"

"几乎是的！这种事没有必要瞒着吧？"

胡玉言没有回答，继续问道："当时您请了多少临时的剧务？"

"这个我还得去核对，好像是不少。"

"在您的印象中，其中有没有一个电工叫张大海的？"

"电工有好几个！名字我都没特意去记，但是有一个给我的印象很深，他干活很不错！而且好像原来干过灯光布景之类的事情。"

"哦？这个人有他的联系方式吗？"

"这个我也要回去查。"

"好的，您说的那个电工，有没有给您留下特别印象深刻的地方？"

"我记得他话不多，操着东北口音，对了！我想起来了，他的右腕上有个火焰的文身。"

"火焰的文身？"

"没错，我还特意多看了几眼呢，由于他的活干得确实漂亮，人又不爱说话，所以我一直在注意他。其实我还想过，等节目结束后，让他来电视台打打零工呢。只不过可惜的是他好像突然就不干了，听说连工钱都没拿。"

"对，看来就是这个人！我一开始从会场的工作人员那里也了解到了这个人！"胡玉言附和道。

"难道他就是凶手？"

"现在还不好说，案件发生时他并没有在会场内，呵呵。凶手这个字眼有点严重了。"

黄晓英点了点头，确实对于刑侦来说，自己这个非专业人士的判断太武断了。

"对了，回去请您务必感谢您父亲的帮忙，之前的事，我深表歉意。"胡玉言冲黄晓英真诚地说道。

"那些事我都没有听说过，那个顽固的老头有时也是蛮可恨的啦！你如果跟他有点冲突那是很正常的，呵呵，不用放在心上。"黄晓英一边摆着手一边说道。

霍霍并不知道两人说话中的暗语，但是这恐怕都是他们内部的事情，他也不便多问。

这时，《信仰》又响了起来，胡玉言一看是王勇，只好接听了电话。

"胡队，出事了，快来东郊××宾馆，又出现了一起命案！"

胡玉言的手有点颤抖了。

第六章

∽ 1 ∾

在胡玉言去见霍藿之前，张涛一个语气急促的电话把他叫到了局长办公室里。

胡玉言心想，怕是又要开会，而且又要看黄汉文的那张臭脸，一想到这里就让他浑身不自在。自从黄汉文任 T 市公安局党委书记职务以来，胡玉言就一直看他不顺眼，而且是全方位看他不顺眼。人讨厌一个人有时不需要理由，不因为他面目可憎，更不是谁把谁的老爹杀了，就是看他不顺眼，没有任何理由。

黄汉文靠自己强硬的手腕，爬到了 T 市公安系统的最高位置，但手腕归手腕，他并未做什么坏事，至少表面上是这样的，要处罚区东的事件也属于正常的程序，一个刚上任的党委书记，如果连一个虐囚的派出所所长都不去处理，恐怕再怎么也说不过去。

可胡玉言就是看黄汉文不顺眼，至于为什么，他也说不上来，只要一听黄汉文的声音他就烦。你在屋里，我就不想进来，你进来了，我就得出去，除非是公事，要不绝不见面，这就是胡玉言现在与黄汉文关系的真实写照。而后来对于刑事案件上的诸多分歧，让两个人的关系继续恶化，黄汉文本想新官上任烧的那三把火，都让胡玉言无情地浇灭了，再加上黄汉文的女儿的案件一直未能侦破，两个人可以说已经到了水火难容的地步了。

怕什么还来什么，当胡玉言推开了局长办公室门的时候，还是看见自己最不愿意见到的人已经坐在了张涛办公桌斜对面的沙发上，而且像是已经坐了很久了。黄汉文这次坐得稳如泰山，并没有看到胡玉言来就要走的意思，好像他很有兴趣听胡玉言和张涛接下来的谈话。

张涛的办公室是全局最大的办公室，敞亮且气派，一个阔气的老板桌摆在屋子的南面，上面摆放着各种文件和一台戴尔的液晶显示屏，桌后是老板椅。张涛正坐在老板椅上，他身后是一面并未展开的五星红旗。老板桌前是一排很大的花盆，花盆里栽着火龙和蝴蝶兰，这是张涛最喜欢的花，好养活，而且洋气十足。

胡玉言进来后并没有和黄汉文打招呼，而是冲他点了点头，然后站在了张涛的面前。黄汉文也冲他点了点头。

"您找我？"胡玉言对张涛毕恭毕敬地说道。

张涛从烟包里抽出了一根香烟，自己叼起来，然后把整盒香烟都甩给了胡玉言，说："这个是你嫂子在国外捎回来的牌子，我也不懂是啥，反正这烟劲大，估计你爱抽。"

"嫂子去的德国吧？"胡玉言看了看烟盒说道。

"哟，你咋知道的？"张涛一边笑着，一边对胡玉言做了个猜对了的手势。

"这是德国大卫杜夫，我就对烟还有点研究，好烟啊，不便宜呢！呵呵！谢谢嫂子啊！"胡玉言很显然对张涛的这盒德国香烟充满了好感。

"谢她干啥，她可没让我把烟给你这个大烟鬼去糟蹋，我这是看你整天忙乎着没功劳也有苦劳，奖励奖励你！"

胡玉言笑而不语。张涛示意让他坐在黄汉文对面的沙发上。

"小胡，这两天《古董鉴赏》案的调查进展怎么样啊？"这次开口的竟然是黄汉文。

习惯了在会议上吵架，却从来没有心平气和地和黄汉文说过话的胡玉言，这时几乎有点不相信自己的耳朵。一向他是铁，我是钢，两人撞面响当当，今天黄汉文却主动向胡玉言示好，胡玉言一时不知道黄汉文葫芦里卖的什么药。

但是在张涛面前，最起码的礼貌还是有的，胡玉言只好含含糊糊着回答："还好啦！但是没什么实质性的进展！"

张涛嘿嘿一笑，道："是不是觉得上面给你压力了啊？"

胡玉言没有说话，用余光扫着黄汉文，因为那天正是黄汉文要求胡玉言要低调调查的，他想张涛这个问题应该问黄汉文才是，不过自己也不好向老上级耍脾气，只好说道："两天多了，连个搜查令还没有搞到，这可是头一回，所有有关人员的调查都还没有展开，我这两天只能在外围打打边鼓。"

"上面有上面的考虑，这起案件如果真的是意外的话，上面很想就这么息事宁人地解决事件，因为《古董鉴赏》这个节目怎么说也算是一个知名的节目。如果让外界有过多的猜测的话，恐怕会有不利的影响。"黄汉文再次为胡玉言解释了为什么要"低调"的原因。

胡玉言没有说话，抽出了一根大卫杜夫，放在嘴里，然后点了起来，他皱了一下眉毛，好像有点不适应这个德国牌子的香烟，差一点就要呛出声来。

"但是现在情况不同了，鉴定科那头的结果很明确，而且我想你们这几天也有了一些进展，无疑这已经是一起极度恶劣的凶杀案件了。如果是这样的话，低调的掩饰已经变得没有任何意义了，人命关天，我要求你们刑警队尽快破案！"黄汉文的话铿锵有力。

胡玉言再次认为自己的耳朵可能是出了问题，黄汉文这次没有对案件的内容指手画脚，而是直接把破案的重任交给了胡玉言。

听了黄汉文的话，胡玉言半天才挤出一句话来："我们会尽力的！"他故意不用我，而用了我们这个主语，其实是在刻意回避黄汉文对自己的要求。

张涛一笑，道："黄书记已经向上面询问了好几次了，也把鉴定科的报告送上去了，可是上面对这起案件一直没有个明确态度，还是拿低调那两个字搪塞我们。可再低调也不能连个搜查令都没有，所以黄书记昨天想了个办法，想让上面把这事重视起来。"

胡玉言显出了一份很木讷的表情，张涛顺手操纵其鼠标，打开了电脑中的一段音频。音频中清晰地传出了黄汉文和庄严的声音来。这段音频正是昨天黄汉文与庄严吃饭时的录音。原来黄汉文和庄严的那顿晚餐从头到尾都是他和张涛所做的局，黄汉文故意喝醉，从庄严那里套出了很多情况，并对这些谈话进行了录音，为的就是收集可以打动上层的证据。这段录音里有胡玉言已经掌握到的情况，也有新的情况，这让胡玉言感到无比的兴奋。

然后张涛又播放了第二段录音，是黄汉文和刘轩轩在广场上交谈的那一段录音。黄汉文在录音中提到了自己死去的二女儿，那不仅是黄汉文的痛，也是胡玉言的痛，一起普通的交通肇事逃逸案件，却到现在还没有抓到肇事者，胡玉言的心中也一直怀有着对死者的那种亏欠。

黄汉文之前从来没有在胡玉言面前提起过这件事，而胡玉言很清楚今天张涛把这段音频录音放给胡玉言听，肯定是两个人事先已经商量过的，黄汉文作为父亲，要用怎样的勇气与未破那起案件的刑警队长来共同倾听这段音频呢？黄汉文的心中一定在是否把这段录音给胡玉言听这个问题上经历了复杂的思想斗争。而胡玉言也从这段音频开始对黄汉文的态度有所转变，为了破案可以拿自己最不愿意回忆的事情来给他最讨厌的警察听，黄汉文的这种做法难道不值得尊敬吗？因为这个音频，那起交通肇事逃逸案让黄汉文和胡玉言这两个男人经历了两种不同的痛楚，他们却好像又因为这种痛楚而瞬间冰释了前嫌。

"后边这段，我和老黄研究了很久，要不要给你听，最后老黄坚持说，这段音频很重要，应该让你听到！"张涛的话很沧桑，但是却很富有情感。

胡玉言没有说话，又抽出了一支大卫杜夫，但是他这次没有点燃，而是放在了鼻子边嗅了嗅。

"说实话，这段音频是我的意外所得，而我也并不想曝光刘轩轩与王大山的这种关系，但是我思前想后，刘轩轩到头来还是有嫌疑的，而且是重大嫌疑。作为警察，我觉得我不能把这条线索隐瞒起来。"黄汉文的话简单而实在。

"对不起，怕是勾起了您痛苦的回忆，您女儿的事，我也会尽快破案的。这点请您相信我！"胡玉言第一次对黄汉文使用了"您"这样的敬语。

"你不说我还真是难以启齿呢，小胡，我跟你说句心里话，虽然我不是刑警出身，但是从我跟刘轩轩的谈话中可以感觉到，她应该不是凶手。你在音频中也听到了，她长得很像我的女儿，所以我对她有种很奇妙的感情存在。但是作为警察来说，这样的感情是不能左右我们对于客观事实的判断的。而你也听到刘轩轩说过，有个找王大山的女人很不正常，我想这或许是这个案件的突破口，坦诚的说，之前我的判断屡屡有失误，但是这次我感觉我是对的。"

"我明白您的意思，我会把事件查得水落石出的。根据我对现场情况的勘查，也基本可以排除刘轩轩作案的可能性，如果没有必要的话，我会对这段音频的内容保密。"

张涛点了点头，说："检察院的搜查令应该马上就到，而对于媒体的封锁令好像也取消了，电台的人刚才打来电话了，我以你的名义说，警方将会全面展开调查。但就王大山的死因，我说的是不排除他杀可能。"

"明白，这也是为了迷惑凶手。"胡玉言对于老领导的那套烟雾弹战术很熟悉。

"虽然调查的权限放开了，但是我觉得你还是要尽量低调一些，这起案件很可能牵出一系列的案件，包括敏感的腐败问题，所以上面才会如此重视。让你放手调查，并不代表你可以扩大事件的影响。所以你对于调查方式的选择显然就尤为关键了，记住，一切以命案为主线，至于调查出来的其他问题，无论大小，一律要向我和黄书记沟通后再采取行动，明白吗？"张涛的话绵中有刚，让胡玉言不得不佩服他的想法深远。

"我想这也是对你政治生命的一种保护，别因为其他的问题影响到你的前途，这不是我自私，而是T市的刑警队还需要你这样的人在。"黄汉文补充道。

胡玉言此时站了起来，向两人敬了个礼，这是他很少做的动作。

"请领导放心，案件我一定会调查个水落石出！"

"少来这套了，按你的思路去办吧！记着我们的嘱托就是了。你还要记住，这个案件不只你一个人在努力，还有很多警察在暗中支持你。"这是张涛对胡玉言说的最后的话。

胡玉言一时没有明白张涛话中的意思，以为他在说黄汉文和整个刑警队都在支持他呢。

当胡玉言走出局长办公室的时候，他的心中五味杂陈，他开始重新认识自己，也开始重新认识了别人，人可能就是在这种磨炼中才能得到升华。

调查的方式？胡玉言在想着这个问题，还好他的头脑总是在瞬间就能形成一种网状放射的线条来。此时，胡玉言拨通了林玲的手机。

"喂，林玲吗？"

"你真不够意思，这时候才给我打电话！"林玲显然在另一头带有埋怨的口气。

"对不起啦，你打电话的时候我正在进行询问，没法接电话。"

"少来了！是不想接吧！我后来可又给你发了短信呢，不会连回个短信的时间都没有吧？"

"真的不是故意不回的，我太忙了！而且要谢谢你提供的线索，我现在已经对案件的轮廓有了初步的认识了。"

"只是初步的认识啊？那怎么行，大侦探，破案还靠你呢。"

"所以啊，我现在还要你帮我个忙，我想约个人出来，不知道你能不能有关系可以约到他。"

"谁？"

"《古董鉴赏》节目的主持人霍蘸。"

"我不认识他，但是有个人可能行。"

"谁？"

"黄晓英，记得吧，她妹妹死时，哭得死去活来的那个，她是我的好朋友。"

胡玉言刚刚面对完黄汉文，又要面对他的女儿，心情实在是有点复杂。不过想来也正好，因为自己下午也要去她那要节目的录像，这下好，如果行的话把相关人员都聚在一起，可以事半功倍。

"好，全都拜托给你了。"

过了大约一刻钟，林玲又打来了电话："中午在电台路的厢式烧烤店，黄晓英怕他不来，没说是你约他。"

"这样也好，我在外边等着，看霍霍进去一会儿后再进去。"

"嗯，好吧，随你，不过账要你结啊！我们也享受一把公款吃喝的待遇。"

"好的，没问题。"

可是谁会想到呢，就在这顿饭还没有吃完的时候，第二具尸体被发现了。

∽ 2 ∽

胡玉言上了车，同时林玲也打开了副驾驶的车门。胡玉言显得有点犹豫，说："林记者，是不是这次你就不要参加调查了？"很显然胡玉言的语气有点不自然，对于男人来说，婉拒女人请求总是一件非常困难的事。

"哎，刚你还说是我让你把案件的轮廓清晰起来的，现在你可是欠我老大的人情，你这会儿可别想过河拆桥、卸磨杀驴、念完经就打和尚啊！"很明显女人对于男人的拒绝也有着自己的一套，而且很少有男人能招架得住。

"行了，郭德纲的相声听多了吧你！上车上车。"胡玉言可没有林玲的一张好嘴，被他几句话说得已经有点晕头转向了。可当林玲上车了，胡玉言就在想如何跟王勇解释，因为自己上午才刚刚交代王勇尽量不要让林玲介入这起案件，而且还挖苦人家嘴风不严。可是现在自己要带林玲到案发现场去，实在是有点"只许州官放火，不许百姓点灯"的意思。可是，这会儿林玲已经上车，胡玉言只好硬着头皮启动了汽车。汽车在阳光的暴晒下，像是刚刚被拍醒的睡眼蒙眬的人，抖动了两下，才听见发动机转动的声音。

霍霍不愿意让摄制组的人看到他和警察在一起，所以说要稍后打车回去。而黄晓英率先回电视台去了，胡玉言觉得已经没有什么必要再找她要录像了，因为东郊××宾馆的摄制组又发生了命案，警方已经有足够的理由向《古董鉴赏》摄制组调取所有与之有关的证据。但胡玉言仍旧对她客气了一番，说今后肯定还会找她帮忙，黄晓英爽快地答应了。

胡玉言把窗户打开，没有使用空调，空气的摩擦力让风嗖嗖地钻进了正在加速的花冠轿车内，让人有种被拍打的感觉，但却也给人一种凉爽的快感。胡玉言的车开得很快，一档挂到五档最多不到50米的距离，而市区内也常常在60多公里的速度下行驶。林玲早已经习惯了胡玉言的飞车，那强硬的风吹和推背的感觉，倒让她感觉到了一种安全感。

"死者是谁？"林玲撩了撩被风打散的头发，突然问道。

胡玉言叹道："是摄制组的外景主持，叫刘轩轩。"

"啊？"林玲的表情一下子变得十分的激动，也顾不得把长发拢到脑后了。

"怎么了？这么大的反应。"

"经常在节目中看见她，感觉她是一个比较有前途的主持人，不仅人长得漂亮，而且口齿也极为伶俐，还很有亲和感，真的很可惜。是不是她触碰了某些事情啊？"

"这个还不好下结论，连自杀和他杀还没有最后判定呢。到了那再说吧，我也只是听王勇说了两句而已，你老问我，我问谁去啊？"胡玉言说着把挡挂在了五档上，然后猛踩了油门，车子快速通过电台路的街区。

东郊××宾馆门前，已经停了三辆警车，围观的人也是里三层外三层的，也有不少是媒体和报社的记者，即便上方有着压力，但《古董鉴赏》摄制组接二连三地发生命案，记者们是不可能放弃这样的报道机会的，无论是否报道，把第一手的材料弄到手是最重要的。

胡玉言和林玲两个人把车靠在一边，拨开人群走进了宾馆的大厅，负责警卫的警员发现是胡玉言和林玲，立即放行了。迎面走来的是邢振玉，他的表情有点严峻。

"什么情况？"

"表面上看像割脉自杀，不过还需要进一步的鉴定。"邢振玉的话有点含糊。

胡玉言没有言语，走上了电梯，他的脑子里在寻思着黄汉文的那一段录音，刘轩轩的死与那段录音有关？看来想要隐瞒那段录音也已经不太可能了。

电梯门打开了，七楼里已经站满了警察，而唐俊东也在警察中间摆着一张苦瓜脸。胡玉言看了看眼前的唐俊东，非常理解他，因为宾馆遇到这样的事，恐怕客源和其他生意都将会受到很大的影响。

王勇此时带着白手套从房间里走了出来，"胡队，你来了！"说完，他看了看旁边的林玲，挑了挑眉毛，算是用表情打了个招呼。

胡玉言暗自庆幸，好像王勇并没有在意他带林玲来的事情。所以他什么也没提，径自走进了案发的 7104 号房间。

这是一个并不怎么恐怖的命案现场，死者刘轩轩穿着一身白色的睡衣，静静地躺在了床上，脸上安详且自然，她左手的手腕已经被划得血肉模糊，血已经凝结在了手腕上，而床单和地板上都淌着已经变成暗红色的血迹。尸体的右手拿着一块杯子的玻璃碎片，不出意外的话，这就是"凶器"。死者双脚伸直，头发毫不凌乱。

胡玉言走到床角处，见床的对面是一张简易的桌子，桌子上是一台联想笔记本电脑，电脑的电源连在了桌子左侧的插座上，宾馆提供的免费网线连在了网口上，而电脑的显示屏黑着。

"电脑一直是打开着的！"邢振玉小声对胡玉言说道。

"电脑还没看吗？"胡玉言问道。

"看了，桌面上除了几个必备的软件外什么都没有，各个盘我也搜索了，没有发现任何有价值的文档。这台电脑很显然只是一台娱乐性质的电脑，而并非是工作用的。抑或是工作的文档都在 U 盘里，而我们对房间进行了搜查，并没有发现 U 盘这类的存储设备。"

"可以确定死者生前都在电脑前干什么了吗？"

"所有上网的痕迹已经全部被清除了，而其他的使用痕迹，我正在试图联系技术人员看能不能恢复。"

"屋中发现遗书没有？"胡玉言突然向邢振玉转变了话题。

邢振玉摇了摇头。

"还真是伤脑筋啊！据现场的情况来看，应该是自杀！但是好像又觉得什么地方不对劲！"王勇听着二人的对话在一旁说道。

"死亡时间确定了没有？"林玲在旁边插了一嘴。

"这个要进行解剖才知道。"邢振玉的回答很明了。

林玲明白确定死亡时间是个很复杂的问题，除非是还有体温存在，否则那种单靠简单看一眼就知道死亡时间的情况，恐怕只有在《少年包青天》那类的古装电视剧里才会出现。

"在刘轩轩的电脑旁边发现了这个。"王勇把一张名片拿给了胡玉言。

胡玉言看了一眼，是黄晓英的名片，和黄汉文录音中所说的话一致。

胡玉言又走到了床边，在刘轩轩的枕头边，摆放着一个小盒。

"这个我们一直没敢动，想等胡队你来看看再说。"王勇在一旁说道。

"有什么不敢动的？"胡玉言说着把盒子拿了起来，小心地晃了晃，里边明显有个很重的东西。他打开了盒子，里边装着一个十分漂亮的小瓶子。胡玉言猜到，恐怕这就是黄汉文拒收的那个鼻烟壶。

"应该是个很值钱的物件，先当作证物吧！但是记住，对于这个的鉴定结果先暂时保密。"

王勇一向对于胡玉言的命令就是服从，从不怀疑，所以他很郑重地接过了小盒，然后装在了一个塑料袋中。

"尸体是怎么被发现的？"胡玉言继续问道。

"每天中午，服务员都会按时来打扫房间。敲门，没有回应，服务员就想可能是客人出去了，便刷卡进来要打扫房间，然后就看到了这样的一幕。"邢振玉回答道。

"王勇，你刚才说的有一点不对劲的地方，现在知道是什么地方了吗？"胡玉言的眼睛看着眼前这位和他资历一样老的刑警。

王勇摇了摇头："只是感觉！"

"从这个房间的整齐程度来说，在服务员没有进来之前就应该有人已经打扫过房间了！"林玲在一旁说道。

胡玉言点了点头。

"也就是说，这不是自杀？"王勇大声喊道。

"现在一切都不好说，一个想要自杀的人布置怎样的现场都有可能。有洁癖的话也可能会打扫房间的，这叫死的有尊严。"胡玉言解释道。

"但是还有一种可能就是凶手故意打扫了房间，而消除他作案的痕迹。"林玲继续说道。

"都有可能啦！我现在不能下定论，看下一步的鉴定结果吧。"胡玉言又在房间中走了走，"把大堂经理叫来！"

"我在这呢，胡队！"唐俊东正在门外竖着耳朵听房间里的每一个动静，一听到胡玉言叫大堂经理，他一个箭步就蹿到了屋中。

胡玉言狠狠瞪了他一眼，没经过警察允许就进入现场这是大忌，但是他并没有发作，怎么说这也是人家的地盘，"小唐总，我想要昨天和今天的录像，就门口的这个摄像头拍下来的就行。"胡玉言交代得很简单。

王勇一拍脑袋，还是胡玉言的脑子好，实际上他杀和自杀很好判断，看死者死前的那段时间有没有人进过死者的房间就知道了。

唐俊东点头称是，但站在那一动不动。

"我现在就想要，请问你有什么问题吗？搜查令刚才小邢已经给你了吧。"

"不是不是，我是想跟您说，能不能尽快把门口的那几辆警车给撤走，摄制组所住的六楼和七楼的这两个房间，我都会通知保安部门让他们封锁起来。您看这样行吗？"

"嗯，放心，车等调查结束，立即撤走，不会耽误您的生意的。"

唐俊东虽然知道这车还不知道什么时候撤走，但是见胡玉言表了态，也就不好再说什么了。

"小邢，你去跟着唐经理把录像拿过来。"

邢振玉点了点头，跟唐俊东一起走出了房门。

刚走出房门，邢振玉便压低了声音对唐俊东说道："我想见见大唐哥，我有些话想对他说。"

唐俊东犹豫了一下，这会儿想见唐俊南，恐怕一楼的会客区是不可能的了，而看着邢振玉急迫的表情，恐怕也不只是找哥哥要录像这么简单，所以他还是点了点头，决定把邢振玉带到唐俊南的办公室去。

"跟我来！"

二人顺着电梯到了三楼，还是那条昏暗的走道，邢振玉站在了门前，而唐俊东却站在了墙前面敲着。

"请进！"里边传来了唐俊南的声音。

墙开了，邢振玉的表情奇怪极了，但是他很快明白了这是一道暗门，而自己却站在了那道永远也打不开的门前。

"大哥，振玉说要见你！"唐俊东进门后的表情有点沮丧。

邢振玉从旁边的暗门中走了进来，说："大唐哥，又来叨扰了！"

"哪里，兄弟，来，快坐！"唐俊南从老板桌上起身，来跟邢振玉握手。

"哥哥这里还真是别有洞天啊！"邢振玉看了看这间奇怪的屋子。

"能进到这里的人都这么说，呵呵，可不要到外边去乱说我这里还有个暗门啊！"

"不会，不会！这也属于商业机密吧。"邢振玉一笑。

"这里可不是随便能进来的哦，即便是能走到这里，敲的也肯定是那头的门。"唐俊南一指旁边的暗门，而在里边这是一面粉刷得白白的墙面。

"做生意恐怕就得有这种防人之心吧！"

"今天找我来有啥事，还非要见我，之前就跟你说过，这里所有的日常杂务，都是你二哥管的，问他比问我清楚。"

"其实，也没什么，只是好多年了，想跟大唐哥说几句心里话。"

"哦，看来你是真有事，你说！"唐俊南的表情一下子有点变形。

"我和二位哥哥都是光着屁股一起长大的，一起扔石头子，一块滚铁环，一块揪路过的小闺女的辫子，我想再怎么亲的兄弟，恐怕也没有咱们的关系密切吧。"刑振玉的表情非常严肃。

"你还记得那些事啊！是的，有时候是这样的，发小比亲兄弟可一点不差呢！"

"对对，我就说咱们振玉兄弟不会忘了咱们吧！"唐俊东在一旁拍着邢振玉的肩膀傻笑着。

"小时候干什么都可以，可大了就不是什么事都能干了。"邢振玉对唐俊东的示好并没有任何的反应。

"是啊，都有家有口了，你那里是国家的买卖，旱涝保收。我们兄弟这里可就苦了，别看门脸大，可风险更大，整天这么多人吃穿用度的，烦都烦死了，也没个时间大家一起再这么无忧无虑地玩了。"

"生意做到了一定程度，恐怕也会有瓶颈吧！这就需要很多关系去疏通。"邢振玉的话突然转变了方向，让唐氏兄弟一阵的诧异。

唐俊东在一旁没敢搭茬，而唐俊南虽然脸上还挂着微笑，但是显然笑得已经僵硬了起来："兄弟这话是什么意思，我可没听懂！"

"民间早有传闻，说你这里是高官的娱乐场。而在 T 市，想跟高官说上话，恐怕走你的这条路子是最方便的。"

"对不起，我真的不太懂你的意思。"唐俊南把万宝路点上，吸了一口。

"一个小小的《古董鉴赏》节目组，人生地不熟的，却可以这么快让高层把媒体和警方压得透不过气来，我真的难以想象，T 市除了大唐哥你外，还有谁可以这么一手通天。"

"你的想象力还真丰富，我可没有这么大的道行来管什么高官的事，他们愿意到我这来玩，我也不能把他们往外边赶不是！"

"我只是瞎猜的，你别介意，我推测是有人拜托你把某些高官约了出来，然后谈了如何搞定警方和媒体的事吧？我觉得如果有必要，你应该告诉我这个人是谁。"邢振玉的表情越来越严肃了。

"我很郑重地跟你说一遍，我没有做这种事的中间人，更没有人找过我，你的推理全部错误。不能说是推理，你刚才说了你是瞎猜的。"唐俊南的语气一下子缓和了下来，似乎邢振玉真的没有打到他的关节上。

"那好吧，我也只能把话点到为止！如果大唐哥以后有什么想说的，或者是什么想要我帮忙的尽管说，只要不犯法，在我的能力范围之内，我肯定帮。"

"好说，好说！"唐俊南显得非常热情。

"就只是想对您说这几句话而已，也希望我的推理是错误的，不，瞎猜的，全猜错了。"

"我现在真的可以明确告诉你，你所想的事确实很有意思，但是我可以负责任地告诉你，我绝不是你们查不下去案件的那个政治上的中间人，相反，我在竭尽全力帮助你们破案啊！请相信我！"唐俊南手中的香烟已经烧了三分之一，但他却没抽一口。

"嗯，我相信你，也请你一定要信任我，如果宾馆有什么事的话，请第一时间通知我，门口的警车马上就撤，不影响你们的生意肯定是不可能了，但我们尽量为你们减少损失就是了，那我今天就先走了。"

"明白，谢谢。兄弟慢走。"唐俊南本想与邢振玉再握手，但是香烟正好在右手上，所以他干脆没有做这个手势。

邢振玉走出了唐俊南的办公室，唐俊东也跟了出来，而唐俊南并没有送他们出来，而是关上了门。

"好像这里并没有安装摄像头啊？"邢振玉抬头望着天花板。

"是的，我哥没让装的。"唐俊东口出此言后又觉得后悔起来，这时候多说一句真的不如少说一句。

"我去上趟洗手间。唐二哥受累，把昨天到今天的监控录像给我拿来吧！我一会儿在楼下等你。"

唐俊东点了点头，按下了电梯的按钮，先行从电梯下去了。

邢振玉转到了这层的洗手间中，方便了一下。而当他正要走出洗手间的时候，在那昏暗的走廊里传来了一阵敲门声。邢振玉本能地没有移动，而是把眼睛探了出去，只见一个人影在唐俊南的办公室前，而那敲门声非常清晰，而邢振玉知道他敲的不是门，而是墙。

～ 3 ～

"就是这里吗？"刘胜利远远地指着一间茶社问道。

张芃在一旁点了点头。

"一会儿进去，就按咱们商量好的办，知道了吗？"刘胜利拍了拍张芃的肩膀说道。

"刘警官，我可有言在先，可不能害了人家！要是不能答应这点，您就还把我送回看守所得了。"张芃的话中充满了一种江湖的味道。

　　"行了，张芃，你放心吧，你看我也不像那种不讲道义的人吧！"刘胜利的皱纹中不知道从哪里透露出了一种让人信服的信息。

　　这种信息让张芃狠狠地点了点头："我信您！"

　　两人说着便走到了茶社跟前，刘胜利抬头仔细看了看这块招牌，绿色的底牌上是用行书写的"围炉茶社"四个字，而牌子的右下方挂着嫦娥路17号的门牌。刘胜利摇了摇头，心想挂羊头卖狗肉的地方在当今中国真的是遍地开花。此时，张芃一把推开了茶社的玻璃门，刘胜利也跟着走了进去。

　　茶社的布局很简单，左边是一些像咖啡屋一样摆设的沙发和圆桌，每套桌座都是一个独立的单元。而最为特别的设计是每个单元旁边都摆着一个未展开的屏风，一看就知道是用来隔开每个单元与外边的联系的。屏风古朴典雅，木板间都画着各种的人物，这让刘胜利一下子就想到了相声《八扇屏》中演员们贯口的故事。而这里的墙上挂着一些板画，上面应该是一些人物故事，可是刘胜利根本看不出是什么人物和什么故事。茶社内室的右边是一个大柜台，柜台后方的架子上摆满了瓶瓶罐罐，里面装的应该是各种各样的茶叶，因为罐子上都贴着茶叶的名字。柜台的右边摆着几个透明的圆柱玻璃器皿，里边装着各种颜色的水，水中泡着的是刘胜利叫不上来名字的花朵。

　　一个中年男子，正站在柜台前用一把精致的小秤量着茶叶的分量。刘胜利根本不懂茶叶，他平常连现在流行的保温杯都不用，而是拿大茶缸子泡那种最为便宜的花茶来喝，他每次都放很多花茶进去，剂量非常大，茶苦得别人根本无法接受，老婆总是说他又沏了一杯中草药。刘胜利却总以此为乐，而他最痛快的时候无过于很热的夏天，大口大口喝着这种自制的大碗茶，然后冒一身的大汗。而对于用这种小秤称量茶叶的工作，对于一向像老牛饮水一样的刘胜利来说，显然心中充满了不理解。

　　茶社的老板见到张芃进来，马上撂下了手中的活，换上的一张笑脸："张爷，您来了！喝点什么茶不？"

张芃扶了扶眼镜，显出很斯文的样子，问："最近有啥好茶啊？"

"新茶还没下来，最近的货都有点水汽太重，不甚好喝。南蛮子那头又把大红袍炒得价钱很高，我没上他们的套，今年没做。哎，对了，我给你来点新来的千日红怎么样？"

"嗯，什么都行，麻烦了，吴老板。"张芃冲着吴老板点点头。

张芃率先在左边的沙发上坐下，而刘胜利也不答话，没有把屏风摆上，就坐在了张芃的旁边，像是给吴老板特意留了对面的座位。不一会，吴老板便拿了两个盛满水的玻璃杯，放在了两人的桌前，水中慢慢呈现出了淡淡的紫色，玻璃杯底下沉着的是深红颜色的刺猬状的植物。

"二位先尝尝这个，这玩意对脾脏很好！适合男士饮用。"吴老板殷勤地向两人推荐了眼前的饮品。

刘胜利拿起了水杯，本想一饮而尽的他故意矜持了一下，小口抿了抿，水是凉的，水中带有一种酸酸的味道，入口却又有几分绵甜，口感非常让人回味。这个一向以大碗茶豪饮著称的老警察好像瞬间就有了点新的觉悟，也许饮茶也可以小口咂摸咂摸滋味。他本想问问这千日红是什么植物，但是又怕露了怯，所以故意什么都没说。

张芃也尝了尝，说："头一次喝这种东西，感觉不错呢。"

"呵呵，你们天津人都爱喝花茶，口感重的东西，这种清淡的小花朵还怕你不适应呢。"吴老板赔笑着。刘胜利心中暗笑原来张芃在茶道上跟自己是同道中人。

"哪里，这个东西是白菊的变异品种吧？"张芃指了指杯中的植物。

"不能算是，但是他们长的确实有点像。前两天我进一批红玫瑰时，看见了这玩意，原来见的都是些成色不太好的，这次的东西很地道，所以就多进了一点，正好你来，就招待你了。"吴老板的话里带出了一份自豪感。

刘胜利心中掂量着，这杯水恐怕就不便宜，心想眼前的这帮家伙果然很会享受，有钱的人花钱得花到这种程度才算会花。

"对了，给你介绍一位朋友，这位是刘老板！刘胜利，就是 T 市人。"张芃一边拿着杯子一边向吴老板介绍道，当然这假名是他和刘胜利事先商量好的。

"我们这行有规矩，生人上门，没人引见就不搭话，刚才没跟您打招呼，您老别在意！"吴老板带着一脸的狡猾说道。

"随行就市，入乡随俗，有规矩就得遵守！"刘胜利淡然一笑，仍旧品着那杯千日红泡着的水。

"刘老板有几件古画，想让吴老板看看，看看能不能出手？"张芃接着刘胜利的话说道，而刘胜利却故意装作一点都不着急的样子。

"古画？那个东西可是真的少，假的多。即便是真的，有好多也被专家认成假的，除非有特别好的机会，要不我做不了。我这小本买卖，真把东西砸手里了可就坏了。"吴老板一看刘胜利是有求于他，架子一下子就端了起来。

"不瞒吴老板说，前两天从我那给您带来的那幅阎立本的《太宗游猎图》就是这位刘老板的。"张芃说话的时候往前欠了欠身子。

吴老板脑袋一歪，马上笑脸换上了一张马脸，说："你小子蒙谁呢？那是我托北京的朋友从那边捎过来的，也就从你这倒一道手，好让别人不知道是我收的货，人家画的主人怎么会主动找到你呢？你小子说，肚子里有什么花花肠子了？"

"东西真的是我的，我让王大山那小子给蒙了，他来 T 市之后，说要来帮我炒那张画，钱回来照分，我是个外行，看他老上电视，就把东西交给他了。"刘胜利的表情里显示出了一种无奈。

"王大山？卖给你东西的是王大山本人？"吴老板脑袋转了过去看着张芃。

"老吴，千真万确啊！咱们的规矩是不多嘴多舌，我当时看着就像他，没敢问。再说你让我只管收东西就行，我是收了东西，把钱付了就了事。可是谁也没想到那老家伙他出事了。"张芃的表情有些焦急。

"嗯，我也听说了。前两天的事，电台都报了。"吴老板显然有点开始相信张芃的话了。

"我前两天出了点事，被一帮本地的流氓陷害坐了两天局子，这事你听说了吧？"张芃的语气非常恳切。

"听说了，据说是为了抢玉石生意，那帮家伙可是够狠的，不过听说你也够英雄，打伤了他们好几个人。"吴老板嘿嘿一阵坏笑。

"那里有两个本地人伤得特别重，我这次还真以为我要被判刑了。不过，这位刘老板找到他们把事给摆平了，这我才出来。"张芃一边叙述着自己的经历，一边琢磨这套说辞能不能骗过吴老板。

"刘老板救下张芃就是想让他报你的恩，找到收王大山画的地方？"吴老板没看张芃，而是盯着刘胜利说道。

"我跟你有一说一吧，那件卖了的画，钱还没到我手里，王大山人就死了。听说警察已经介入了，那钱我看是要不回来了，但是我手里还有几件差不多的东西，给我个高价，都在你这走了，行不？"刘胜利的眼睛盯着吴老板说道。

"刘老板，你的东西，我收不了。"吴老板眨了眨眼睛，这次似乎他并不愿意跟刘胜利对眼神。

"为什么？都是祖上一起留下来的。"刘胜利的表情非常惊讶。

吴老板呵呵一笑，突然又收住了笑，把脸凑过来跟刘胜利说道："您让王大山给张芃的那幅画是赝品！虽然活做得很真，但是再真也是赝品。"

"赝品？你怎么能肯定就是赝品呢？"刘胜利显出了非常愤怒的样子。

"看来刘老板还真不是这个行里的人，这别的玩意我还真不敢打包票，看古画，在中国我算得上是一号。"

刘胜利刚要说话，张芃一拽刘胜利的衣角，并对他使了个眼神，说："刘老板，您听吴老板把话说完。"刘胜利会意，就没再说话。

"阎立本是唐朝的名画家，但是我可以负责任地告诉你，唐朝留到现在的画，基本没有。因为过去作画用的都是绢纸，这玩意能够保留一千年就很不错了。即便是那些土夫子，哦，土夫子您知道吧？"吴老板故意再次试探了一下刘胜利。

"就是盗墓贼，我看过《鬼吹灯》《盗墓笔记》之类的小说。"刘胜利对吴老板嘲讽自己似的问题，故意装出了一种你多此一问的表情。

吴老板心想刘胜利果然是外行，竟然拿着小说当鉴宝秘籍，所以呵呵一笑继续说道："土夫子即便从一些唐朝的墓葬中挖出来了一些古画，这些古画经过岁月的侵蚀，也不太会是完整的，多是一些绢纸的残片而已。"

"那也就是说我这幅画根本不可能是唐朝的画喽。"刘胜利的表情十分郁闷。

"这个不是重点，我刚才说的只是常识性的知识而已，只要有点古玩买卖经验的都知道。好了，现在跟你说重点，既然根本没有真品流传于世了，那么临摹的作品也就变成了真品。就拿阎立本来说，现在在故宫博物院里放着的《步辇图》，说是他的作品，画上说的是唐太宗时送文成公主下嫁松赞干布的事，其实那就是宋朝人临摹的。真正的《步辇图》现代人谁也没见过。"

"也就是说，我那幅画是宋朝人做的假？"

"你听我慢慢说，一来，如果是宋人所作的话，也不能叫造假，而是为保存流传。宋朝人已经对文物有了一种保护的意识，而且收藏古董、古人字画，更是成为了当时的知识分子阶层的一种爱好。当时的知识分子跟现在的那些吊儿郎当的大学生不一样，那些科考上来的才子们，个个都是顶尖的人才，琴棋书画那都是必修科目。你要是不懂这些，你都不好意思跟别人打招呼。而当时这样一批知识分子中的书画高手临摹古人的名作，也就变成了一种风尚。据史料记载，他们的临摹程度很多都到了以假乱真的程度，比如宋朝的大书法家米芾，就是此中高手。而这些宋人的画就变成了仿唐人的画中最为贴切的精品，虽然也都是些后人的作品，但他们的价值是可想而知的。"

"那我的那幅画不是也很值钱喽？"刘胜利试图把无知进行到底。

"只是可惜啊！你的那幅又是后人再仿宋人的作品，朝代应该是明清的。"

"什么？这玩意还有再仿？"刘胜利有点夸张地睁大了眼睛，一点也没有刚才稳重了。

"对呀，反正真品早就没了，宋人的东西就变成了第一真品，后人再仿制也不足为怪。"

"那你是怎么看出来的？"

"这就是考验眼力了，不过说实话，你的那个东西仿制得相当好了。"

"哦？愿闻其详！"

"从阎立本作品许多摹本可以看出来，此人的笔法十分分明，方折、虚笔、实笔都运用得很纯熟，而他对于墨迹的掌握也十分具有个人特色。这都是一个好的画家笔法圆润、自然的体现。而你的那幅《太宗游猎图》在这些方面做得真的是非常到位。"

"那你怎么知道这幅画是明清画的？"

"首先来说，鉴定一幅古画，讲究考和鉴，'考'就是在故纸堆里找这位画家的关于这幅画的记载，比如他的诗文，他在二十四史的传记中相关事迹的记载，等等。原来宋朝人都以为《唐明皇幸蜀图》是李思训的作品，但是后来根据史料做了年代推算，李思训早在唐玄宗登基前就死了，他怎么会画出唐玄宗到蜀地的画来呢？这就叫考，考出来了伪作。而我在史料中根本没有找到阎立本画过什么《太宗游猎图》，当然这并不能说明阎立本就没有画过这幅画，但我们也并不能用考证方面的知识来解决这幅画到底是不是伪作。"

"那该怎么办？"

"所以，只能用鉴的方法，'鉴'说白了就是比较。跟那些宋朝的摹本进行比较，看这幅作品有没有那种统一的风格存在。你看过王大山的那个《古董鉴赏》节目吗？"

"因为跟他算是朋友，所以总要看一下的。"

"那里头的专家鉴定画作的时候，常会说一句话，记得吗？"

刘胜利摇了摇头。

吴老板又是一笑："他们会说，这个跟作者的风格相差甚远，形似神不似，所以是伪作。"

"嗯，这句话我确实听过。"刘胜利不住地点头，其实他根本没有看过《古董鉴赏》节目，不过他却演得十分真实，就连一旁的张芮也跟着点头。

"其实他们说的不过是些屁话！"吴老板的话说得越来越有劲，"因为过去找画家求画的人很多，而一些画家本身就是大官僚，又不好驳了好友的面子，所以常常总是应付两笔了事。这些作品其实是真迹，只不过在艺术构思和布局上，相对潦草，而这样的作品很多竟然被有些专家误诊，做了伪作的判断，这是不负责任的。还有一些人是有人代笔，比如最有名的唐伯虎，就是他的老师周臣代笔的，而周臣的画作比起唐伯虎来有过之而无不及。这些代笔者的作品难道就要统一被认为是赝品吗？这显然也是不合适的。所以光说什么形似不神似的，解决不了画作价值的根本问题。而你的这幅画，就是画作中伪作的精品。因为无论从什么方面来讲他对阎立本风格的延续有着惊人的相似，甚至有更为超越他的地方。但这幅画作有个惊人的缺陷。"

"是什么？"刘胜利做出听得出神的样子来。

"问题出在了绢纸上，宋代的绢纸，绢细匀而厚密。但是由于其有千年的历史了，这些绢纸肯定会变得非常的坚硬，而且在很多地方会起皱，绢纸的各处都会有碎纹或裂纹。而你的这幅《太宗游猎图》的绢纸表面上像旧的，而里边却有着新活的特点，且颜色并没有这么古旧的特点，很明显是明清时候的仿品。"

"也就是说，这东西不值钱？"刘胜利的语气中似乎更加注意这幅画的价值。

"看你怎么理解，作这幅画的作者，可以说从一开始就没有打算画一幅仿品出来，所以他根本就没有在绢纸这上面下功夫。虽然落款什么的都是阎立本，但是很显然，作者并没有刻意隐瞒这幅画的年代。我想他画这幅画只是为了画一幅属于自己的作品，很显然他充分研究了阎立本的绘画风格，又经过了反复的练习，其绘画技巧已经超越了同时代的很多画家。这幅画的艺术价值是不可估量的。但是可惜，在现在来说，这幅画如果被钉上了赝品的标签，即便他的艺术价值再高，也难以变为值钱的宝物了。这就是咱们这个时代的悲哀。"

"王大山难道没有看出来这点吗？"

"那怎么会。虽然我并不怎么'感冒'这几位专家，但是我相信这么明显的缺陷，他应该能看出来。相反我倒想问问刘老板，王大山答应分你多少钱？"

"20万吧！"刘胜利毫不犹豫地回答。

"这家伙可真够黑的！"

"哦？那吴老板说他应该给我多少？"

"恕我直言，如果真的是宋朝摹本的阎立本作品，那就是无价之宝，不可能用金钱衡量的。"吴老板很机灵，并没有说出王大山卖画的价格。

"即便我的画是明清仿制的，但是我家里剩下的画都是祖上留下来的，最起码都具有你说的那种艺术价值。为什么你不能收购呢？"

"因为我是商人，不是艺术家。我买的东西必须让它能给我赚更多的钱才行，虽然这么说有点俗，但是这是实话。现在古画市场，本来就真假难辨，你高价拿了一幅不知道价值如何的画放手里，就有可能栽到自己手里了。现在的人都很现实，不认什么艺术价值的，只认经济价值，我可不是那些有钱人，一幅画做坏了，我可就有可能倾家荡产了。"

"那为什么你肯收购那幅《太宗游猎图》？你明明知道我那幅画的经济价值并不高，为什么还要收购那幅画呢？"刘胜利的话问到了点子上。

"因为那幅画附带了一样东西来。"

"什么东西？"

"王大山的亲笔鉴定书！赝品、真品分谁来说，那幅《太宗游猎图》配着这么一件东西，就算是赝品，也就变成真品了。而我说一百句这东西有价值，也不会有人听我的，因为古玩价值的话语权完全被这些专家垄断了。"吴老板的表情似乎也很无奈。

刘胜利听完吴老板的话，突然哈哈大笑，笑得张芃和吴老板都是一愣，谁也不知道他为何突然发笑。

"嗨，我还以为是什么东西呢，如果你说的是王大山的那些鉴定书的话，我每幅画都有。"

"什么？你是怎么得到的？"吴老板的眼睛突然冒出了一种亮光。

"我跟王大山虽然认识，但我也不可能傻到把一幅古画这么信任地交给他那个地步。所以我就跟他说，拿走那幅画可以，但是要把我其他的作品都一次性开具真品的鉴定书。"

"他答应了？"

"我一开始也以为他会不答应，但是最后还是答应了，因为他好像急着要交货。"

"你真的有那些鉴定书？"

"这个骗你有意义吗？我现在急于想把手里的那些画出手，就是因为现在趁着王大山刚死，警方对这些猫腻还没有调查清楚前，再赚上一笔。要是等警方啥事都弄明白了，咱们去赚谁的钱啊？"

吴老板点点头，显然认为刘胜利说的有道理。

"东西带来了吗？我能看看吗？"

"东西随时可以看，但是吴老板，我觉得你级别不够。让收你货的人来找我！"

"这你别想，我们这种事一向是单线联系的。"

"我建议你去跟那个人说说，机不可失，失不再来。有些事，过了这村，可没有这店。"刘胜利说着从上衣口袋里掏出了一张名片，"如果觉得行，给我打电话。如果觉得不行，就当我没来过。"

说完，刘胜利站了起来，说："这杯水不收费吧？"

"看来您还真是精明的生意人啊，虽然不懂古画，但是却十分精通生意经，这杯水我还是请得起的。"

"有钱当然大家都想赚，好了，今天感谢您教给了我这么多东西，我回家也根据您说的看看那些古画的成色。我一直听我侄子跟我说，拿验钞机的紫外线照照，只要画上泛着红色的光就是真品，也不知道真的假的？"

吴老板见刘胜利又"二"了起来，马上阻拦道："您可别听那些棒槌们瞎传，任何电子射线都对画有伤害，千万别这么试验了。"

刘胜利从吴老板急迫的语气中得知，看来他是真的相信他手里还有古画，所以志得意满，回头对张芃说道："张芃，走啦，我们等吴老板的好消息。"

吴老板没有说话，而是目送了张芃和刘胜利离开。

当二人离开茶庄后，张芃开始向刘胜利发问："刘警官，你可真是说瞎话不眨眼。那些词都是你提前想好的？"

"怎么可能，除了我说'那幅画是我的'是我提前想好的，其他的都是我现编的。"

"一共有 15 件宝贝呢，您为什么非选古画呢？"

"这不是你说的嘛，这个吴老板是古画专家。反正我也什么都不懂，不可能跟他聊什么相关的东西，倒不如找个他很懂的话题，人只要一遇到自己精通的东西，就爱忘乎所以，也就能露出破绽了。"

"剩下的事都是您现想出来的？"张芃的眼镜片下是一种对人重新审视的眼神。

"作为一名警察，随机应变是基本素质。"刘胜利马上意识到自己也有点飘飘然了，马上对张芃说，"你看我现在这样就叫忘乎所以，呵呵。"

张芃笑着点点头，心中开始暗自佩服这个其貌不扬的老警察。

"那您说，吴老板背后的那条大鱼会上钩吗？"

刘胜利没有说话，因为他知道这个谁也说不好，他正在寻思着，突然转念一想，其实不上钩更好，那样我不就可以结束调查了。其实从刘胜利开始调查那天起，他都没有想到自己会调查得如此深入了，而现在自己竟然还会用假冒的身份来套取信息，这都是自己一辈子都没干过的事情！想到这，刘胜利甚至笑出了声来。

旁边的张芃不知道刘胜利为什么发笑，只得在一旁表情尴尬地看着他。

第七章

❦ 1 ❦

在张涛的办公室中，对于刚刚得出的关于刘轩轩死亡的物理鉴定结果，胡玉言对两位上司做了报告，屋中的气氛异常凝重。

"刘轩轩对您说了谎。"胡玉言对一旁的黄汉文说道，他继上次会议后，仍以"您"这样的敬语称呼黄汉文。

黄汉文对于刘轩轩的死显然受了很大的打击。在黄汉文的心中，无疑她对刘轩轩有一种近乎奇妙的感情，虽然他们只是见过一面，虽然他们的地位、工作都相差悬殊。

也许很多人不相信，人可以在几秒钟之内就与另外一个人成为知己。可是黄汉文就是在几秒钟内就和刘轩轩有了种特殊的感情，他们两个在短暂的交流后，就都愿意把深藏在自己心底的秘密交换给对方，而这不仅仅是因为刘轩轩长得很像黄汉文的女儿。人的感情永远是一道解不开的谜题，谁也说不清楚这是为什么。

"在您的那段录音中，刘轩轩曾经提到过在 9 月 16 日上午 9 点左右，她曾经看到有个女人来敲王大山的房间门。可是我们查了这段时间的录像，根本没有任何人出现过。"

在这间办公室里，胡玉言曾经无数次向张涛汇报过案情，但只有这次，他说话的节奏有着明显的停顿。黄汉文没有说话，眼神有些迷离。

"死亡原因有没有什么可疑？"张涛站在窗边，把背冲着胡玉言说道。

"初步认定为自杀，死亡时间应该是昨天的晚上 8 点钟到今天凌晨的 2 点之间。法医对现场血迹的凝结程度和死者胃部的食物残留物的消化情况进行了分析，发现两者判定的死亡时间有微小的出入。根据一般原则，死亡时间的范围被扩大到了 6 个小时。死者是服食了大量安眠药后，割脉自尽的，屋中没有发现打斗的痕迹，在尸体身上也没有发现其他的伤痕。在死者回房到尸体被发现的这段时间，监控录像显示并没有任何的人进出过她的房间。"

　　"难道一点疑问都没有吗？"张涛继续问道。

　　"有疑问，但是都不足以推翻死者是自杀的这个判断。"

　　"什么疑问？"

　　"死者死前电脑一直是打开的，而在电脑的鼠标和键盘上都有特意擦拭的痕迹，上边没有留下任何的指纹，而且所有的上网痕迹都被清理过了。还有那个鼻烟壶，上面应该有黄书记、庄严和刘轩轩三个人的指纹才是，可是很明显那上面的指纹也被人擦拭过了。"胡玉言本想说完这句话，就点上一根香烟，可是看了看两位领导的表情，他决定放弃这个想法。

　　"这确实不足以推翻死者是自杀的结论，因为也可以解释为死者将和当下做个决断，然后彻底清理了和现实有关的一切。"张涛分析道。

　　"还有，据胃部的解剖来看，安眠药剂量很大，但是现场的搜查中，竟然没有发现安眠药的药瓶。还有死者手中的玻璃碎片，应该是一个摔碎了的玻璃杯上的，而找遍了整个房间，也没有发现其他的碎片。"胡玉言进一步说明了现场勘查的结果。

　　"这确实是两个非常不正常的点！死者不能捧着一堆药来吧？死者也应该不会特意去处理那些玻璃碎片的。"张涛显然同意胡玉言对于一点分析，"但是自杀要有个理由吧？昨天晚上她和黄书记吃饭时还好好的，那段录音中也丝毫没有显示出她有自杀的倾向。现场没有留有遗书吗？"

　　胡玉言摇了摇头，继续说道："昨天的那段录音已经说明了一切，刘轩轩曾经遭到过王大山的强暴，起意杀人，后不堪精神折磨而自杀，这个原因应该是比较充分。而且对于杀害王大山的作案时间上，刘轩轩并不能摆脱嫌疑，她是外景主持，并不是每分每秒都在摄像机的关照之下，完全可以利用上厕所这些机会，进到会展中心内部，然后触碰那个杀人的开关。当然，我是说如果刘轩轩真的是自杀的话。但是我们现在还没有决定性的证据证明，就是刘轩轩杀害的王大山，而且就算刘轩轩是凶手，她也不可能独立完成那个复杂的布局，也就是说还有一个帮凶没有找到呢。"

"胡玉言，你说有没有这种可能性，我这是假设啊！如果刘轩轩这起案件是他杀，他是利用窗户进入的刘轩轩的房间，这样就可以避过摄像头，然后凶手在刘轩轩屋中的食物或水中下了大剂量的安眠药，等刘轩轩睡着后，再以割脉的形式行凶。由于死者已经处于深度昏迷，所以并不知道疼痛。而此时凶手利用这段时间把屋中所有的痕迹全部清除了。如果这个推断成立的话，我想凶手很有可能就是那个帮凶，动机是杀人灭口，把一切的罪责都推给刘轩轩。"

"这样的想法，我之前也想过，但需要进一步的实验才能证明。但是从现场的情况分析，我个人觉得这种可能性很小。一来是楼层很高，二来七楼的窗户外，能够攀爬的地方有限，三来刘轩轩的房间窗户正好是宾馆的正面，门前人来人往的人很多，如果有个人像个蜘蛛人一样爬上爬下的，难免会被人发现。还有一个问题，如果是那个帮凶想要让刘轩轩成为替罪羊的话，现场应该留下不利于刘轩轩的证据才对，却不应该有过清理现场的痕迹。"

张涛点了点头，承认胡玉言的推理确实有道理，然后他对坐在旁边一直没有说话的黄汉文说道："黄书记有什么疑问没有？"

此时，黄汉文缓缓地站了起来，对胡玉言说道："我不是刑警出身，之前的案件调查我也帮过不少倒忙，但是这次我还是要说一句，从昨晚我和刘轩轩谈话时情形来看，刘轩轩根本没有自杀的理由。她是一个坚强的女孩，独自一个人在北京混了这么久，吃了不知道多少苦，就连王大山强暴她的时候，她都没有选择自杀，现在为什么要自杀呢？你们有可能说我的判断太武断，但是我觉得刘轩轩没有对我撒谎，我现在都还记得她对我说话时的眼神。我不相信她杀了王大山，也不相信她在那种时候会编造出一个女性嫌疑人来。也许警察不该相信直觉，但是我相信她昨晚说的每一句话。"

张涛和胡玉言都没有对黄汉文的话发表任何意见。黄汉文得不到两个人的任何反应，他沉默了一会儿，然后走到了门前，打开屋门出了张涛的办公室。

此时，已经近了黄昏，案件的进展出乎了黄汉文的意料，他独自坐在办公室中一言不发，像是一座雕像一样凝固在了光线昏暗的屋中。

当太阳最后一抹余晖也消失在屋中的时候，黄汉文终于拿起了电话："晓英，今天晚上回家吃饭吧，陪陪爸爸好吗？"

"爸爸，你怎么了？是不是出什么事了？"黄晓英似乎听出了黄汉文的沮丧语气。

"没有，只是觉得最近很累，今晚回家陪陪爸爸吧！"黄汉文的语气似乎都有了些哀求的味道。

"嗯，好的，我收拾一下，马上就下班，爸爸，饭你也不用做了，我回去给您做。"

"好的，快点。"黄汉文有气无力地说道。

黄晓英这头撂下电话，觉得父亲一定是遇到了什么事情，所以她简单地收拾了一下，快步来到了电视台停车场，快速启动了自己的丰田 RV-4 轿车，离开了电视台。

黄晓英知道，每当父亲有这样的状态的时候，一定是想起了她死去的妹妹黄晓芙。这一年多来，黄晓英觉得父亲的性情在发生着巨大的变化，原来富有激情、从不服输的父亲，在妹妹死后，性情变得阴沉而多变，时喜时怒。由于黄晓英工作比较忙，她并未给父亲很多应有的关怀，以前一直照顾父亲的是在她自己眼里一无是处的妹妹。起初黄晓英觉得照顾父亲这种"繁重且复杂"的工作，理应是自己那个平凡无比的妹妹应该干的。而她认为在外边努力工作，承担起更多的社会责任，做一个成功的女人，给黄汉文的脸上增光才是她应该做的。而一年前的一个突发事件，让黄晓英改变了这个想法。

那是一个阴雨绵绵的下午，黄晓英突然接到妹妹的电话："姐，今晚能不能你给爸爸做顿饭啊？"

"怎么了？"黄晓英的语气有些不耐烦。

"我今晚要和同事们去吃顿饭。"

"少来，交男朋友了吧？"

"不是不是！部门经理今天请全体人员吃饭，他们说每个人都要参加。"

"呵呵，你是因为爸爸的缘故才被邀请的吧，要不部门经理怎么会想到你呢？没有关系，让爸爸到外边饭店自己吃一顿不就得了吗？"

"不好，你知道爸爸从来不到外边饭店去吃饭的，实在躲不开非要去吃的话，他也只是拿个银丝卷、小窝头之类的吃。他最喜欢吃姐姐做的饭了，你就回家给爸爸做一顿吧。"

"你真是啰嗦！今天晚上有节目录制，怎么可能回得去，你要是觉得给爸爸做饭麻烦的话，那就干脆请个保姆，我出钱。"

说着，黄晓英就撂了电话。而这个近乎残忍的回答，竟然成为了姐妹俩阴阳永隔的最后谈话。黄晓芙在回家的路上，在过最后一个路口时，被一辆大卡车迎面撞上，黄晓芙被车弹出了十几米远，头部重重地摔在了地上，她顿时躺在了血泊之中，当场死亡。卡车司机见势不好，弃车而逃。

交通队和刑警队同时介入了调查，卡车上满满地装了一车的瓷器，各种各样的造型，后来据专家鉴定，都是些宋瓷的高仿，而这辆车的牌照也是假的。但是非常遗憾，虽然经过胡玉言的多方调查，但这辆卡车的发动机号、车架号等标识信息全部被破坏，没有查到货车的相关信息。而这批瓷器的来龙去脉也没有一点线索，这起案件变成了胡玉言手底下少有的几起悬案之一。

当刑警询问当天和黄晓芙一起吃饭的同事时，同事们都说，黄晓芙这顿饭吃得心不在焉，还没吃完就说家里有事提前离席了。只有黄晓英和黄汉文知道，她是为了赶快回家给父亲去做那顿热乎乎的饭菜。

冰冷的停尸间中，是父女三人不同的表情，黄晓芙表情柔和，犹如生前，而黄晓英早就趴在妹妹的尸身前哭了个死去活来，黄汉文在一旁一言不发，只是默默地看着女儿的尸体。陪黄晓英来的是她的好友林玲，当然，作为侦破此案的负责人胡玉言也在场。

悔恨不会改变任何事情，黄晓英知道，当天如果自己答应妹妹回家给爸爸做饭，哪怕只是口头上的，妹妹也不会急于往家里赶，而遇到车祸。

可是，现实不是电脑游戏中的模拟人生，不满意了还可以重来。这里，悲剧一旦发生，所有的一切都将变得无法挽回。

她知道妹妹的厨艺并不好，从小得到去世的母亲厨艺真传的不是妹妹，而是她自己。而黄汉文其实也最喜欢吃大女儿做的菜，因为他可以借此常常想起自己的老伴来。但是，上班以来，她好像从来没有正式地为父亲做过一顿像样的饭菜，而妹妹虽然厨艺平庸，却时常愿意为父亲付出。这更增加了黄晓英对妹妹和父亲的愧疚感。

但悔恨可以改变未来，黄晓英怀着对妹妹的愧疚，之后无论工作多忙，她都要每周抽出一两天时间来，和父亲一起共进晚餐，而且都是她亲自下厨。在黄晓英出事后，只要没事，周末她都会回来照顾父亲。而有时黄汉文也会给她打来电话，她知道，那是父亲又想起了妹妹。那时的黄晓英，无论工作有多忙，她都会放下手中的工作，毅然回到父亲的身边来，因为她此时才真正体会到了亲情的可贵。

今天，又是父亲主动打来了电话，而黄晓英在电话中听出，父亲今天的情绪比以往更加低落。而打开房门的黄晓英看到的是昏暗的屋子，她以为此时父亲还没有回来，可是当她走进房间才发现，父亲已经坐在了沙发上，一句话也不说。

"爸爸，怎么不开灯呢？"说着，黄晓英打开了屋中的照明灯。

只见黄汉文没有表情地坐在了沙发上，这种表情，似曾相识，黄晓英突然想到在妹妹死时，黄汉文也是这种毫无生气地坐在了一边，一句话也不说。黄汉文似乎并没有听见黄晓英进来，还是一动不动地坐在沙发上。

黄晓英赶紧坐在了黄汉文的身边，说："爸爸，是不是累了，我马上去做饭。"

"不用，你陪我坐一会儿就行了。"此时黄汉文终于开口了。

"嗯。"黄晓英答应了一声，坐在了父亲的身边。

"你相信吗？你妹妹回来了！"黄汉文的话加上房间压抑的气氛，显得很诡异。

"爸，你别吓唬我啊！是不是您太想妹妹了，做噩梦了啊？"黄晓英十分关切地看着父亲。

黄汉文摇了摇头，说："我不是在说这个，我是说老天好像真的把你妹妹又还给我了。"

"爸，你说什么呢，我知道您想妹妹，但是妹妹已经去世了，再也回不来了。以后我照顾您，虽然我很忙，不过我会尽力的。"黄晓英诚恳地看着黄汉文。

黄汉文冲女儿摇了摇头，说："我不是埋怨你工作忙，没时间陪我！你误会了。你还记得《古董鉴赏》节目组有个叫刘轩轩的女主持吗？"

"见过一面，很漂亮。"黄晓英突然意识到刘轩轩眉宇之间和妹妹黄晓芙颇为相似，只不过妹妹少了她那种气质和自信，"爸，您不会是触景生情了吧，刘轩轩确实长得像晓芙。"

"昨天我跟她聊了一个晚上，像是晓芙又回到了我的身边一样。"黄汉文的脸上仍旧没有表情。

黄晓英并不知道昨晚的事，但是一向按点回家的父亲，却会去见一个主持人，实在是不可思议，但是其中缘由，黄晓英也不想多问父亲。

"我一直以为，昨天是老天爷又把女儿还给我了，我还想介绍她到你那里去工作，这样以后我也能常见到她了。"

"人家北京的一个主持人，怎么会屈尊到咱们这样的小城市来呢？爸，你别多想了，就是一个长得像妹妹的人而已。"

"我现在才知道老天爷不会对我这么好的，他只是一时发善心让晓芙来看看我而已，一天的时间，他就又把晓芙收回去了。"

黄晓英听着话头不对，问："爸爸，怎么回事？"

"今天刑警队在东郊××宾馆发现一具女尸，是刘轩轩的！"

"啊？"黄晓英的脸上难以遮掩那种不可思议的表情，想起了中午胡玉言和林玲急急忙忙地走，才想起八成是因为这个事。

"怎么死的？"

"胡玉言的初步结论是自杀，而且是畏罪自杀，刘轩轩有杀害王大山的重大嫌疑。"

"爸，您昨天都跟刘轩轩说了什么啊？"

"没说什么，就是说她长得像你妹妹，勾起了她很多伤心事，她早就不想在北京干了，所以我介绍她到你们电视台来。"

"爸爸，昨天你为什么要去见刘轩轩啊？这事上面知道吗？"

"我和刘轩轩也是偶见的，这些事我对上面早就交代过了。"

黄晓英松了一口气，转过头来安慰黄汉文："爸爸，您别太难过了，那个刘轩轩不是妹妹，只不过是长得像而已。她的死也跟您没有关系。"

黄晓英没有想到，自己眼前的父亲，一向坚强的父亲，却在此时爆出了男人最惨烈的哭声，而他像是个孩子一样，一头靠在了女儿的肩膀上。

"爸爸，爸爸，别这样！"黄晓英知道，在妹妹死的时候，父亲都没有掉下一滴眼泪。而为了一个陌生人，只见过一面的陌生人，这位老者却抑制不住自己的感情，痛哭流涕。她是在自己的女儿面前，把自己的全部脆弱都显示了出来。

黄汉文痛哭着，这痛哭像是自己又失去了一个女儿一样。而黄晓英也在一旁感受着父亲的痛苦，不禁垂下泪来。

❧ 2 ❧

人类对夜幕，总有着深深的恐惧！

深夜，男孩子在晚上总会害怕床下有什么妖怪，而女孩子则一看到窗外的树枝就会感到一种莫名的忧惧，这是人类对大自然、对生态的一种本能的敬畏。但是，在中国的城市，人们对深夜的敬畏在渐渐地消失，换来的是那些不知疲倦的人们为了各种目的而在耗尽着自己的精力。

夜幕开始轻轻地怀抱着 T 市，它宁静且厚重，努力倾听着这里还在忙碌着的人们的声音。

刑警队里已经空空荡荡，一天的忙碌足以让所有人筋疲力尽，但这里却还有一个人没有回家。作为 T 市刑警队的新兴力量，邢振玉对于刑事案件的敏感超过了他的许多前辈。虽然他的思维还没有胡玉言那样缜密，但是他的诸多想法和假设，还是可以得到了胡玉言的认可。

邢振玉思考问题的时候，最爱坐在角落里一个人发呆，今天也不例外。对于王大山的死，邢振玉越来越觉得，只是单从凶杀的角度去思考这个案件本身，并不是最好的方法。而从案件发生后，案件所遇到的各种阻力来看，《古董鉴赏》节目组内部肯定已经与 T 市的某些高层人物取得了联系，他们极力想要把这次凶杀案的影响降到最低。而取得这种关系需要有人搭线，邢振玉的脑子里最先想到的就是唐俊南可能就是那座桥梁。

东郊 ×× 宾馆的游乐设施非常完备，很多有钱有势的人都愿意来这里消遣，唐俊南在 T 市混迹多年，又游刃于黑白两道之间，他做这两边沟通的中间人显然是第一人选。所以，那天邢振玉才会找了个机会，跟唐俊南说了那些话。而唐俊南的表现也让邢振玉怀疑他与此事有着莫大的关系。

可是，问题是现在邢振玉没有任何证据证明唐俊南和此事有关，而且就算可以证明，也只能说明唐俊南参与掩饰了《古董鉴赏》节目的黑幕，而这和杀人案本身并没有建立起直接的关系来，这令邢振玉非常伤脑筋。邢振玉闭上了眼睛，他的脑子里再次梳理着这几天来，所收集到的所有与案件相关的线索。

《古董鉴赏》节目组因为王大山的死而极力在掩饰着节目内部的秘密，而这些秘密到底和王大山的死有没有关系？据现有的证据看，邢振玉的感觉是王大山的被杀和《古董鉴赏》案的内幕，好像并不处于一个平面上，这两个事件像是两个并不相关的话题。而对于刘轩轩的死，更是一个让人困惑的问题。因为她的死是那么的模棱两可，自杀找不到令人信服的动机，他杀却也找不到任何的凶手进入房间的证据，她可能是杀害王大山的凶手，却也可能是真正凶手的替罪羔羊。

似乎每一个洞口都是通着的，因为深洞中都吹来了徐徐的凉风，但是却又好像哪一个洞口都不通往真相。凶手似乎在幕后策划着一切，他和《古董鉴赏》节目的内幕好像有着千丝万缕的联系，却又突然好像毫无关系。这就好像是高中考试时的解析几何一样，有一半是方程式，有另一半是在数轴上的图形，看似是两个学科，但是却有着不可分割的联系，必须找到一种方法把这两者联系起来，才能解出最终的答案。

而王大山凶杀案和《古董鉴赏》的黑幕中间到底有什么联系？什么才是那把解开谜题的钥匙，这让邢振玉又增加了几分苦恼。邢振玉接着又想起了昨天看见的那个在唐俊南办公室外的黑影，那条走廊的光实在是暗得让人无法看清任何东西。但是凭着邢振玉的感觉来说，那个轮廓应该是个女人。随后，墙里的唐俊南打开了那扇门，门里的亮光也照亮了那个轮廓，确实是个女人。她一定是唐俊南熟悉的人，不用任何人的指引就能找到那扇被伪装的门，或者说是墙。

这意味着什么？和案件有没有关系？一个女人去敲了一个和凶杀案看似没有任何关系的人的门，这有什么可值得怀疑的吗？唐俊南也算是东郊大佬级的人物，一天不知道要会见多少人，难道他在办公室里会见一个女人却要引起自己如此的重视吗？在邢振玉的脑子里，其实他一直都在嘲笑着自己好像有职业病，把思考一切可疑的事情都当作一种生活的乐趣一样。

"我还是再看几遍录像吧，反正现在对于破案一点思路也没有。"邢振玉看着偌大却空无一人的刑警队办公室自言自语道。

所有的监控录像的光盘都在邢振玉手中保存，包括东郊××宾馆的录像和《古董鉴赏》节目现场的录像，而看录像这种工作是刑警们最不爱从事的，不仅无趣，还会伤害本来良好的视力。

要知道视力正常这是从事刑警工作的必要前提，无数梦想着从事刑警这个职业的有志青年都因为近视这个原因而被刷了下去，所以保护视力变成了刑警们日常最重要的保健项目。但是，看录像这个工作，就是要两眼直勾勾地盯着电脑或电视屏幕一动不动，更让人郁闷的是几乎每个镜头都要盯着看上很多遍，但即便是这样，有时也很难找出任何有价值的线索来。

这样下来，即便是再良好的视力，也难免会受到损伤。但是看似简单机械的工作，往往是最应该有人做的，比如工人每天要做工，农民每天要耕种。很显然，王勇对这样的工作没有任何兴趣，而胡玉言好像也有自己的调查方向，这会儿不知道正在哪里忙乎着什么。而胡玉言让邢振玉去取这些录像资料，临走前又把它们保存在邢振玉这里，恐怕也正说明了一件事情，胡玉言想把仔细并反复看录像的任务交给邢振玉去做。

邢振玉知道这是一个必须摒除杂念的工作。而对工作从不愿意明言的胡玉言，他就像是打了孙悟空三棒子暗示他三更来学艺的菩提老祖一样，胡玉言恐怕正是在暗示，他相信邢振玉完全能够在这些录像中发现有价值的情报。

邢振玉的老婆刘小钟也是警察，是刘胜利手下的片警，由于东郊的人员比较混杂，所以片警的巡查工作还是很辛苦的，虽然刘胜利对于破案并不积极，但是片警们日常的巡查工作却从来没有放松过，这也是为什么东郊一片虽然破案率极低，但是刘胜利却还能稳稳坐在东郊派出所所长位置上的重要原因。

东郊的安全与安宁，和这些最基层的片警们的努力和牺牲是分不开的。刘小钟就是这样平凡的基层片警中的一员，她整天骑着自行车没白没黑地查对着各种户口和外来人口，顶着星星出去，挂着月亮才回家。两口子都是这样，没完没了得忙，所以小夫妻现在连个孩子都还没要上。邢振玉每想到这，还真觉得自己对不起盼着孙子的老父老母。但是，光想着这些东西是没有用的，案子还是需要人破的，而且这件案件已经弄了个全国皆知，恐怕想瞒也瞒不住了，全国的警察都在盯着T市刑警队到底能不能把案件查个水落石出。而且，上面已经把所有的阻力全部排清，可以想象张涛、黄汉文等人在其中做了多少的努力才能办到。所有的人都在为一个目标努力着，邢振玉也没有理由偷懒。

必须要找到相关的线索，根据刑事鉴定学的理论，只要是有人故意设下的圈套，必然会留下痕迹，邢振玉深知这一点。所以他还是打开了电脑的屏幕，然后按动了电脑主机的开关。摄像的视频格式是MOV格式，这是一个占用磁盘极大的视频格式，所以刑警队都已经将拿来的光盘中的视频文件拷在了一个1T的移动硬盘上，这样看起来既方便又流畅。

邢振玉先看了《古董鉴赏》节目现场的录像，他死死盯了电脑显示屏两个多小时，没有错过《古董鉴赏》现场的任何环节，可就是难以找到一点有用的信息。当他感觉到自己的眼珠已经有些不能转动的时候，一股股眼泪沿着眼眶流了出来。这些泪水划过视网膜的时候，让邢振玉感到了异常的酸痛。

邢振玉只好仰在椅子上，歇了一会儿，心想这样看似可以坐在办公室里完成的"舒适"工作，却比去追捕几个罪犯要难多了。有没有什么有意思的玩意儿缓解一下压力呢？邢振玉很想松弛一下紧张的神经，他很想打一会最近比较火的《植物大战僵尸》的游戏，可是在这种大案当前的紧张时刻，这样耗费时间的游戏，恐怕不适合，再说豌豆和僵尸恐怕也不能去除任何的压力。所以虽然邢振玉的电脑里就装着这个游戏，但他却没有打开。邢振玉还在想还有什么可以稍微轻松一下，然后好继续这繁重而复杂的工作。

突然，他想到昨天早上他到东郊××宾馆的时候，为了应付唐俊东而故意在摄像头下留下了自己的三个 pose。也不知道这三个形象咋样，可不要影响自己的警察形象啊，邢振玉想着就想笑。想到这，邢振玉饶有兴趣地在硬盘中，找到了 9 月 19 日上午东郊××宾馆七楼的录像。他十分想看一下，自己到底被拍成了一个什么样子。

兴致勃勃的邢振玉把 9 月 19 日一早的录像调到了上午 10 点的位置，这正好是邢振玉到达东郊××宾馆的时间。可是，他等了 10 分钟也未曾见到自己的身影。录像中七楼的楼道中空空如也，别说是邢振玉，连一个人影都没有出现。是不是时间记错了？邢振玉回忆了一下，之前他和唐氏兄弟交谈的时间不超过 10 分钟，就算再慢，此时他也应该出现在录像中了。邢振玉又硬着头皮，等了 10 分钟，可是画面中还是空空如也，连个鬼影都见不到。

"出鬼了！"邢振玉已经预料到了事件的不正常，他开始用鼠标操作，把播放器的时间轴往回倒，又在 10 点之前的半个小时看了一遍，可是依旧没有人出现。邢振玉开始反复看这段录像，然后把时间轴往后倒，调到了晚上的时间，刘轩轩是在晚上八点半左右回到房间的，之后确实没有人再进过他的房间，这是他和胡玉言之前一起看的录像部分。

"不好！这段录像被人动过手脚。"邢振玉的头脑飞速地旋转着。

因为调查很紧急，胡玉言等人之前一起观看了这段录像，但是只是观看了刘轩轩回屋之后的那个时间段，之前并没有来得及看。可是在这一天的录像中，邢振玉却怎么也找不到自己的影像，那就只能说明一个问题——这不是昨天的录像，邢振玉很快得出了这样的结论。

那么这是哪天的录像呢？

王大山是在 9 月 17 日死亡的，之前他和刘轩轩就住在对面，所以 9 月 17 日之前的录像极有可能拍到王大山，而这段录像中没有王大山出现，也就是说 9 月 17 日之前的录像是无法替换的。而这段录像只拍到了刘轩轩，却没有拍到邢振玉，那这就只有一种可能性，那就是这份录像是九月 18 日的。

由于案件的关联性问题，邢振玉也确实没有向唐俊东索要 9 月 18 日的相关录像，所以，这段时期就变为了唯一时间上的盲点。难道是唐俊东疏忽了，把 18 号的录像当作 19 日的录像给了自己？难道真有这么巧的事吗？或者是他们兄弟一开始就别有用心，特意想要隐瞒一些事情，而故意把替换了的录像给了自己！而如果是故意要替换这段录像的话，那原因也非常明了，那就是很可能有人进入过刘轩轩的房间，而 9 月 19 日的录像中很可能清晰地拍下了这个人！而有人想要隐瞒这件事情。

无论怎么说，最大的嫌疑人就是唐氏兄弟。

冷静！一定要冷静！邢振玉在想着还会不会有其他的问题。

他突然想到之前胡玉言特意只跟他和王勇两个人说过一件事，那就是黄汉文与刘轩轩的那段私密的谈话。谈话中得知刘轩轩在 9 月 16 日上午 9 点曾经看到过一个神秘的女人来敲王大山的房门，可是这个女人在事后众人查对监控录像的时候，并未被发现，所以胡玉言只能认定刘轩轩在撒谎。那么就现有的这个情况看，会不会刘轩轩并没有撒谎，而是也被人替换了录像呢？邢振玉认为这个可能性极大。

邢振玉继续思索着，他又再次联想到了自己在唐俊南门前看到的那个女人身形的神秘人，难道这一切都有着必然的联系？

邢振玉觉出了事件的严重性，接着他抄起了电话，拨通了内线："喂，鉴定科吗？我是刑警队的小邢，请问你们那里今晚谁值班？"

"是我，何玉华！"

"何姑姑，嗨，不好意思，刚发现了点问题，想请您对两段录像进行一下鉴定，您给看看有没有什么问题。"

"刑警队都是急事，你过来吧，我这里正好新来了个实习的研究生，让她练练手。"

"好好,我马上过去。"说完,邢振玉找到了16号和19号那两段录像的光盘,然后拿起那块移动硬盘,快速朝鉴定科走去。

因为走得急,邢振玉几乎是用肩膀撞开的鉴定科的大门,把里边正在用显微镜观察切片的何玉华吓了一跳,说:"你小子赶着去投胎啊!再把我们科的门给碰坏了。"

"何姑姑,你有没有办法能帮我鉴定一下这两段录像有没有人对它动过手脚?很着急!"

何玉华将近50岁的年纪,虽然年华已逝去,但是从她光润的脸上,看得出她年轻时绝对是个美人坯子,就算现在也算得上是风韵犹存。作为鉴定科的主任,何玉华是鉴定科,乃至警局里少有的几个老资格。所以,像邢振玉这样的小字辈见了她的面都以长辈相称。

"你不是不知道我是做尸体解剖的,做这个我不在行,你明天早晨,等小陈他们上班再说吧。"

"别呀,何姑姑,《古董鉴赏》案的事,很着急。您刚才不是说有个实习生能做吗?"

邢振玉紧张的表情,丝毫不像是骗人。

何玉华一笑,像是在戏弄邢振玉一样,她指了指旁边的一个小姑娘道:"这是前天才刚来实习的张敏,如果你愿意的话,可以让她试试。"

邢振玉开始上下打量眼前的这个还略带有学生气的女孩,她厚厚的眼镜片下,是一副腼腆的神情,人长得不漂亮,却很甜,但怎么看也不像是个警务人员。

"小邢,你可别小看她,她可是上海来的,在上研究生的时候,就曾经协助上海警方破获过很多大案的,毕业前分配到了咱们T市来实习。她可以做生物、化学和物理的多方面鉴定,是个很全面的人才哦!"何玉华一边隆重向邢振玉介绍眼前的张敏,一边像是在向他炫耀自己部门的强援到来。

"张敏在解剖和化学分析方面的本事我已经看到了,今天物理鉴定这方面也请你露一手吧!"何玉华对张敏笑着说,似乎对她非常有信心。

"不用，何主任，这不是什么复杂的物理实验课题，而是简单的计算机问题，只要用软件简单测试一下就可以了，马上就可以得出来相应的结果的。"

"哦？也就是说你可以做了？"

张敏说得很容易似的，这让邢振玉多少有点不太相信。

张敏点点头，她的眼神中充满了淡定，一看就是被大场面洗礼过的人，"这个在国外已经是比较成熟的技术了，而且也不是很难，只不过中国还没有广泛应用而已。"说着她从放在椅子上的电脑包里，拿出了一台笔记本电脑。

很显然这台电脑像是张敏个人所有的，且价值不菲，这让邢振玉觉得这个实习生大有来头，似乎是可以信赖的。

张敏像是天生有一种优越感，她也不跟邢振玉说什么客套的话，把电脑的电源接上，然后接过了邢振玉手中 9 月 16 日的光盘，就放在了电脑的光驱中。电脑的屏幕马上进入了 Windows Vista 的启动界面，然后很快就进入了桌面，张敏的桌面背景是一个电影《加勒比海盗》的海报，只不过中间的本应该是约翰尼·德普主演的杰克船长，却不知道被谁 PS 成了一个带胡子的中国男人的形象，十分有趣。电脑桌面上的图标很少，都是一些邢振玉见都没有见过的专业软件的图标。

张敏双击了桌面上的一个叫 AMCA 软件图标，软件几乎是在瞬间打开的，这让邢振玉意识到了这台电脑的配置极高。

"请问这电脑是什么配置的？"

"四核 8G 内存，不是这种配置根本跑不起来这个软件。"张敏根本不看邢振玉，而是带上了耳麦，继续着操作，她在软件左上角的 file 选项下，点击了运行光盘一项。这个软件的界面瞬间出现了许多的曲线，然后张敏把软件的进度调成了快进，速度非常快。过了一段时间，当时间轴运行到了一个点的时候，这些曲线突然在一瞬间出现了不规则的波动，不一会儿又停止了波动。

张敏此时点击了暂停键，并摘下了耳麦，说："这张盘确实被人动过手脚了，在 9 点钟左右的这个时间段内，与前后的录像频率和帧数都有着明显的差别，这段录像被剪辑过。"

"被剪辑过？"

张敏点点头，说："而且是个高手，从声音和图像上来看，没有看出一点破绽来。只有靠这个软件才能分析出来的。"

"这是什么软件？这么神奇。"邢振玉睁大了眼睛。

"Avid Media Composer Adrenaline，美国地方警局都已经普遍配备的装备，但在中国还没有普及。"张敏依旧保持着那份与她年龄不符的镇定。

邢振玉脑袋发麻，心想原来真的被唐氏兄弟骗了，他们果然知道些什么，而且故意做了这样的东西来欺骗警方。但是邢振玉还是强压了怒火，把另一张光盘交给了张敏，这时连何玉华也凑过来欣赏着这高科技产品的华丽演出。张敏把 9 月 19 日的光盘塞进了光驱，仍旧照方抓药，可是这次这段录像从头快进到了尾部，曲线却没有出现任何的波动。

张敏摘下耳麦，摇了摇头，说："这张没有任何问题。"

这和之前邢振玉推理的结果一样，9 月 19 日的录像拷贝，是 9 月 18 日的录像替换的。但是邢振玉又思考着另一个问题，为什么 9 月 19 日的录像会留下这么大的破绽呢？既然唐氏兄弟或者他们的手下有这样的剪辑高手，那为什么他们只剪辑了 9 月 16 日的那段录像，而不把 9 月 19 日的一起剪辑了呢？难道是时间不够？或者是他们根本没有意识到刘轩轩的死？说着，邢振玉看了一眼张敏，"张敏同志，你能不能把这里的所有的录像都用你刚才的方法，给我测试一遍，有问题的都给我标注出来。"说着邢振玉就把硬盘塞到了张敏的手里。

还没等张敏说话，何玉华就已经显示出来了一种大姐头的风范来，开始护犊子："小邢，可不带你这样的啊！欺负一个刚来的小姑娘！"

邢振玉双手合十做了个阿弥陀佛的动作，说："何姑姑真的是事态紧急啊！"

没想到张敏却没有领会领导的好意，而是对邢振玉点了点头说道："没问题，我马上开始，迟些会给你结果的。"

邢振玉向张敏和何玉华点了点头，也不道谢，而是快步走出了鉴定科。他在想自己下一步要干什么，是给胡玉言打电话，还是直接质问唐氏兄弟。

经过短暂的思考后，邢振玉还是决定先把自己的发现告诉胡玉言。

可是，当拨通胡玉言的手机后，听筒里却传来了"您好，您拨打的电话忙，请稍后再拨"的声音。邢振玉心想，难道各方面此时都找到了有用的线索，现在都在给胡玉言这里汇报？他摇了摇头，但是可以肯定的是唐氏兄弟嫌疑重大，自己既不能打草惊蛇，更不能坐视不管，所以他决定现在就到东郊××宾馆去，而他一边走一边继续拨着胡玉言的电话。

当他走到市局大院里的时候，才发现今晚的夜很深，天上连一颗星星都没有。

∽ 3 ∽

案件似乎一下子进入了瓶颈，虽然上方的压力骤然减轻，但案件各方面的调查却都还在原地踏步，没有任何进展，胡玉言对此本十分恼火，但是看到所有的手下都在拼命调查，包括一向令他生厌的黄汉文都在帮助自己，所以弄得胡玉言实在不知道要去找谁发脾气。

但犯罪事件的调查往往是"山穷水复疑无路，柳暗花明又一村"。正当胡玉言为案件进展发愁的时候，好像一切都开始峰回路转。胡玉言手机里的那首《信仰》整晚都没有停过，各方面的好消息纷纷传来。

胡玉言最先接到的是王勇的电话。对于王勇来说，他一直是胡玉言最为伤脑筋的部下。在胡玉言的印象中，王勇正像他的名字一样，勇猛有余，却智慧不足。王勇对罪犯有一种天生的震慑力，这可能和他是特种兵出身不无关系。他这种经历是刑警队里少有的，无论遇到多么凶顽、危险的罪犯，只要王勇参加了缉捕，罪犯就像是老鼠见到了猫咪一样，连腿都发软了，乖乖地被逮捕是常有的事。一般的时候，逮捕那种亡命之徒的罪犯，都是五六个警察把一个罪犯压在身下，与其说是捉到的不如说是罪犯被警察们压得喘不过气来昏过去的。王勇则不是，他一个人打五六个人基本不成问题，散打、跆拳道，几招下去，管叫罪犯满嘴喊娘，束手就擒。

但胡玉言也非常清楚，交给王勇的工作最好不要太复杂，而且还需要有很强的针对性。由于王勇长期处在那种军队里服从命令听指挥的氛围中，这就让他很少独立思考，他的意识里工作就是服从！命令就是要拿下前方的阵地，至于怎么拿下，一路拼杀即可！

很显然，这并不符合胡玉言的思维方式，但他并不讨厌王勇，因为王勇在其他方面也有着自己的优势。王勇虽然是个勇武的男人，在性格上却是个非常随和的人，他和底下的派出所的普通民警和各个地区的混混都非常熟识，到处称兄道弟，很多有价值的情报都是从那些地方得来的。王勇对同事的厚道、包容，对罪犯的勇敢、无畏，让胡玉言对王勇偏爱有加，他虽然对王勇总是冷言冷语，却在心里十分器重他。当然胡玉言的冷言冷语也是为了时不时地敲打一下这位勇敢的副队长，启发他可以干事的时候多动动脑子。

现阶段胡玉言交给王勇的任务有两个：第一个是追查高速公路前那一批被截获的古玩。这批古玩到底是要运向何方？是谁要运的？为什么其中有 10 件宝物是来自《古董鉴赏》节目？第二个是那个在《古董鉴赏》现场的叫张大海的临时工，虽然没有直接证据证明是他谋杀了王大山，但他却有作案的重大嫌疑，所以胡玉言要求王勇要设法尽快找到他。

在接到任务时，王勇天真地以为第二个任务远比第一个要好完成得多，他发动了所有的关系去寻找张大海这个人，可是几天下来，无论是黑道还是白道，都没有能提供这个叫张大海的任何有价值的线索。王勇这才突然想起，胡玉言曾经告诉过自己，张大海这个名字很可能是假名，现在从各方面反应的情况看，很可能是这样，否则在小小的 T 市，凭他的关系要找一个人不可能一点线索都没有。可现在问题是除了知道张大海这个假名外，王勇对这个人其他的情况一无所知。在他看来这实在是巧妇难为无米之炊了，所以在王勇那里关于张大海的调查暂时迟滞了下来。

而王勇认为比较难完成的那个任务却率先实现了突破。当然，一开始追查那批被截获的古玩的任务也并不轻松。

王勇在扣留套牌车的当天就突审了货车司机，但是司机的回答非常简单："我只管开车，车和货都是雇主的，拉的是什么我从来也不问，我自己只是在受雇干活而已，其他的我也什么都不知道。"

王勇差点儿没被这个一问三不知的司机气死，还以为他在为谁死扛，便又质问他："这批货运到哪里你总该知道吧。"

司机只回答了一句："滨海市的码头，但具体的地点不知道，每次都是有人主动联系我接货的！"

王勇火了，谁能相信这样的鬼话，他又大声地质问司机："你在哪接的货？谁给你的货？"

"东郊的三号货场，他们都是把货提前装好了，把车给我开来，每次都是不同的陌生人来把车交给我，我真的只是管开车而已。"

"拉一次活给多少钱？"

"5000 块！"

"5000 块？好高的价钱啊，你一个月拉几次活？"

"不一定，听通知！有活他们会给我打电话的。"

"把他们的电话给我！"

"可以，你就查我手机的通话记录吧，我也没存他们电话，因为每次的号码都不一样！"司机无所谓的态度似乎在告诉王勇：别查了，查也查不到。这让王勇简直是七窍生烟。

"你知不知道你拉的都是违法物品！还有你的车是套牌车，你可别说你压根就不知道你开的车是军车牌照啊。"王勇的问话越来越带有情绪。

"我真的什么都不知道，我只管拉活！"司机此时还是显示出了一种很无辜的表情。

司机的话，让王勇火冒三丈，但是他还是压住了火气，问："你是怎么干上这个的？是谁给你介绍的这个活？"

"一个叫张海的哥们儿。"

"他现在在哪儿？"

"不知道，让我来拉活之后，就跟他没有联系了。"

"你们怎么认识的？"

"原来都在东郊的货场外等活，开黑车拉货，后来就这么认识了，我跟他也不是很熟。"

"你不干这个的时候都去干啥？"王勇开始问与案件无关的问题。

"不干啥，这样的活一个月只要有两次就行了，一次都行，比干长途司机挣得多多了，我还用干别的啥啊。"司机显示出了一种得意的表情来。

王勇鼻子抽了一下，说："嗯，套用军车牌照，这是犯罪懂吗？我看你小子以后就是想干点正经事，估计也干不了。"

"啊？警官，这么严重啊？"

"废话，当然严重了！你拉的那些货都是国家级的文物，你倒卖文物，再加上套用军车牌照，自己算算吧！要坐多少年的牢。"

司机一下子变得面如土灰，没有了刚才的神气，说："警察同志啊，我可是真的什么都不知道。"

王勇狠狠地拍了一下桌子，吓了司机一跳。

"你除了这个还会说啥？鬼才信你的话呢。你知道吗，现在你的唯一出路就是坦白，把你知道的全说出来，那样估计还能弄个宽大处理。要不然，哥们儿，你就成了那帮人的替罪羊了，知道吗？要是那些文物是从哪偷盗来的，或是从死人墓里头挖出来的，给你安个偷盗文物的罪名，判你个死刑都不冤！"

说完，王勇走到司机面前，用手拍他的大脑袋，说道："好好想想吧你！"

司机听完王勇的话，差点儿没哭出声来："警官大哥啊，我这是挣的买白菜的钱，犯的可是卖白粉的罪啊！"

王勇差点儿没笑出来，觉得这个司机还挺有意思，他刚才和现在简直是两副面孔。

"差不多吧，所以你现在要老老实实说，到底是怎么回事，这批货是谁的？"

司机沮丧着摇了摇头："我真不知道这些货是谁的，我也是财迷心窍了，明明知道这些东西可能有问题，还给他们当司机。"

"刚才那些话是你早就准备好的吧？"

"刚才说的那些话，都是那个张海教给我的，他说'只要出了事，别慌，也不用跑，按我跟你说的这些话跟警察说，包你没事'。我一想他说的也都是实情，我确实是什么都不知道嘛！您说他这是安的什么心啊，警官，我要是知道这事这么严重，打死我也不干这事啊！"

王勇冷笑一声："那个张海，你真的联系不上了？"

"真的，我连他手机号都没留过！"

这次司机的表情非常恳切，让王勇觉得这次他说的还八九不离十。

"那个张海有什么体貌特征没有？"

司机像是想要抓住最后的救命稻草一样，低下头努力思考着到底还能给警方提供点什么有价值的线索，突然他的脑袋里的那个灯泡亮了起来，说："我想起来了，他的右腕上有个火焰文身。"

侦讯过后，王勇并没有敢直接把这次询问的过程告诉胡玉言，因为有价值的信息实在是太少，如果被胡玉言知道，恐怕又要奚落自己了，虽然王勇表面上可以承受胡玉言的冷言冷语，但是他骨子里也是个颇有自尊心的人，他觉得应该把这件事搞得有点眉目了，再向胡玉言汇报才好。

王勇也学着邢振玉的样子，想在自己的笔记上总结一下侦讯的具体内容，但是最后他觉得似乎又没什么可总结的，因为除了那个火焰文身，几乎没有什么有价值的信息。但，王勇还是提笔在本子上写上了仅有的三点：

发货地点：东郊的三号货场
接货地点：滨海市码头
介绍人：张海

不过，王勇在三个线索后，都划了一个大大的问号，这恐怕是这位刑警现阶段唯一能做的事了。剩下的事，王勇只好依靠关系来查，东郊货场是刘胜利的辖区，王勇打电话找到了刘胜利，刘胜利表示马上让下属帮助王勇来查证此事，看东郊货场是不是有人在非法倒卖古玩文物。王勇知道刘胜利是出了名的懒虫，口头说说可以，是不是这么做就难说了，但是好像东郊的事也只有拜托他去查才最靠谱。

对于滨海市的码头，王勇给滨海市码头附近的警局打了电话，说最近T市正在严查一批套军用牌照的车辆，发现其中有一些车辆已经开进了滨海市的码头，车上面都是些名贵的古玩，如果查到很可能会有立大功的机会。滨海市警局的警员听闻这个消息，顿时欢欣鼓舞，因为警局各年度的考核并不是以破获案件的数量作为衡量标准，而是以案件的经济价值。这就是为什么很多时候老百姓的小案子很难破，而那些银行抢劫之类的案件几天就可以侦破的原因。

最后，是查那个右腕上有火焰文身的人，王勇想根据自己的关系，找到这个人应该不难，这次他给一些黑道上的线人打了电话，让他们务必帮他找到一个叫张海的人，特征是他的右腕上有火焰的文身。

王勇在想，这样三管齐下总会有点效果吧，哪怕只是其中的一项也好。

一切非常顺利，首先是滨海市码头那里传来了好消息，滨海市的警方和海关同时出动，共查获了 5 辆套牌军车，车上满满当当装着各种古玩，价值尚无法估量。货车司机和几个接货人落网，据滨海市警方初步审查，这些人中有几个是牵连境外的走私分子，据这些人交代，还有一批走私分子在逃，滨海市警方正在全力缉捕。

古玩的运输牵扯到了走私，这无疑是案件调查的意外收获。王勇一五一十地把这个令人振奋的消息在手机里告诉了胡玉言，胡玉言也非常兴奋，让王勇赶快去滨海市了解情况，他随后也会给滨海市的警局打招呼，让王勇一起参加其余犯罪分子的追捕，争取可以尽快将套牌车的问题查个清楚。

撂了王勇的电话，胡玉言又接到了一个电话，而这个电话，让他非常意外，是刘胜利打来的。

"小胡啊！没想到是我吧？"刘胜利的语气中带着一些顽皮的味道。

"嗯，确实没想到。请问有什么事吗？"

"放心吧，我没有正事是不会打扰你胡大队长的宝贵时间的，最近我这把老骨头感觉浑身的不自在，就想着去活动一下，所以就参加了点小锻炼，帮着你们搜集了一些信息。"

"哦？那还真是罕见的事呢？不会是你调查出什么结果了吧？"

"看看，你小子就会奚落人！"

"快说吧，你到底收集到什么信息了？"

"是有关王大山来到 T 市后所做的事情。"刘胜利的话突然变得阴沉起来。

胡玉言想起了张涛曾经说过："这个案件不只你一个人在努力，还有很多警察在暗中支持你。"

胡玉言这才感觉到这句话原来真的是意味深长，他又想起了霍霍那天说已经有警察对王大山所坐的出租车进行了调查。那时，胡玉言想到了这个人会不会是刘胜利，因为那天开会除了张涛和黄汉文外，只有胡玉言和刘胜利在场。但是以以往的经验来看，这个可能性被胡玉言立即排除了，一个众所周知的大懒虫，怎么会突然对查案感兴趣呢？而且还是胡玉言这个一向讨厌他的人的案子。

可这次，胡玉言判断失误，当刘胜利把这几天自己的调查结果原原本本告诉他的时候，他竟然觉得自己是在梦里一般，心中充满了怀疑，这真的都是刘胜利调查出来的？但刘胜利描述的调查过程十分清晰，不由得胡玉言不信。

刘胜利还告诉胡玉言，吴老板已经给他打过电话了，买王大山那 5 件古玩的真正主人已经上钩了，他明天要约刘胜利到拍卖行去，他准备带张芃一起去，刘胜利还特意问了胡玉言一句："你要不要一起来？"

胡玉言沉默了一会儿，用充满了感激的口气说道："当然要去，我也要会会这位风云人物。看来这次还真要感谢你啊！"

"感谢我？我没听错吧！你小子以后少噎我两句，就算感谢我了！还有我跟你说啊，那位美女记者好像很喜欢你啊！你老婆也死了这么多年来，有个姑娘喜欢不容易，还是赶快发展一下吧！要是觉得不好，也不要耽误了人家。"

胡玉言刚想对刘胜利再客套两句，没想到他又八卦了起来。"好了，这种跟案子无关的事就不要提了！"胡玉言的语气中显得有些不耐烦。

"好，看来又嫌我八卦了，我只是想提醒你一句而已。算了，记住明天早上 9 点，东郊的拍卖会场见，你可别晚了！"

"嗯，放心。"

胡玉言对刘胜利的看法虽然没有什么大的改观，但是这个老头的表现，还是让他刮目相看。

刚撂下了刘胜利的电话，紧接着又是一个胡玉言怎么也没有想到的人打来了电话，这个人是看守所的所长区东。

"区所长，好久不见了！"

"呵呵，小胡，你是大忙人，我可不敢轻易打扰你！"

胡玉言这才觉得他好像在这些老警察们的眼里是那种不好轻易接近的形象，从这点上看，他和王勇之间差距很大。

胡玉言过去在T市警局里只对三个人用敬语，一个是局长张涛，第二个是法医何玉华，第三个就是区东，这是胡玉言对这位警察的一种尊敬，更是对他业务能力的一种承认。而面对区东的那次不幸经历，胡玉言一直非常同情，面对凶顽狡猾的罪犯，在各种技术都达不到的中国警局中，想要得到定罪的证据，采取非常方式也是不得已之举。

"区所长，您不是也一直在忙吗？"

"呵呵，我现在可比不了你，我是个大闲人。小胡，我不多耽误你的时间了，有个右腕上有火焰文身的人你肯定感兴趣吧？"

胡玉言觉得有点吃惊，火焰文身的这个事，是那天黄晓英告诉他的，当时只有黄晓英、霍藿、林玲和他自己在场，除此之外，他连王勇和邢振玉都还没有来得及提及此事。到底是谁告诉区东的呢？据他所知，林玲、黄晓英跟区东都不是很熟，霍藿一个外乡人根本不可能和区东取得联系的。

"您是怎么知道我在找这个人的？"

胡玉言一晚上都觉得让他意外的事一件接着一件，王勇会查案了，刘胜利不懒了，而区东变得越发神奇了。

"王勇正在各条道上撒网呢，你不知道吧？说这个人跟前两天的套牌车案件有很大的关系，结果这消息晃晃悠悠就到了我这了，我觉得这个右腕上有火焰文身的人应该是我认识的那个人。"

区东的话让胡玉言觉得一头雾水，好像他跟自己说的并不是一回事，因为自己要找的那个有火焰文身的人应该是《古董鉴赏》现场的临时工，而区东却在说与王勇追查的那辆套牌车有关的人，难道他那里也出现了一个右腕上有火焰文身的人？不会这么巧吧？

"他负责的案件，我不是十分清楚呢，不过您可以跟我说一下吗？"

"哦，当然可以，因为我没有王勇的联系方式，所以就给你打了电话！兄弟，你还记得老哥倒霉的那次案件吗？"

"嗯，记得！"

"我就是因为这个人倒霉的，那个右腕上有火焰文身的人叫张海，当年就是他带着记者冲进的医院。"

张海？！胡玉言想到当初在《古董鉴赏》现场的那个临时工叫张大海，难道真的是一个人参与了两起事件？很有可能，因为这两起案件本身就有联系，看来张大海约等于张海，胡玉言做出了初步的判断。

"我一直在关注着这个人的行踪，一开始以为他是我追查的那起砸车盗窃案脱逃的两个犯罪嫌疑人中的一个。但后来经过我暗地里调查，原来不是。张海原来在一家小的杂志社里当记者，后来杂志社倒闭了，他又给一家文化公司打工，专做一些舞台设计和后期节目剪辑的工作。再后来，这家伙又找到了一个非常赚钱的职业，那就是给各个媒体、报纸做狗仔。"

"专门贩卖最爆料的信息给报社和媒体？"

"对，正好那两个逃脱的嫌疑人中有一个和他认识，把这事跟他一说，他就一直在我们所的外围打听消息，终于，他从所里做饭的大师傅那了解到了事件。事情也巧了，正好有个嫌疑人出了事，而那时他就在所外蹲守，让这厮逮了个正着。他马上通知了媒体，亲自带他们闯进了医院，我一辈子都忘不了他右腕上那个火焰的文身。"

"这个人现在怎么样了？"

"因为总是曝光一些社会的阴暗面，有一次他偷拍了一个大夫上班打游戏不理病人，后来这事见了报，大夫被处以取消主任医师职称，下放基层一年的处分。但这个大夫很有背景，据说他通过关系查到了是张海给报社提供的那些照片，便雇人修理了他一顿，这顿打让张海在医院里住了几个月，可是好像他已经上了医疗系统的黑名单，医生们也不给他好好治疗，他也没有任何证据证明是那个大夫找他的麻烦。所以，他出院后，就没敢再做这份工作。"

"后来呢？"胡玉言对后续非常关切。

"后来他就突然消失了，我多方寻找，也没有他的下落，好像这个人突然转入了地下一样。不过，有个知情人曾经跟我说过张海像是找到了一份拉黑车的工作，不过一年前不知道是什么原因就不干了，后来就再也没有他的消息了。"

"原来是这样，如果他拉过黑车的话，就跟截获的那辆套牌车很有可能存在关系了。你是这么认为的吧？"胡玉言一边跟区东说着话，一边思考着区东刚才提供的线索，突然他想到，一年前张海突然不干拉黑车的勾当了，似乎跟另外一起案件有着联系。

"是的，但可惜他已经脱离我的视线很长时间了，现在做什么我一无所知。不过我倒可以给你提供一些线索，你知道当年那起砸车案件，其中四个犯罪嫌疑人已经离开 T 市了，但还有一个一直没走，而那个人就是张海的好朋友。"

"他现在在哪？"

"在一家保险公司卖保险，也算是改邪归正了。"

"您一直盯着他们呐？"

"这么刻骨铭心的几个人，我怎么可能会轻易放过呢？哈哈，不过放心，我也只是盯着，只要他们不再继续犯罪，我是不会对他们怎么样的。"

"呵呵，这点我相信，您一直是个优秀的警察。原来是，现在也是！"

"少捧我了！东郊凤凰街金丰里十二号楼，他租的二楼左手的一个独单。找他试试看，我觉得应该会有线索。"

"您稍等，我记一下。"

"不用了，一会儿我发个短信给你。"

"您还真是周到，那谢了。"

"这是说的哪里话，当初，还要感谢你在大会上为我仗义执言。"

"嗨，这才是说的哪里话，都是警察，谁不知道谁啊。"

胡玉言挂了电话，很快手机里就响起了短信的铃音。

"东郊凤凰街金丰里十二号楼 201，那人叫王凡！"

胡玉言因为看到手机里还有很多未接电话，所以他简单回复了一下：

"收到，谢了，老兄。"

胡玉言这才真正地感觉到福不双至，这个词语是有道理的，如果一个人受到了幸运的垂青，那真是美妙无比的事情。

当所有的电话都接完之后，胡玉言才打开了通讯记录，发现原来邢振玉刚才一直在给自己打电话，而最早的那个电话记录已经是一个多小时前的事情了。他知道邢振玉肯定有急事，所以立即回拨了电话，那头也很快就接通了。

"喂，小邢吗？我刚才一直在接电话，刚看到你的电话。"

"胡队，刘轩轩被杀有疑问，咱们看过的那盘录像被人动过手脚。"邢振玉的话非常急迫。

"你说什么？"胡玉言感觉自己这一晚注定要被意外的事所缠绕。

"千真万确！我已经找鉴定科做过鉴定了。"

"你现在在哪？"

"我在东郊××宾馆，我本来想找唐氏兄弟问个究竟的。"

"你跟唐氏兄弟说了这事？"

"一开始我想跟你商量一下，但是电话一直打不通，我想这种事适早不宜迟！夜长梦多，所以我就直接去找他们来问个究竟。"

"你做得对，结果如何，见到唐氏兄弟了？"

"唐俊南不在，只有唐俊东还在宾馆中，我也没有把录像被人动过手脚的事告诉他，而是把我没有出现在19日录像中这件事跟他说了，还安慰他说可能是你把18号的录像错给我了。"

"嗯，你做得很对！"胡玉言对邢振玉的巧妙应对非常满意。

"唐俊东称自己根本不知道这件事，录像是他找监控室里管监控的员工要的，是那个员工拿给他的，他并不知道这里边弄错了。"

"那个管监控的人找到了吗？"

"唐俊东带我去了监控室，有一个人值班，据监控室值班的人说，平常应该是两个人值班的，另外那个人今天没来。"

"没来？"

"是的，我随后查了那个人的相关考勤记录，发现了很奇怪的事情。"

"他的考勤记录有问题？"

"对，监控室没来的那个人，在 9 月 1 日到 9 月 16 日期间都故意倒了班，只上夜班，没上白班。"

胡玉言心中一凛，这和王大山来到 T 市的时间吻合，看来这个管监控的人有很大的嫌疑，最起码是和案件有着莫大的联系。

"查到这个人住在哪里没有？"

"没有，什么都没有。唐俊东这里只有他的名字，还有手机号，家庭住址一概没有。手机我打过了，关机。"

"名字，他叫什么名字？"

"张海！"

"张海？你说他叫张海？"

"是的！有什么不对吗？"

邢振玉在这一头喊着，而电话那头的胡玉言久久没有回答。好一会儿，邢振玉才听到胡玉言的下一句问话。

"去问一下，他的右腕是不是有个火焰的文身。"

第八章

～ 1 ～

拍卖会场人头攒动，到处都是紧张忙碌的工作人员。他们有的推着保险柜，有的检查着台上的背景布置，有的把麦克等相关电器的线束捋成一股，有的摆弄着会场旁边的电脑设备，还有几位漂亮的礼仪小姐站在台边，摆弄着自己旗袍的下摆，生怕有一点褶皱会影响自己雪白的大腿裸露出来的效果。

与紧张和忙碌的拍卖会的工作人员形成强烈反差的是一个身穿褐色西装的中年男人，他就坐在会场下的观众席上，神情显得十分镇定而悠闲，样子很酷。他只是静静地坐在观众席的角落里，手里翻动着一本彩页的××拍卖公司的简介，他的左腕上带着一串名贵、显眼的红木佛珠，佛珠是由19颗饱满的珠子组成的，而扣在佛珠最上端的是一个比其他珠子要大上两圈的念珠，这颗珠子上刻着一个"佛"字，佛珠是靠一根黄色的绸线连接起来，绸线的外端甩出一棵长长的穗子，搭在了这个酷男人的手背上。

他的身后站着两个身材瘦高的男人，都带着黑色的墨镜，看不清他们的眼睛。这种酷似香港黑帮影片中的架势，乍一出现在现实生活中，还真的给人一种视觉上的冲击感，让会场上的人都觉得挺有趣，但却也不敢小视。

当静与动、有序与混乱交织在一起的时候，才是这个世界的最为原本的社会秩序。而代表这两种状态的正是这个世界上生活在不同层次、不同社会建筑下的人们。

胡玉言、刘胜利、张芃三人从拍卖场的侧门挤进了这个宽大的场馆，看见满场忙碌的人，他们顿时感觉有些不知所措。胡玉言曾经在两年前来过这里，那时正有一家国企要处理一批刚刚进口却不能配套使用的设备，他们决定将这些设备在拍卖会上卖掉，而设备的底价远远低于他们的购买价格，很多厂家都盯上了这批物美价廉的大家伙。而当时，拍卖场的所有大门都被一些手持棍棒的流氓把住，除了三家乡镇企业外，其他厂家的人员全部被挡在了拍卖场外。

结果，由于场内只有三家企业，这批设备以很低的价格拍给了其中的一家。这令场外的其他企业人员非常不满，于是他们与挡在会场周围的那些凶狠的人展开了一场激烈的冲突，结果造成数人被打伤。胡玉言当时奉命来制止大规模的冲突，他记得很清楚，那时候场外那些没有能进入场内的愤怒的竞拍者的眼神；从会场里走出来的那些乡镇企业家得意的笑容，也记得很清楚。结果，那次事件以数额极低的医药费赔偿了事，而由此造成的国有资产流失，虽然有人屡次向上反映，但到最后却杳无音信。

那一次，胡玉言感觉到的是拍卖场是一个把有价值的东西变成没有价值的东西的地方。而这次再次来到拍卖场，胡玉言却有了和上次截然不同的感觉。这次的拍卖场，并没有那样的野蛮和冲突，而更像是要举行什么庆典似的，喜庆的气氛笼罩了整个会场。

张芃一眼就看见了坐在角落里的那个酷男人，向刘胜利使了个眼色。

刘胜利也朝那个方向看了看，对身后的胡玉言说道："老吴说那个人就坐在会场后排的右侧，很好找，看来就是那个人，应该不会有错。"

胡玉言冲着张芃点了点头，示意让他先过去，看看究竟是不是要找的人。张芃会意，扭过身先胡玉言和刘胜利一步，朝着那个男人的方向走入了会场。那两个瘦弱的墨镜男看到张芃直冲冲地朝这边走来，立即充满了警惕，故意往前迈了一步，护在了酷男的身前。张芃看到这种情况，只好放缓了脚步，等待着胡玉言和刘胜利跟上来。

酷男一见张芃，顿时一笑，对两位墨镜男一摆手，说："别紧张，是朋友！你们到别处去遛遛吧，我们有点私事。"

两个墨镜男都很听话，对酷男点了点头，走开了，但是看得出来，他们警惕性仍旧很高，没有走多远，就停住并转过身来，仍旧注视着酷男的方向。

"哪位是刘胜利老板？"酷男站起身来，伸出了右手，他足有一米八五的个头，魁梧的身材让眼前的三人都觉得有点压迫感，而酷男最有特点的是他那鹰钩鼻子，虽然长得难看却带有一种威严。

刘胜利硬着头皮走了上去，也把手伸了出来，说："我是刘胜利！是吴老板介绍来的。"

"呵呵，这种时候还装蒜啊，刘所长！"酷男的眼睛眯成了一道缝，脸上的笑容带着一些嘲笑的色彩，而他的鹰钩鼻子上下不和谐地抖动着。

酷男的话让刘胜利、胡玉言一时哑口无言，不知道要说什么好，张芃心里更是因为刘胜利的谎话被识破而感到了不安。

"也只有老吴那样的笨蛋，才会相信你手里还有什么名画要卖呢！"说完，酷男哈哈大笑，笑得会场中很多人都把目光投向了这里。

"看来张老板真是耳目灵通啊，连我的身份你也搞清楚了？"刘胜利干脆承认了身份，他觉得既然已经被识破，就没有必要还这么遮遮掩掩的。

"后边的那位是市局刑警队的胡队长吧？"酷男张老板用眼神瞄着刘胜利身后的胡玉言，像是要告诉他们，你们的底细他早就知道了，不要再耍什么花招了。

胡玉言十分震惊，真的不知道眼前的这位张老板是何方神圣，如果他真的参与了犯罪的话，那就算是他的头号的劲敌了。虽说如此，但是胡玉言脸上并没有过多的表情，而是平和地说道："你好，我是刑警队的胡玉言，今天就是想来找张老板了解点问题而已。"

"是为了王大山被杀的那件事吧？这个事我还真想找个人好好地聊聊，不过说好了，只是聊天。"张老板的表情仍旧是似笑非笑。

胡玉言淡然一笑，点了点头，一屁股坐在了张老板的身边。刘胜利找了一个居前的位置坐了下来，而张芃只好坐在了刘胜利的旁边。

可当张芃刚坐下，张老板却板着脸一指张芃："你不是警察，张老板，你还是请到那边坐会儿，我说的这些话可不是谁都能听的，你听多了，我怕给你惹一身的麻烦。"

张芃根本不认识这个张老板，只是知道他是吴老板身后那个收购自己玉石的人。今天得见真容，觉得他的排场实在是够臭屁的，对他一点好感都没有。但是他早已洞悉了胡玉言和刘胜利的真实身份，并且好像对两人的来意了如指掌，所以张芃对他心里也抱着一丝敬畏。再加上张芃本来对这事就没想要多掺和，要不是警方需要一个见这位张大老板的中间人，他才没有兴趣去见这些大佬级的人物呢。所以，他听到张老板的话，知趣地向三人点了点头，站起来向外走去，当他经过那两个墨镜男的时候，故意瞅了瞅他们，显示出一种不屑一顾的表情，然后他从他们身后走了过去，直奔会场大门去了。

"请问张老板大号怎么称呼？"胡玉言见张芃走远了，率先开口问道。

"P民一个，大号不值一提。朋友们都给点面子，叫我一声越哥。"越哥对胡玉言显得十分恭敬，但是却让胡玉言感到他是在卖弄。

"那好，越哥一直经营着古玩生意？"胡玉言继续问道。

越哥一阵冷笑："为了活着，什么都搞点，刚才出去的那个张芃，他家的寿山田黄确实够地道，我一直在收，而且是他有多少，我要多少。"

"越哥一直在通过吴老板跟张芃做生意？"刘胜利在旁边插嘴道。

"我不太爱抛头露面，太累，从外边收东西这些事就都拜托老吴去打理了。张芃的东西不错，天津人厚道，东西来路也好，比本地那帮家伙的东西纯，上次那帮本地人拿了两块鹿目给我，非说是田黄，老吴竟然还走了眼，收了，没把我气死。"越哥的话显然对此耿耿于怀。

刘胜利想起了当时吴老板说他自己在古画鉴赏方面是专家，一般的古玩相信他也是颇有研究，能让他看走了眼，也绝不是什么容易事。所以他故意问了越哥："鹿目和田黄有什么区别吗？"

"都是寿山石的一种，不过田黄是在稻田下，那石头生的黄色特别的正统，而鹿目就是在山坡上的一些小的石坑中采来的，虽然跟田黄外表上很像，有时确实挺难分辨。但最好的鹿目也就相当于二等的田黄，那价值差得太多了。后来我让老吴再也不要那帮本地人的货了，专门收张芃的。"

"原来是您一直在关照他的生意啊。"胡玉言笑道。

"是啊，这小子够实诚，货也好，跟这样的人合作，我安心。不过，前两天听说那帮本地人因为我不收他们的东西了，就跑来跟他抢地盘，结果让张芃还打伤了他们好几个人，还真没看出来这小子还真有两下子。"

"这事你也知道？"刘胜利对越哥的无所不知感觉到十分惊讶，甚至有点佩服的意思。

"是啊，要不是刘警官您好心去捞他，那就是隔两天兄弟我去了！我还真想再收他几块好石头呢，哈哈！"说着越哥大笑起来，这笑声让他周围的人感觉非常不舒服。

"越哥，看来真是手眼通天啊！"胡玉言用眼角瞄着越哥，表情丝毫没有转晴。

"不敢，T 市本来就不大，我也好个打听，所以这里要是发生点什么事，我都能知道。"

"那你知道我们今天为什么来找你吗？"

"胡队长你提了重复的问题啊！我刚才不是说了吗，你们是为了王大山的案子来的。"

"嗯，是的，刚才越哥也说想跟我们聊聊这个案子，那我首先想问问王大山的死跟越哥没有什么关系吧？"胡玉言的话明显带有挑逗性。

越哥的情绪一点也没有受到胡玉言挑逗的影响，依旧谈笑风生："王大山的死跟我没有任何关系，我可以明确告诉你，你不要因为这个问题在我的身上耽误时间。"

越哥的话简单明了，胡玉言心中却觉得有点被戏弄的感觉。

"那好，我换个话题，你为什么今天答应要见我们？你既然早就知道我们就是为这事来的，肯定是有什么要告诉我们吧！"胡玉言对于越哥的傲慢态度丝毫没有让步。

越哥看了看胡玉言，点头认可了他的问题，说："你不觉得很奇怪吗？我为什么要在拍卖会场见你们，而不是别处。"

胡玉言摇摇头，表示不知道。

"一会儿有几件你应该很熟悉的东西会被拍卖，卖完之后，你就知道我为什么会在这里见你们了。"

"是王大山带来的那5件东西？"刘胜利再一次插话。

"对，就是那5件。不过，你们也不用多看，就看看据说是刘胜利老板的那件《太宗狩猎图》就行了，它的拍卖被安排在第一个，马上就要开始了。"越哥故意笑着看了看前边的刘胜利，似乎还在嘲笑他昨天那个低级的谎言。

刘胜利没有说话，表情尴尬地点了点头。

"你不会是耍着我们玩吧？"

"呵呵，胡队长这话说得倒是有点意思，我倒是很想，不过我可没有这个时间。"

不要警察不是因为没有胆量，而是因为没有时间，如果是罪犯的话，这算是对胡玉言最大的挑衅了。但是胡玉言还是压住了火气，把目光投向了会场的舞台上。

此时，会场里的人已经坐了不少人，而胡玉言也开始注意会场各个方向的动向，台下的观众席上，坐着的人并不是很多，熙熙攘攘的只有二三十人，都是三三两两地分成了堆，彼此间都隔着很远的距离。胡玉言暗中觉得，这里的每一个人都好像在对旁人有一种防备，谁也不想让别人参透自己的底牌。

紧接着，台上的灯光骤然变亮，拍卖行的主持人抱着一个厚厚的硬皮本，走上了舞台。主持人把硬皮本放在了舞台中央的讲台上，然后扶了扶台上的麦克风，用纯正的普通话说道："大家好，我是××拍卖公司的拍卖经理于涛，今天的拍卖活动就要开始了，首先感谢大家的到来。今天由我来主持这场古玩拍卖会，希望大家都能拍到自己想要的宝物。"

越哥听完后脸上显出了一阵坏笑，胡玉言也觉得这怎么可能呢？

"下边我首先给大家宣读一下拍卖的规则，凡是已经交了保证金的客人，我们都已经登记在案，并且发给了你们相应的号码。一会我们将会把每一件商品的底价亮给大家，因为今天的拍卖会的商品价格都十分昂贵，所以我们把每一次大家举牌的价格定在上一次报价的基础上再增加1万元。如果大家有更大的加价的话，可以在举牌的同时自行报价。报价后以三次询问为准，如果没有人给予更高的价格，我们就将会把这件物品以最后一次报价的价格成交。请大家一定要对报价认真对待，不可瞒报虚报，如果出现高报价，而到最后不能偿付拍卖品金额的情况，我们不但会没收保证金，还会依照法律程序追究该人的法律责任。"主持人于涛的声音洪亮且带有感染力，会场上的每一个角落都能清晰地听到他的声音。

"刘所长，看看您那幅画到底能拍出多少钱来。"越哥的话像是在继续讽刺刘胜利的那场拙劣的表演。

这接二连三，没完没了的讽刺，让刘胜利根本不回头继续跟越哥答话，而是把注意力都集中在了会场的舞台。这时台上两位身穿红色旗袍的礼仪小姐，拿上了一个长条的锦盒放在讲台右边的长案上，他们轻轻打开了锦盒的盖子，从里面取出一个画轴，然后两个人慢慢地将画轴展开。

"刘所长，这就是您说是您的，但是您却从来没有见过的阎立本的《太宗游猎图》。"越哥故意又提醒了一下刘胜利。

刘胜利和胡玉言的目光顿时都集中在了台上的这幅古画上，他们离舞台很远，根本看不清楚，但泛黄的绢纸和上面的纹图还是让他们多少感觉到了这幅画的沧桑气息。

"下面我们来拍卖今天的第一件货物，这是阎立本的《太宗狩猎图》，经过已故的知名鉴宝专家王大山先生鉴定，这幅画是宋朝的摹本，经过专业评估机构的评估，我们确定这幅画的底价为140万元人民币。"

胡玉言听到主持人的报价，睁大了眼睛，看了看越哥。

"是不是很惊讶啊？我是花了70万买来的，结果在这里底价就是140万，正好翻了一倍。"越哥笑着说。

胡玉言在邢振玉从王大山房间里拿来的那个相册里，找到了这幅画，当时王大山在照片下明确地标注了价格，确实是70万元，没有想到经了一道手，这件古画的价值就被提高了一倍。而刘胜利此时也想起，自己骗吴老板说这幅古画王大山会给自己分20万元的时候，吴老板说王大山太黑。照这么看来，如果真的是20万元就卖了这幅画，实在是有点亏。

"好了，我们现在马上就要开始拍卖了，再次提醒大家，请大家慎重举牌。"于涛此时的嗓音非常厚重，像是在警告，也像是在提醒所有人这件东西真的不便宜，"好了，一号货物阎立本的《太宗狩猎图》底价140万，有没有人想要？"

话音刚落，在刘胜利前边不远的人举起了牌子，喊道："145万！"

"好的，六号顾客145万，还有没有更高的？"

在会场靠左侧观众席的顾客又举起了四号牌子，说："150万！"

"四号顾客，150万！还有没有比这个价格更高的？"于涛经过短暂的停顿后，"那好，150万一次！"

"170万！"

胡玉言简直不敢相信自己的耳朵，这幅画的价值瞬间就又提高了20万，好像坐在这里的人，金钱对他们来说只是个数字符号而已，胡玉言觉得他们的喊声就像是菜市场卖烂白菜的菜贩的叫声那样刺耳。

"六号顾客看来是势在必得，170万了，还有没有比这个价格更高的？"于涛对于拍卖品价格的快速提高，似乎也非常兴奋，他积极地在调动着场下的情绪。

"那两个人是你的托吧？"胡玉言突然压低了声音对越哥问道。

"胡队长果然是神探，一眼就被你看出来了。"越哥轻轻地笑道，一点也不因为胡玉言戳穿他的阴谋而不高兴。

"这样抬价，你就不怕价格太高了，砸在你自己手里？"

"这就是胡队长你不懂了，砸在我手里更好。"越哥脸上的坏笑越来越让人不舒服了。

"哦？为什么？"

"阎立本的古画，本来就是无价之宝，根本没有什么可以参照的价格。我这里喊出了高价，最后自己付钱买了自己的东西，钱转一圈还回到我手里，可是我那幅画的价格可就一下子提高了数倍，虽然要给拍卖行一笔数额不小的拍卖费，但是这东西要是再上了别的拍卖会，价格还会往上涨，所以，我才不怕砸在我的手里呢。不过今天这5件东西，看价格合适了，我就出手了。"越哥好像对胡玉言和刘胜利并不想过多的隐瞒什么，但是说这番话的时候，他确实也压低了声音。

"为什么？这次难道你不想把这个东西确定个价格，下次好做拍卖的底价？"

越哥诡异地摇了摇头，说："谁让那个王大山变成了死鬼了呢，而且你们又在挖什么《古董鉴赏》的黑幕，万一抖出了什么事出来，我这堆东西就变成了一堆破烂，那可就真砸在自己手里了，如果是那样的话，我可就亏大发了。"

"你还真是精明啊！你估计这幅古画今天会多少钱成交？"

"我私下让拍卖行给我看了看今天来的买主们的名单，我估计这件东西应该在 240 万左右成交。"

胡玉言知道，拍卖行的顾客的个人信息都是应该严格保密的，但是越哥却把查看顾客信息的事说得跟理所当然一样，还是同两位警察。胡玉言心想，看来他真的是已经到了有恃无恐的地步了。

刘胜利听完越哥的话，吃了一惊："240 万？刚才还是 140 万的东西哩。"

"呵呵，要是放在平常，这东西不抬到 500 万，我是不会让他们停手的。"

刘胜利吐了吐舌头，感觉到了越哥的气场非常强大。

拍卖场这头的竞价还在激烈地进行着，东西从 170 万直飙到了 224 万，此时的竞拍者，已经没有再喊大数的勇气了，他们谁也不愿意做冤大头，一点点地用举牌的方式，每次都只增加 1 万元来小幅度地提高这幅画的价值，坐在台下的人们都在互相试探着其他人的底线。

这时，突然又有人喊道："235 万！"

全场爆发出了一阵的惊呼，目光都投向了喊这个价格的人。

越哥这时冲着四号和六号的方向各点了点头，胡玉言明白，这可能已经到了他的心理价位了。

"十三号朋友喊出了 235 万的高价，请问还有没有人比他出价更高？"

全厂静默了 3 秒钟。

"235 万一次。"

还是没有人说话。

"235万两次。"

全场的人都互相看了看，似乎还在寻找着能出更高价格的买家，而他们知道自己恐怕无能为力了。一切都因为这个高价而尘埃落定，随着于涛落下了锤子，阎立本的《太宗游猎图》以235万的价格成交。

"恭喜十三号竞拍者，这幅《太宗游猎图》就归他所有了。"主持人于涛的话语中带着一种兴奋的语气。

"王大山本有可能躲过血光之灾，可是有人把他特意叫到了T市来。这才发生了案件，我想这个人应该就是阁下你吧！别管王大山的死是不是跟你有关系，我想能从北京把王大山请到T市来，恐怕也只有你能做得到吧？"

越哥脸上仍旧洋溢着笑容，丝毫没有被胡玉言的话刺激到。

"你刚才也看到了，我和王大山确实是一整条炒作古玩价格的利益链条上的重要组成部分。这些古玩在他那里得到了第一次价格的提升，而在我这里是第二次。确实，我很有可能是那个把王大山叫到T市来的人。但是，我还是要确切地告诉你，我跟他的死没有关系，而且他来并不是因为我。"

"你今天叫我们来，不是就想只让我们看看你如何把古玩的价格炒高的吧？"

"那只是今天第一件要你弄清楚的事，为的是让你们明白我做的所有的事，从古玩收购到拍卖，每个环节都是合法的。"

"那你第二个想让我们明白的事是什么呢？"

"我想帮你们尽快破案！"

这话把胡玉言逗笑了，胡玉言问道："哦？为什么？"

"能一下子买走王大山10件藏品的人，必然是我未来最大的竞争对手。而且这么长时间，凭借我的关系，竟然丝毫没有查到这个人的下落，看得出这个人无论从财力，还是关系上都比我还要强，我不想T市里，还有这么个人存在。而这个人恐怕才是把王大山叫到T市来的人，我想来想去，觉得这个人还是交给你们警方去查合适，你们也应该清楚，那个把王大山叫到T市来的人肯定有重大的作案嫌疑。"

"越哥，你真是有点精明过头了。想借我们警察的手，除掉你的竞争对手！"胡玉言终于明白了越哥的用意。

"你这么理解也不能说错，但是你们也能借此破案，不是更好吗？"

"那线索呢？"

越哥转过头来，这是他第一次用正眼来看胡玉言，说："你们最好去趟北京。王大山身边有个叫蔡斌的人，是王大山的挚友，他替王大山打理着所有的事务。你们去找他，应该能问出些事情来。"

越哥说着，掏出了一张便笺递给了胡玉言，说："这是蔡斌的地址和联系电话，这个人一直在王大山的幕后，没有几个人知道这个人的存在，你们查他的时候，也最好精明一点，别打草惊蛇。"

胡玉言很反感，越哥像是给自己布置任务一样，他讥笑道："你是不是把一切都计划好了啊？"

"绝对没有，如果不是刘所长去找老吴，我才犯不上动这样的脑筋呢。你放心，胡队长，我可没有指挥你们警方要干什么啊。我只是想说，在这条古玩的利益链条下，到我这里就出现了分支，一共有两条线。我这条是白线，你不用管，也管不了，我想还有一条是黑线，那条线才是你要调查的重点。"

"管不了？你的口气还真大。"胡玉言的语气中带有强烈的不满。

越哥看到胡玉言的表情变化，却没有任何要道歉的意思，说："是的，很多话也许我不该跟你说，但是既然话说到了这个份儿上了，说说也无妨。你知道刚才花了二百多万买画的那个十三号是干什么的吗？"

胡玉言盯着越哥，摇了摇头。

"他是个大房地产公司的老板。他花这么多钱，买这个东西干什么用你知道吗？"

"收藏？"

"也许吧！但是我还知道另一个用途哦，近期国土局要给他批一块地，而这块地现在莫名其妙地卡住了，听说是在某个国土局的中层干部那里出了问题。"

胡玉言和刘胜利听完后都皱了皱眉头，没有说话。

"送人家东西这个事，也是个学问，送的贵了，和自己未来得到的利益不符，那就亏了，送的少了，事肯定办不成。所以，我刚才估计那幅画他会在 250 万左右的时候出手。"

"这会儿我有点明白你说的话了。"胡玉言点点头。

"我知道胡队长是个聪明人，既然有缘，就再提醒胡队长一件事。"

"什么？请说！"胡玉言的话里再也听不出任何的情绪来了。

"别再调查那些到宾馆里找王大山的人了，这对你没有任何好处。"

胡玉言再次陷入了沉默。

"其实胡队长你很聪明，在上面一下达要低调调查的命令的时候，你就已经预料到了很多事情。一个小小的王大山，一个《古董鉴赏》节目摄制组再怎么有能量，又怎么会让整个 T 市的司法界、传媒界被统一地封锁呢？你肯定知道是哪位高层过问过此事了。所以，你在早就得到了那份王大山会见人的名单的情况下，却一再放缓了调查的脚步。之后，即便是得到了上方的解禁令，你也根本没有派更多的警力去对早就应该展开的那些在王大山死前和他见过面的人进行任何调查，你这样做是很明智的，因为你要破的是杀人案，把其他跟命案没有什么关系的事查出来，对你也没什么好处的。我说的没错吧？"

"这才是你今天要见我们的真正目的吧，来对我们进行一些警告，要我们在调查杀人案的同时不要牵出别的事来。"胡玉言恢复了先前的淡定。

"胡队长你如果能理解到这个份儿上的话，我觉得我很欣慰。我可是对得起朋友，仁至义尽。还是那句话，调查这些旁支的细节，对破获杀人案本身并没有多大的帮助，你还是不要把精力过多的放在这上面的好。刚才的破案方向我已经给你了，你按那个查下去，一定会有结果的。"

胡玉言点了点头，说："明白，也承蒙越哥的好意。对了，如果可以，我还有点儿事情，要问越哥你。"

"什么事，尽管说。"

"你见过这两件东西吗？"胡玉言说着从口袋里掏出了两张照片，交给了越哥。照片上是上过 T 市《古董鉴赏》节目的八棱玉壶春瓶的照片和那个 D213 号藏品青花坛子。

越哥看了看，说："元青花，都是好东西！你想问什么？"

"这东西能查到是谁的吗？"

"现在肯定不知道，你把照片给我留下，我查查看！不过我对瓷器不是很精通，也很少做这个，对了，北京的那个蔡斌是这方面的行家，你如果到北京去，顺便也问问他，备不住会有个眉目。"

胡玉言点了点头，这时他突然拉起了越哥的左臂，看着他腕子上的佛珠说道："你信佛？"

"我是居士！"越哥笑道。

"现在还真是佛门不净啊！"胡玉言像刚才越哥讽刺刘胜利一样，反过来讽刺他。

但越哥好像压根就没有明白胡玉言的意思，说："是啊，到处都是些酒肉和尚！"

"你的私心太重了，还是别念佛了，佛祖可不喜欢你这样贪心的人。"

"哈哈，酒肉穿肠过，佛在心中坐。"

"可是念佛的人心里应该是一片净土才是。"

"只要心中有佛，处处都是净土！"越哥说这句话的时候显得平静极了。

⌒ 2 ⌒

"我要去北京！"林玲在主编办公室中，冲着主编朱清齐大声喊道。

"你别再到处去疯了，这头一堆工作，你如果去北京，工作谁做？"朱清齐毫不掩饰自己对林玲任性的不满。

"其他人咋就不能给我顶两天！再说北京那头可是有大新闻呢，如果能抓住，咱们的报纸的头条就又有半版的独家报道了。"林玲对朱清齐的不满丝毫不以为意。

"咱们是《T市晚报》，你弄个北京的大新闻放在头版上算怎么回事？"

"可能跟王大山的谋杀案有关呢。"林玲的眼睛睁得大大的，表情十分的认真。

朱清齐感觉到自己实在是拗不过眼前的这位执拗下属，但是他也有着作为领导那种应有的威严，所以他瞪圆了双眼，怒道："那个案件绝对不能在咱们的报纸上面再刊登出来。"

"为什么？上面的解禁令已经下了，连电台和电视台都已经开始报道了。"林玲对于主编的"保守"，仍旧固执己见。

"是都报道了，咱们不也写了一条新闻上去吗？但这个事到此为止，关于王大山的事我们只转载其他报刊的文章就可以了，咱们决不能做出头鸟。"

"出头鸟？新闻就是应该有他的及时性，如果没有出头鸟，哪儿来的独家新闻？"林玲丝也毫不让步，"朱编，平常你可不是这样的，为什么对这个案子这么顾忌呢？"

朱清齐嘬了一下牙花，一屁股坐在老板椅上，闭上眼睛想了想，似乎在琢磨要用什么样的理由才能说服眼前这位倔强的女性。

林玲也在对面的座位上坐了下来，似乎在等待着朱清齐出招，然后伺机再反击。整个办公室中的时间在一瞬间凝固了一样，两个人从刚才的暴风骤雨，一下子都变成了风平浪静，但是可以想象两个人的内心此时都在暗潮汹涌。

朱清齐突然叹了一口气，像是对林玲"缴枪"投降了，说："我先要给你道歉，那天无缘无故的对你发脾气。"

林玲没有想到自己等来的招式竟然是主编的主动道歉，刚才两人还剑拔弩张的气氛一下子在一方的软弱后缓和了下来。

林玲知道朱清齐其实是个脾气很好的人，除了上一次外，从来没有见他骂过谁，甚至连大声对下属说话的时候都很少。而朱清齐对林玲格外的体贴和照顾，在许多同事不满林玲的工作作风的时候，朱清齐从来都是睁一眼闭一眼，甚至还总是为林玲开脱。当然，这和林玲可以为报社带来劲爆的新闻有关，但是也和朱清齐的随和不无关系。

而当着这么多人的面，朱清齐对林玲大发脾气，也绝对是有深层的原因的，林玲嘴上不依不饶，但是心底也在不停地反省自己。

"其实那天我也有错，我不该顶撞您。"林玲的语气也一下子变得柔软起来，恢复了女性的那种温柔。

朱清齐摆了摆手，意思是不用这么在意，"我知道你是个优秀的记者，做这个行业的应该有那种对真相的执着追求的态度。但是有时候，记者也应该会保护自己。"他说。

"保护自己？"林玲显然不太明白主编的意思。

"你想想看，一个王大山，即便他是全国最有名的鉴宝师，他的死怎么会引起 T 市高层的重视呢？上面还要把整个媒体封了个严严实实。"

《古董鉴赏》节目内部有黑幕，那些专家都在利用自己的身份谋取私利，这个事我们调查得已经有些眉目了。"

"林玲，你虽然是个经验丰富的记者，但是在这个问题上，你还是想得太简单了。就算《古董鉴赏》节目真的有什么问题，会只是因为这个原因惊动足以控制媒体的 T 市高层吗？"

朱清齐的话让林玲打了一个寒战，觉得似乎很有道理，所以她没有说话，也没做出任何的表情。

"虽然媒体解禁，但是你看看有哪个媒体做出了进一步调查和报道的，都还是停留在王大山命案的本身上，也就是说所有的人都很清楚，这里边的黑幕很可能牵出更为深邃的问题，这些问题不是我们这些的小小报社能够承担的，你明白吗？"

"您是说，可能涉及腐败？"

朱清齐把食指放在嘴唇上，做了一个语住的手势，说："我们没有证据，什么都不能说。不过，如果拿古玩去行贿的话，既可以避开反贪局对受贿人银行账户的查阅，也可以掩人耳目，这确实是有可能的事情。"

"如果涉及那方面的问题，那么刑警们那头为啥也把权限放开了？"

"首先那个问题不归公安系统管，还有就是因为胡玉言是个聪明人，他一开始就把他的侦查方向放在了命案上，他恐怕早就嗅到了这种不祥的味道。你仔细回忆一下，这次案件他是不是一直在特意回避你来参加调查啊？"

想起胡玉言在烧烤店前的拖拖拉拉，林玲也似乎觉察到了这点，从而暗自佩服朱清齐敏锐的判断力。

"是不是胡玉言根本不想查腐败的事情？"林玲问道。

"不，我相信他是个好刑警，但是问题是这个事不抓到实质的证据根本就没法办，不只没法办，还会引火烧身，胡玉言很清楚这点。"

"怪不得那家伙不告诉我他要去北京的事情呢。"林玲咬了咬嘴唇。

"我想北京有解开事件真相的那把钥匙，无论是什么状况，我想胡玉言这次是想独自承担来自各方面的风险。"

"朱编，既然话说到这个份上了，如果说我现在还想去北京的话。你的态度是什么样的？"

"我不会再阻止你，你也一年没休年假了，给你两星期假没有问题，你想去哪儿去哪儿，你的差旅费我会给你报销。但是我话说在前头，关于你这个案件的报道，我一个字也不会同意刊登在我们的报纸上。这就是我的态度，你明白了吗？"

林玲没有说话。

"现在报社改制了，这么多人跟我吃饭，我这里不能有任何闪失，有风险的报道我是绝对不会同意刊登的，希望你能理解我的苦衷，也请你相信我对记者这个行业的尊重。"

"我能理解，但是也同样请您尊重我对真相的渴求。"

朱清齐点了点头，从口袋中拿出了一张名片，说："这是我一个北京老同学的电话，一块儿上学的时候，我记得他们家就是搞古董的，而且据我所知，他近些年来和王大山的关系非常密切，如果你需要帮助的话，可以找他帮忙。"

林玲冲着朱清齐感激地点了点头，她本想对他说一些"错怪了他"之类的话，但是这些话显然不是性格倔强的林玲能够说出口的，而且在这种时候说出来，显然也有些苍白。

当林玲拎着旅行包要走出主编办公室的时候，她回过头对朱清齐说道："一周，如果一周后没有任何结果，我就回来上班。"

朱清齐用慈祥的双目望着林玲，道："嗯，这里需要你！请你尽快回来。"

林玲根本没有回家，而是直接打车到了 T 市的远郊机场，自从她从王勇那里得知胡玉言要去北京的消息，她就再也坐不住了，她知道北京一定有什么值得胡玉言亲自出马的有价值的情报。而她想和他同行，但是她知道恐怕胡玉言是不会同意的。所以，林玲暗中要求王勇给胡玉言订购机票的时候，给她也订购一张。

　　王勇对林玲的要求一向是有求必应，但这次他感到了一阵为难，因为胡玉言之前就警告过他，不要把这次的任何调查消息透露给林玲。而这次他不但要透露，还被要求买跟胡玉言同一班机的机票，王勇想，这要让胡玉言知道，回来自己肯定又要挨 K 了。

　　可是面对为难的王勇，林玲坚持不但要他买与胡玉言同一班机的，而且座位也要和胡玉言挨着。王勇一向拿林玲的无理要求没有办法，他又想起胡玉言和林玲之间那种朦胧的感情，再想想前几天胡玉言刚警告完自己，就带着林玲到了案发现场，种种迹象表明，即便林玲同去，恐怕胡玉言也绝不会有什么反感的。如果他非要追问，王勇准备来个一问三不知，咬定是林玲凑巧和胡玉言坐一架飞机，这叫缘分。王勇想到这一阵坏笑，就委托人给胡玉言和林玲各买了一张机票。

　　T 市机场离市区很远，停机场也很小，飞机跑道更是少得可怜，所以只有三家航空公司在这里有业务，而且飞行的路线基本都是中国的重要省会城市。但这种小规模的机场，并不意味着管理也很粗放，相反狭小的机场中虽然客流量很大，但是乘客却可以有序地进行着登机的流程，这和机场的地勤服务人员的努力是分不开的。

　　有时候，人总是羡慕天空中翱翔的鹰，却难以注意到在洞穴里井然有序的在工作的蚂蚁。鹰只会蚕食生活在地上的生物，而蚂蚁却在为了生态平衡默默做着自己的贡献。它们虽然一个在上，一个在下，但是你能说谁是高尚的，谁是渺小的？林玲每当到机场都会思索着这个怪问题，可是她好像到现在都没有找到答案。

　　林玲来的时间正好，她所要乘坐的航班，已经开始检票登机。由于她的旅行包中只带了几件换洗的衣服，放到了检验台上很轻松就经过了安检。她没有特意等待胡玉言，而是径直走入了登机的通道。登机后，林玲寻找着自己的座位，当她找到时，发现胡玉言早就登机了，座位就在自己旁边，她悄悄地来到了他的身边，然后轻轻坐了下去。胡玉言感觉到有人坐在自己旁边，向右望了望，定睛一看，发现竟然是林玲。林玲伸出五个手指，微笑着向他使劲晃动。胡玉言并没有做出过度惊讶的表情来，而是把脑袋向后仰去，做出了一个无奈的动作来。

"这么巧啊，这都能碰见你！"

"想到了你会跟来，没想到你会跟我坐一趟飞机，是王勇订机票的时候，你要求他买跟我同一班机的吧？"

"不是，不是，就是碰巧遇到了，我去北京出差，碰见了胡队长你而已。"

"少来，你这是'阎王爷打胶水——糊鬼'！"

"哎呀呀，又开始刁难人，你说，这一路你要是没个人陪，该多闷啊！有我这样的美女陪你出差，你应该感到幸运才是啊！是不是？"林玲用手捂着嘴笑。

胡玉言和林玲都知道他们是彼此工作中的重要伙伴。他们两个常常通过工作上的互通有无，可以轻松面对自己工作上的种种难题。虽然大多数情报是王勇透露给林玲的，但是如果没有胡玉言的默许，恐怕谁也不敢这么做。而胡玉言也正是借助于林玲的广泛关系网络和她对某些事件细节的分析，从而可以顺利破获了许多案件。两个人遇到之后虽然时常要奚落对方，但是谁都看得出来，两个人之间存在着非比常人的情愫。

"你前几天发短信告诉我，说《古董鉴赏》节目内部有问题，你说到底会有什么问题呢？"胡玉言突然向林玲发问。

"你少装蒜了，其实你心里比谁都清楚，地上的问题也有，天上的问题也有，就看你这个刑警队长敢管不敢管了。"

胡玉言没有搭茬，继续把脖子仰在靠背上。

"哎，你说如果你查到了很多惊天的秘密，你会不会继续查下去？"这次换成了林玲在发问。

"只要和命案有关，我都会调查，如果无关，我不会无中生有，因为很多事情也并不在我的职权范围之内。"

林玲心想果然朱清齐的判断是正确的，胡玉言想的比自己要深得多。

"我很多天没有好好休息了，现在很累，不想说这些问题了。"胡玉言说着就闭上了眼睛，准备睡觉。

"你可得快点想啊，备不住飞机掉下去了，你再想这么深奥的问题就来不及了。"林玲用手摇晃着胡玉言。

胡玉言突然把手捂在了林玲的嘴上，小声呵斥道："你胡说什么，这上面怎么能说这种话呢？"

胡玉言的手掌上是林玲的一双美目，看到这双眼睛，他刚才还有一些的怒气顿时消了。

林玲吐了一下舌头："知道啦，知道啦，不过有些时候人是要面对选择的，而且这种选择的时间很紧迫。作为记者，我选择跟你到北京去，而你应该选择什么呢？"

胡玉言叹了一口气，低下头，一语不发了。

~3~

对于清查东郊三号货场的事，刘胜利早就接到了王勇的电话，但他并没有委托下属去做。自从开始亲力亲为调查王大山的事件后，刘胜利渐渐觉得原来自己也可以做一个称职的警察，而一向懒散的他也好像重新找到了查案的乐趣。

拍卖会结束后，刘胜利就找到了管片民警刘小钟。

"刘所要去哪儿？"刘小钟问。

"东郊货场！"

"啊？挺远的呢！"

"是，给我找辆自行车来。"

"这么远，您还不开车去啊？"

"当然了，我当年下片儿，啥时不是骑车去的啊！"

"可真不像您的风格！"刘小钟笑道。

"少废话，找车去！"

刘小钟很快给刘胜利找了一辆老式的二六自行车，自己骑上了飞鸽"公主"，两人一起兴致勃勃地出发了。

刘小钟是刘胜利一个老同事的孩子，虽然在所里他们二人是上下级，但是私下里刘小钟总是喊刘胜利一声"刘叔"。后来刘小钟结识了同样是东郊人的市局刑警队的邢振玉。

邢振玉是大学毕业，又是警队里的精英人物，当时有很多人给他介绍对象，而相貌不出众，学历只不过是司法警官学校的刘小钟却突然找到了刘胜利，直接对这位刘叔说她喜欢邢振玉。刘胜利当时也没多想，在百花丛中横路杀出，把邢振玉、刘小钟约出来吃了顿饭。有缘人也要靠好媒人的撮合，所有人都没有想到，两个人没到半年的时间就订婚了，随后不久就结了婚。

这件事很多人事后认为，纯粹是刘胜利忽悠的结果，但刘胜利那天到底是怎么忽悠的没有人知道，邢振玉和刘小钟后来也只字未提。这让更多的人相信刘胜利在破案方面懒惰，在人际关系方面却有他的独到之处，多难的公关在他那里都能变得举重若轻。

两人骑了四十多分钟，终于到了东郊货场，这时他们都下了车，各自扶着自行车往里走。

刘小钟看看刘胜利笑道："头一次看您骑自行车出来巡视啊。"

"二十多年前我跟你爸爸哥俩骑着车满城地转，那时你才这么高。"说着刘胜利往自己的膝盖处比划了一下。

"那时的事，您还记得这么清楚呢？"

"嗯！很多事是不可能忘记的。"

"一直想问您个问题。"

"说，跟我还有什么不能说的。"

"当时您是怎么让邢振玉喜欢上我的？我又不是什么美女。"

"怎么突然问这个？怎么，他现在对你不好吗？"刘胜利皱了皱眉头。

"那倒不是，我只是觉得当时有那么多人争着给他介绍对象，我咋也想不通那天就跟他见了一面，咋就我俩成了呢？"

"缘分呗！"

"我才不信呢！一定是您跟他说了什么，告诉我吧！"

"小傻瓜，邢振玉他爸爸原来就是我的手下，我早就把后方阵地给你拿下来了，哈哈！"

"原来是这样啊！"

"不过，我也跟小邢单独说过一句话，感觉那句话也起过作用！"

"什么？"

"我说刘小钟同志会是未来能给你很大帮助的人！"刘胜利笑道。

刘小钟努了努嘴："您说的可是够功利的！"

"不为自己未来考虑，男人偏要找一个美女，女人非要追求一段琼瑶似的那样的爱情来结婚都是不成熟的，小邢从这方面看是个聪明人。"

"要是他只为这结婚，我可要重新考虑我们俩的关系了。"

"放心吧，小邢是个很聪明的人，他虽然对那个问题有所考虑，但他懂得必须是喜欢的人才可以结婚的道理。他跟你结婚，是因为你的身上有吸引他的地方。"刘胜利露出了坏笑。

"我又不漂亮，我什么吸引他啊？"

"女人吸引男人的未必只是美貌，比如谈吐、知识，甚至是一点特别的香水味，我想都有可能吸引你周边的男人，你身上也有很吸引他的东西的。"

刘小钟实在不知道自己身前这位满脸皱纹的大叔会说出如此一番对女性理解深刻的话来，"那我身上有什么？"

"我感觉是你身上的气质吧，一个女警身上散发出来的迷人气质，是其他女性很难拥有的，而且像你这种片警，警服不离身，这种感觉对于男人的冲击绝对是难以想象的啊！"

刘小钟想了想，确实那天去见邢振玉好像自己穿的就是警服，不过她马上一阵微笑："刘叔，你就讽刺我吧，我还叫有气质啊！"

刘胜利把鼻子一歪，说："爱信不信，别对自己没信心，我们小钟可是很优秀的，哈哈！"

说着，两人走到了三号货场前。

"好大的一片啊！比原来扩建了很多倍！"刘胜利扶着车在这个他久未来过的地方站了半天。

"原来这里是什么样子啊？"刘小钟问道。

"计划经济时代，这里就是个很简陋的货仓，全市调拨来的粮食都在这储存，当时条件很差，粮食运到这来，却有一大半因为没有良好的保存条件而发霉。"

"啊？那怎么办啊？"

"怎么办？照吃不误，自然灾害那几年不知道饿死多少人，有口吃的就不错了，老百姓能分到粮食，还管发霉不发霉。后来改革开放了，这里边先是做了农贸批发市场，那阵这个货场很乱，鱼龙混杂，治安很差。后来这里又聚集了一帮乡下人，现在叫农民工了，到这里找活干，这里又成了 T 市最早的劳务市场。"

"这里还真是历史悠久啊！不过您不知道现在这里都在干什么吧？"

"嗯，我确实很久没有来过这里了！"

"这里现在基本上都是空的，在这存货的人很少了。"

"哦？为什么这样？"

"可能还是地点的原因，这里离市区远，离咱们新兴的工业区也远，在这里存货要花费更多的运输成本，所以这就被闲置下来了。可惜了，政府花了很多钱投在这里，却没有多少人来租用。"

刘胜利点了点头，说："不过这里既然人很少，干点什么违法犯罪的勾当，倒是个好地方。"

"您还记得上次咱们片儿有过一场械斗吗？地点就在这里，两个流氓团伙互殴，由于没有目击人及时报警，械斗最后造成了一死多伤。"

"我不是说那种事，你看看这里，每个货仓之间都有着很大的空隙，而且这些货仓都被闲置，如果某些人在其中干一些掩人耳目的勾当，恐怕不容易被人发现吧？"

"那倒确实是有可能的事情，可是这里面能干得了什么呢？"

"从王勇那边传来的消息来看，在滨海市那头已经缴获了一批要走私出境的古玩，而在咱们市的高速公路入口处也缴获了一批古玩，而那条高速公路就通向滨海市。"

"那就是说我们市要出去的这批古玩也是要走私出境的？"

"王勇没有言明，但是我觉得有这个可能性，而据在高速公路口被警方扣留的司机说，他就是从三号货场出的货。"

"您的意思是说，这里是个地下的古玩走私基地？"

刘胜利点了点头，说："绝对有这种可能性。"

"可是这里这么大，只有我们两个人，要挨间查一查吗？"

刘胜利摇了摇头，说："只要注意一些特别的东西就行了，比如哪个货仓比其他的货仓更为干净，哪个地方比其他地方多了一些设施，等等。"

刘小钟突然兴奋地说道："有的，有的，有个仓库非常特别，因为那里有个烧窑。"

"烧窑？"

"对，用砖垒的。我记得就在那边。"刘小钟说着就骑上了自行车，朝那个方向骑去。

刘胜利也只好骑上车，跟着刘小钟，说："看来你总是来这里啊！"

"都是因为管片被这个货场隔开了，有时我会骑车从这个地方横插着过去，比走外边的马路要近。"

刘胜利跟着刘小钟拐弯抹角地骑了一会儿，来到了一个中号的货仓前。这个货仓虽然不大，但是却比较远离其他货仓，可以说是一个完全独立的单元。刘胜利下了车，在货场四周绕了一圈，果然在货仓的一侧发现了一个很大的人工垒砌的烧窑。

"我原来每次从这过都感到奇怪，感觉这个窑好像一直有人在用的。"

刘胜利走进这个砖窑中，上下看了看，说："近期应该已经废弃了，里边乱七八糟的。"

"这是谁家的货仓？"

"这个因为好奇，我还真查过，是东郊 ×× 宾馆租用的。"

"东郊 ×× 宾馆？"

"对！"

刘胜利一边寻思着一边说道："走，跟我进去看看！"

刘胜利溜到了货仓的门前，门并没有上锁，刘胜利一把拉开了那道铁门，一步迈了进去，然后才大声喊道："请问有人吗？"

货仓内只听到刘胜利苍老的回音，却没人答话。刘小钟也一脚踏进了货仓内，虽然每次都是从这里经过，但是进到货仓中来她还是第一次。

"这里边还真空旷。"刘小钟开始观察这个庞大货场的布局。

整个货场中间什么都没有，但是地上却布满了密密麻麻很多的脚印，而大门的另一边，堆放着几张奇怪的桌子，因为每个桌子上都有个盘状的东西。

刘胜利捡起地上的一张报纸，然后对刘小钟说道："报纸是前天的，这里不久前还有人来过。"

"您看看这是些什么啊？"刘小钟走到角落里，看着那一堆堆盘状的东西上面铺满了灰尘。

刘胜利走了过去，看了看桌子，发现每个桌下还有个突出的踏板。他一脚蹬了上去，只听到"哗啦哗啦"的声音，原来是桌上的盘子开始转动了起来，而灰土一下子也被这种旋转抖开了。

"我想起来了，看过《人鬼情未了》那个电影，那里边有个制作陶器的那种沙盘，跟这个一模一样。"刘小钟喊道，她的喊声在空旷的货仓内回应着。

"这就对了，你看看这个。"刘胜利又从那堆桌子的角落里捡起了一件东西。

"这是什么？"

"应该是一件瓷器的碎片，看上边还有裂纹呢！"

"这您不懂了吧，这叫开片！我看《古董鉴赏》那个节目上老说的，是宋瓷常有的。"

"你也常看那个节目啊？"

"是啊，我觉得比看电视剧有意思，不过这个货仓里怎么会有这种碎片呢？"

"如果我没猜错的话，这里原来应该是一个制造瓷器的加工厂，里边做捏制、打磨之类的事，而外边那个窑是烧制瓷器用的，这碎片应该就是他们的产品之一。"

"这里还有个瓶子。"刘小钟又拿起了掉在桌下角落里的一个玻璃器皿，里边装着紫色的晶体，"这是什么东西？"

"拿来我看看！"刘胜利从刘小钟的手里接过瓶子，然后打开盖子，从外边往里边看看，又扇闻了一下，"应该是高锰酸钾！"

"高锰酸钾？您还真是懂行啊，连这个都知道。"

"前两天我那小孙子说他小鸡鸡痒痒，结果到医院一检查大夫说是真菌引起的，给我开了点这玩意，让把这些东西泡在水里，然后泡他的小鸡鸡。"

刘小钟没有孩子，听到"小鸡鸡"这三个字还是有点忌讳，脸上泛起了红色，问："这既然是个瓷器加工厂，那要高锰酸钾这玩意儿干啥？"

刘胜利摇了摇头。刘小钟继续往里边走，试图再有什么新发现，再里边堆放着的是一些沙袋，沙袋的一头连着绳子。

刘胜利此时也跟着走了过来，说："这里边倒还真是家伙事儿齐全呢。"

"不太对啊！您看，这些沙袋的绳子怎么都是断的？"

刘胜利仔细看了看这些绳子的断口，有明显的焦糊的迹象，然后他又看了看房顶，说："那里边有几个滑轮。"

"嗯，看见了，这些沙袋用这些滑轮吊起来过。"

"你再看看这个！"刘胜利指着沙袋的右边。

"这么大个儿的照明灯啊！这个地方有一个看来就足够了！"刘胜利看了看这个巨型的灯具。

"这东西原来也是应该挂在房顶的吧？"

"挂在房顶？"

"对呀！要不怎么照明呢？"

"不对，这东西不只是用来照明的！"

"那用来干什么？"

"杀人！"

"杀人？等等，我想想啊，王大山就是被一个照明灯砸死的，难道……难道这里是谋杀案的彩排现场？"刘小钟盯着眼前的一切，瓷器、灯具似乎都与命案有着联系。

"王勇和胡玉言这会儿可能都在外地，赶快通知你丈夫，让他带鉴定科赶快过来。看来案子有眉目了。"刘胜利的话带有着一种兴奋，得意的表情溢于言表。

刘小钟立即给邢振玉拨通了电话，把三号货仓内的情况和具体位置告诉了他，并让他带鉴定科到现场来。

等一切都布置完成后，刘小钟发现刘胜利正站在货仓中央，好像在思考着什么。

刘小钟走了过去，笑着说道："问您个问题？"

"今天你的问题真多，说吧！"刘胜利这会儿开始用眼环顾着现场的一切，生怕还有什么遗漏。

"您之前为什么那么懒啊？"

"什么？"刘胜利正在到处看着，却突然被刘小钟的问题问住了，表情有点尴尬。

"您为什么一直这么懒呢？"

刘胜利假装生气道："没大没小，问这种问题。"

"只是觉得很奇怪，这个案件之前，您可不是这个样子的。"

"给你打个比方吧，人就跟瓷器一样，本来是件好的工艺品，可是非把自己往古玩里边放，可真放到那里边去了，让人供着，还给放在玻璃盒里边供着，想想也就这么回事，倒没什么意思了。我现在就有点这意思，住上了大房子，开上了高级轿车，但好像一切都变得没有什么意义了，人的激情没有了，也就自然变懒了！"

"那为什么现在对这个案件突然又有了兴趣呢？"

"我也不知道，可能是我又找到了当年当警察时那种意气风发的感觉吧，我最快乐的那段日子应该是跟你爸爸骑着自行车到处去管片转的那时候，那时候虽然钱挣得少，却时常觉得自己是个好警察，很快乐。后来我一度失去了这种快乐，时常认为自己不太适合当警察了。但这个案子又让我找回了当年的那种快乐，我突然觉得其实我还是蛮适合当警察的，这个是我这几天才想明白的。"刘胜利朝刘小钟笑着说道。

只过了二十多分钟，只见货场外尘土飞扬，三辆警车带着刺耳的刹车音，环绕着停在了这座货场的门口。从车上下来了十多名警察，但是却不见刑警队三巨头胡玉言、王勇、邢振玉中的任何一位。为首的是一位五十多岁身穿白大褂的女人，而她的身后是一个身穿便装的少女，少女的肩上挎着一个大号的工具包。

"何大姑，好家伙，还用您亲自出马啊？"刘胜利一看是老朋友，顿时眉开眼笑。

来人正是市局鉴定科的主任何玉华，"刘胡子，你就会耍贫嘴。小邢刚才接到任务出门了，临走前嘱托我务必带人过来。"她说。

"这个货场很可能就是《古董鉴赏》案犯罪嫌疑人预谋犯罪的场所，所以请你们鉴定科过来看看。"刘胜利一指旁边的货场。

何玉华冲着刘胜利点了点头，又冲着后边的少女说道："张敏，开工了！"

张敏没有说话，将长发一抖，用手捋了捋，抓成了一股，甩在了右耳前，然后在口袋中掏出了一个发带，把长发固定成了一个简易的辫子，随后便跟在何玉华身后走进了货仓之中。

第九章

～1～

邢振玉怎么也想不明白，自己刚找到了那个在东郊××宾馆里当监控保安的张海，胡玉言竟然已经知道他的右腕上会有个火焰文身。正当他要告诉胡玉言这个张海已经失踪了的时候，胡玉言又给了他一个地址和人名，告诉他这个人很可能知道张海的下落。像胡玉言这样高效率的调查员，不能不令邢振玉感到佩服。

"地址是东郊凤凰街金丰里十二号楼201，王凡，此人是多年前区东查获的砸车盗窃案的一名嫌疑人，小心应对！"

看着胡玉言在通话后发来的短信，邢振玉心里琢磨着要如何去面对王凡这个人，是直眉瞪眼地去家里找他，还是先调查一下这个人的背景和工作情况。邢振玉思索良久，还是先拨通了东郊派出所的电话，找到了东郊凤凰街的户籍民警。东郊派出所虽然破案率极低，但是对于户籍的管理却十分规范，对辖区内房屋租赁的情况也有着非常详细的记录。

户籍警很快查出凤凰街金丰里十二号楼201现在的租房人确实叫王凡，是××保险公司T市分公司的一个保险业务员。户籍警还为邢振玉提供了王凡的具体联络方式和他单位的地址。邢振玉非常感激基层民警们的细致工作，正是他们，自己才可以这么快查到需要的信息。这时，他突然想到了老婆刘小钟，同样是基层民警的她现在是不是也正在做着最平凡却非常有意义的工作呢？正想到这里，邢振玉的手机响了，一看来电显示，竟然是"老刘同志"，这是邢振玉平常在家里对刘小钟的昵称。邢振玉心想，老婆比曹操还厉害，说曹操曹操才到，现在是想老婆，老婆就打电话来了。邢振玉还以为是老婆要问他今天晚上回不回来吃饭之类的事，没想到电话那头却传来了刘小钟焦急的声音，让邢振玉赶快带人来东郊货场，还特意嘱咐他要带鉴定科的人去，因为货场发现了与王大山案相关的物证。

邢振玉把老婆所说的全部记录在了笔记本上，但是胡玉言和王勇都不在家，而他这会儿也正要去找那个王凡了解情况，刑警队里实在没有得力的人可以带队前去了。思来想去，他赶紧找到了鉴定科的何玉华，千求万求让她务必亲自带队去主持东郊货仓的勘查工作。令邢振玉非常感动的是已经熬了一夜的何玉华虽然一脸的疲惫，却没有推脱，带着邢振玉记录的地址，率队前往了东郊货场。安排好了一切，邢振玉才安心离开刑警队，直接开车前往 ×× 保险公司 T 市分公司。

保险业在中国是一个比较古怪的行业，在国外，保险经纪人其实是非常受人尊重的职业，与律师、医生等行业可以平起平坐。但是，在中国情况却恰好相反，由于国人的保险意识很差，再加上买保险容易，赔付难的现状，让很多人对这个行业嗤之以鼻。而各个保险公司企图招收更多的保险经纪人来为其拓展业务，这些保险经纪的素质良莠不齐。保险公司对保险经纪人的学历、经验等相关条件要求都很低，衡量他们的标准只有一个，那就是你能帮公司卖出更多的保险。所以，保险行业变成了中国就业门槛最低的地方，无论是大学毕业后没有找到工作的大学生，还是社会上的一些闲散人员，甚至是一些上了年纪的"妈妈桑"，都能挤靠在这个行业的中间。但这些保险经纪人中的大多数，因为没有良好的社会背景，一个月卖不出去几份像样的保险，即便卖出去了，也不过是花言巧语说服了自己几个亲戚来投的一些保额极低的保险而已，所以他们大都生活十分窘困。但三百六十行，行行出状元，这里边也有一些人，靠的一张好嘴，做得风生水起，他们时常能把百万甚至千万的保单揽到手，从而分得高额的回报。

当邢振玉见到王凡的时候，他就感到王凡应该就是这样一位成功的保险经纪人。王凡是个棱角分明的人，他的脸骨很突出，再加上西装革履的打扮，要不是知道他还租住着一间租金很便宜的独单，邢振玉还真以为此人是个成功人士，而更加难以想象的是他竟然还曾经涉嫌参与过犯罪。

"请问是您找我吗？"王凡带着一点点东北口音问道。

"你是王凡吧？"由于邢振玉穿的是便装，所以他从口袋里掏出了警官证来，"这里谈事不太好，借一步说话吧。"

王凡显然对警官证并不陌生，他没有惊讶，而是笑了笑对邢振玉说道："那边有会客间，到那里去说吧。"

邢振玉觉得王凡对自己的到来并不意外，而且好像是早有准备一样。面对保险公司中人来人往的人流，邢振玉想到胡玉言的那句提醒："小心应对！"所以他快速收起了警官证，随王凡穿过了保险公司的会客区。

会客区是一个宽大的区域，塑料和三层板合成的挡板把各个区域隔断开来，而每个隔断内部都有简易的沙发和圆桌。但这些桌面看上去已经久未擦拭，而沙发的座套也已经有点泛黄，像是很长时间都没有换过，地上也有很多烟灰状的灰尘，让人很不舒服。而几个要求索赔的用户正在跟保险经纪人们激烈地争论着什么，很显然他们的交涉很艰苦。

王凡把刑振玉领出会客区，带到了厅角落的几间小房子前，他打开了一间房间的门，朝里看了看，确定没人后，把刑振玉让了进去。邢振玉走进了这间房间，才发现这里和外边形成了巨大的反差，这个房间不是很大，但却异常整洁，而且非常豪华。三张真皮的沙发靠着墙摆放着，沙发前是一个钢化玻璃的茶几。墙角上有一个饮水机，机子上倒放着只剩下半桶的纯净水。

王凡等待邢振玉进来后，轻轻地关上了门。

邢振玉坐在了沙发上，看着眼前的王凡："我是市局刑警队的，我叫邢振玉。"

"嗯，邢警官，请问找我有何贵干？"

"你好像早知道我要来找你。"

"不会吧，我又不是神仙。不过一个几年前案件的犯罪嫌疑人一直在警方的视线照顾中，也是很正常的事情。"

"那个案件已经结了，没有人再找你的麻烦了！你真的很幸运呢，能从地方派出所最优秀的警察那里安然脱身。"

王凡没有接邢振玉的话茬，也没有承认当年自己的罪行，而是狡猾地说道："不要耽误时间了，邢警官还是说明一下你的来意吧！有时候不知道警察为什么找上门，是一件让人很不舒服的事情呢。"

"我是为了张海的事来的，这个事不知道让你舒不舒服？"

王凡听到张海的名字，泰然自若，并没有任何的表情变化，说："不会不舒服的，关于他的事，您尽管问。"

"那我就直入主题了，张海和你是怎么认识的？"

"我们是在吉林时的同学，从初中到高中一直都是。"

"看来是好朋友。"

"是非常铁的哥们儿。"

"张海是个什么样的人呢？"

"是个非常聪明的人，不但学上得好，他各个方面都很优秀。"

"哦？你指的是哪些方面？"

"怎么说呢，只要他喜欢的，玩的都很好，比如吉他、摄影、电脑等等，对了，他在艺术上还有着超高的天赋。"

"艺术上？"

"嗯，画不但画得好，还会做各种瓶子，当年他的手艺连我们班的美术老师都自叹不如。"

"做瓶子？"

"嗯，你看过王志文和许晴演的那个《东边日出西边雨》吧？就是那里边那种，王志文用泥捏出来，然后再放到烧窑里去烧制的那种瓶子。"

邢振玉点了点头："嗯，很老的片子了，不过有印象。他是跟你一起到的 T 市吗？"

"差不多吧！他高中毕业后，考上了 T 市的一所传媒大学，我没考上大学，就跟着几个哥们儿来这里打工了，大家前后脚到的。"

"他大学的专业是什么？"

"舞台设计。他那个人有很多梦想的，上高中时想当歌星，后来又说要当艺术家，上大学时他又一心想要当大型节目的总导演。他时常跟我说，如果让他导演央视春晚，一定会比现在有劲儿得多。不过像他那样的小角色，又怎么会有出头之日呢？只不过都是些不切实际的幻想罢了。"王凡说着就苦笑了一声。

"他毕业后干什么了？"

"一直还在追逐着自己那个根本不能实现的理想，一开始到了一家杂志社去当摄影记者。后来杂志社没办几期就倒闭了，连工资都没给他结算。当时，他连生活费都拿不出来了，便来找到了我，因为我俩关系很好，又是同乡又是同学的，我就让他住在了我和我的那些哥们儿租的房子里勉强度日。后来我劝他去找个脚踏实地的工作去干，可是他偏不。不久，他找了一家文化公司。"

"文化公司是干什么工作的？"

"你可能不知道，现在那些电视台虽然拿着大把的节目经费，但节目的舞台设计和后期剪辑这些事，都不是他们自己去干了，而是找外边的一些廉价的文化公司去做。张海那时就在做这些工作，钱挣得不但少，而且还整天要盯着电脑看来看去的，累得他臭死也没挣几个钱。"

"他一直从事这个工作吗？"

"不是的，后来出了一点事故。"

"事故？什么事故。"

"他布置舞台的时候，没想到有人没有按照相关的操作规程操作，提前打开了高效的照明灯，而那时张海正在调节那个照明灯的角度，结果一下子就把他的右腕烫伤了，而且伤得很严重。"

"右腕吗？那里应该有一个火焰的文身吧？"

"你了解得还真清楚，那个地方后来留下了一块大伤疤，张海嫌难看，就找了刺身的店铺，在那处伤疤上刺上了一个火焰的文身，算是他这次事件的一点纪念品吧。"王凡说话的时候依旧表情轻松。

"他伤好了之后，还在文化公司干吗？"

"像那种小公司，怎么会养一个伤员呢？那里边的每一个员工都是老板赚钱的工具而已，一旦没有价值了，马上就会被抛弃的。张海领到了少得可怜的一点医药费，就被解雇了。"

邢振玉听后，陷入了沉默，真没想到这个张海有着那么多不幸的遭遇。

"我又劝他放弃自己那些不切实际的理想，赶快找一点正经的营生来干，总去干那些虚无飘渺的事情，是赚不来钱的。"

"他听你的了吗？"

王凡摇了摇头，说："其实我也是只会说别人而已，我也不知道什么才是正当的营生，像我们这种生活在陌生城市的外乡人是非常可悲的，只一个房租有时就花去了工资的一大半，我们也想要干点正当的事，可干正当的事连糊口怕都不够。"

邢振玉本想说所以你选择了铤而走险去犯罪，但是估计说了这话会引起王凡的反感，所以他话含在嘴里，却没有出口。

"不过后来，我渐渐发现张海他好像突然一下子变得富裕了起来，最起码他不用靠住在我租的房子里边了。"

"哦？他找到了体面的工作吗？"

"一开始我也觉得是这样的，因为他有学历，况且也是个心灵手巧的人，如果踏实地找份工作的话，应该不成问题，可是后来我才知道，是我错了，他去干的工作是非常危险的。"

"是什么事？"

"他去拍摄许多爆料的照片，包括名人的隐私、社会的阴暗面等等，然后贩卖给媒体挣钱，就是这样一项很危险的工作。"

"就是这份工作才帮助过你们五个人脱身吧？"这次邢振玉还是没有忍住，试探性地说了一句。

还好，王凡并没有反感，但也没有直接回答邢振玉带有引导性的问题，而是不紧不慢地继续说自己的话："可是这份工作最后还是出事了。"

"出事了？"

王凡点了点头，说："他有一次到医院去，本想照一些医闹纠纷的照片回来，但是没想到看到了一个大夫一边回答病人的问题，一边在打游戏，他就拿着相机在窗外照下了那个大夫打游戏的照片。第二天，这张照片就上报了，结果那个大夫被拿掉主任医师职称，下放基层一年。"

"是个很严重的处罚呢。"

"严重吗？我倒觉得还不够呢，不过跟你说这些也没有意义了。后来，张海却突然遭到了不明身份的人的袭击，他那次伤得很重，在医院里住了院。可是那些大夫却因为照片的原因，根本就是一直在延误张海的治疗，据说是因为张海上了他们的什么医疗黑名单。这样张海在医院里，病情不但没有得到好转，相反倒加重了，他一连待在了医院里几个月，靠拍照片积攒的那点积蓄一下子都送进了医院里。"

"袭击的人一直没有抓到吗？"

"那要问你们警察啊。"

邢振玉被王凡问得哑口无言，王凡好像是在对刚才奚落自己的邢振玉报复，但是不回应这种问题，似乎又太丢警察的面子了，所以邢振玉勉强回答说："这个案子应该没有上到市局刑警队，只是在分局或派出所的处理范围之内吧。"

王凡根本没有理会邢振玉的解释，说："不过，还好，张海也算是福大命大，有个大人物出面摆平了这些事。"

"大人物？是谁？"

"这个我也不知道，张海也没有跟我说过。这个大人物不仅摆平了医院，据说后来那些袭击张海的人也被他摆平了，这点上看，他可比你们可靠多了。"

这次改成了邢振玉不再接话茬了。

"后来张海变得很兴奋，我知道那是他干他最喜欢的事时才会有的表情。"

"他又有新的工作了？"

"那段时间他很神秘，他从来没有跟我说过，我只是知道他是在给那个大人物干事。"

"你估计他干的是什么？"

"这个我真的不知道，不过后来我听别人说，他在东郊货场给别人拉黑货。"

"拉黑货？"

王凡点了点头，说："其实我知道他没有大货的 B 本，上大学时他只学过小货 C 本而已，雇佣一个没有大货驾照的人拉货，我就觉得他拉的恐怕不是什么正经的东西。"

一个有着做导演梦想的人，会因为拉一些黑活而找到快乐吗？邢振玉有点不相信王凡的话了。

"不过，那种快乐的表情持续到了一年前，就再也没有了。"

"为什么？"

"不知道，快乐突然消失了，一点儿征兆也没有。"

"难道是他又失业了？"

"不像，不过后来我看到了一件很奇怪的事情，那就是他总是盯着报纸上的一篇报道看个没完。"

邢振玉听到了关键点，眉毛情不自禁地挑动了一下，问："什么报道？"

"是一年前的一起重大交通事故，撞死了一个女的，司机扔下货车逃逸。"

"你怀疑那个逃逸的肇事司机就是张海？"刑振玉心中大惊，原来这个张海身上还有别的案子，但他的表情未敢有太大的变化。

"我可没这么说，也不轻易怀疑谁。不过听说撞死的那个是你们公安局大领导的女儿，还有那辆货车上满车都是高仿的瓷器艺术品。这还是领导的孩子被撞死呢，可案子到现在都没有破，你们警方的破案效率真的是很低。"

邢振玉回理着思路，一年前？撞死人？一个公安局大领导的女儿？满车的瓷器？难道是……？

黄汉文的女儿黄晓芙的案子？那个案子一直没有告破，成为了 T 市刑警队的一种耻辱，而今天突然听到了王凡说起这个案件的线索，邢振玉显得异常兴奋。

"那件事之后，张海又做了什么？"

"那件事之后，他到了东郊 ×× 宾馆去当了一名保安，可能因为他老要值夜班的关系吧，我们见面的次数变少了。"

"保安？"邢振玉这会儿才觉得，张海终于和自己的调查接轨了，没想到之前他还有这么多故事。

"嗯！"

"你不是说他满怀理想吗？怎么会去干这样的工作呢？"

"人可能总会变的，货车司机他不是也干得挺开心的吗？"

此时，在邢振玉的脑子里，一条完整的剧情似乎一下子串了起来。

"你知道我为什么找他吗？"

"恐怕是那起交通肇事案你们调查得有眉目了吧？你估计是在怀疑，那个案件的肇事司机就是张海吧？"

"他不是你的铁哥们儿吗？你为什么不为他掩饰呢？"

"掩饰？我为什么要掩饰，你们又抓不住他。"

"抓不住他？"

"不瞒你说，他昨天就给我打了个电话，说要出国了。"

"出国？"

"他是这么说的，说可能不会回来了，让我保重！我想恐怕是他已经得知了那起交通肇事案件你们已经有眉目了，所以他才会选择远走他乡吧。看来他的判断是对的，今天你果然就来找我了。"

邢振玉的头皮一阵发麻，张海可能已经察觉到了警方对他的调查，他问："你知道他这会儿在哪吗？"

"如果不出意外的话，应该已经在出国的飞机上了吧？"

邢振玉露出愤怒的表情看着王凡，但手里却马上拿起了手机拨通了号码："喂，小李，马上去查看一下今天从 T 市出发的所有航班，看看有没有一个叫张海的人。"邢振玉想，T 市机场根本没有国际航班，即便张海想要出国，也要搭乘别的地区的航班才成，如果他走空中路线的话，现在拦截可能还来得及。

邢振玉又在思索着可能性，张海是个普通人，如果想要出国办理签证的话，最有可能的是走旅游签证，而办理这种签证最简单的方式是找当地的旅行社。

"对了，小李，顺便给我查一下所有的 T 市旅行社，最近国外的出境游有没有张海这个人。"

王凡对于邢振玉的快速反应也感到有些惊讶，这会儿他正在为朋友担心。

邢振玉撂了电话，把头转向了王凡，问："知道张海现在住在哪吗？"

"我说过他走了。"

"别跟我废话了，实话告诉你，你说的那起交通肇事案只不过是他之前犯的罪行，前几天他刚刚涉嫌参加了一起谋杀案，这个可是大罪，希望你协助调查，不要有所隐瞒。"

王凡这会儿的表情像是化学试管中反应的化学药品一样，剧烈地发生着变化了，丝毫没有了刚才的镇定。

"我知道，张海曾经帮助过你，可是你也要知道，他现在犯的是死罪，公安一定会追查到底的。"邢振玉说着看了看这间屋子，"我看你的工作现在也很体面，我想，你之前犯下的罪行也不想让你的同事知道吧？所以我不想把事情搞得影响太大，所以还是请你尽量配合我的工作。"

王凡听到这，冷笑了一声，说："你没有必要拿这个威胁我，这份工作没有你想象的那么重要，虽然工作不好找，但是我换一家别的保险公司照样可以干得很好。"

"那好，你也知道张海涉嫌撞死了公安局高级领导的孩子，而你却知情不报，这也是犯罪，懂吗？你不想再因为这件事，牵扯到案件之中吧。"邢振玉的话说得很认真。

王凡垂下了头，想了许久，叹了一口气道："连这种话都能说出口，还真是现在警察的作风呢，好吧，反正张海这会儿应该已经走了，告诉你他住的地方也无妨。"

刑振玉也觉得自己刚才说话的语气简直就是威胁，但是没有办法，他这会儿才真正理解胡玉言常说的中国刑警有时必须采取非常手段才行。

"他住的地方就在东郊柳霞路的隆庆花园小区 14 号楼 501。"

"租的房子？"

"不像是租的，他家有九十多平方米，家具齐全，一个保安的工资怕是租不下这么大的房子吧？"

刑振玉想起自己这会儿还没有拿到搜查令，所以不可能直接进到那个房间中，"你有他家的钥匙吗？"他问。

王凡点了点头。

"这会儿就走，跟我去一趟他家。"邢振玉这会儿的语气是命令，而不是先前的那种平和的询问。

这让王凡根本无法拒绝，没有办法，他只好跟邢振玉走出了会客间。

邢振玉早就从东郊 ×× 宾馆那里要来了张海的手机号，可是一直没有打通，这会儿他又对王凡说："把张海的手机号给我！"

"今天早晨我就想问问他咋样了，可是一直没有打通，可能这会儿正在飞机上吧。"说着，王凡从手机里把号码找出给了邢振玉。

邢振玉一比对，和自己拿到的号码一致，看来是没有任何的意义了，"走吧！"邢振玉率先走出了 ×× 保险公司的大厅。

王凡随着邢振玉上了外边的车，邢振玉认识路，路也很顺，他们很快就到达了隆庆花园小区。两个人把车停到了 14 号楼前的空地上，邢振玉下车看了一下，这是一栋 5 楼到顶的建筑，纯粹的欧洲风格，虽然地处东郊，但这里的房价也应该在 8 千上下，没有点积蓄的人是很难买得起这里的房子的。

王凡走到了大门前，掏出钥匙打开了楼门，邢振玉一拉门率先走进了楼道，两个人径直走上了楼梯，朝着 5 楼走去。邢振玉从当上警察以来，只正式开过一枪，那一枪还没有打中罪犯，所以他对自己的射击并无信心。但因为这次怎么说都是要面对杀人案嫌犯，所以邢振玉出来时佩戴了手枪，他上楼前便下意识地摸了摸腰间藏着的警枪。

当他们到达 5 楼的时候，邢振玉看了看 501 房间，做了一个让王凡退后并不许出声的手势。王凡没有再前进，因为他也发现了 501 室的外层防盗门是虚掩着的，难道张海还没有走？王凡此时为朋友揪起了心。

邢振玉带上了白手套轻轻地打开了外层的防盗门，而里间屋子的门也没有关上，邢振玉又踢开了里边的门，他的手一直都按在背后的警枪上。当里屋的门完全被打开的时候，邢振玉已经感觉到了一丝不祥的预感。

先映入眼帘的是屋中的一片狼藉，不知道是张海临走收拾东西搞乱的，还是有人进来搜查过房间。邢振玉看了看屋中，这是一间装修豪华的三居室，屋中的四壁布满了各种艺术化作品，角落里都是各式的瓷瓶。

邢振玉已经嗅到了不正常的味道，他终于把背后的六四式手枪掏了出来，但是没有扣动枪的保险。他环视四周，只有一间房间的门是紧闭的。这时，王凡也已经走到了门口。

邢振玉喊道："别过来！"

王凡看到了邢振玉已经掏出了手枪，也知道情况有些不妙，所以一动不动地站在了门外。邢振玉轻轻地走到了那道关着的门前，快速推开了门，并瞬间用手枪指路，可他眼前的一切，却让他知道，自己来晚了。

屋中沙发上坐着一个男人，男人的眼睛深深地突出，眼圈的四周布满了血丝，看着是那么的狰狞可怖，邢振玉快步走上前去，摸了摸尸体脖子，但是很显然已经没有脉搏了，但是可以感觉到的是这具尸体还有余温。邢振玉翻动了一下尸体的右腕，腕子上赫然出现了那个火焰文身，看来死者十有八九是张海。邢振玉又看了看死者的上衣口袋，里边装了一包已经瘪盒的万宝路牌香烟。他又观察到死者的手指非常奇怪，指甲参差不齐，像是刚刚被剪过。而尸体的脖子上有条深深的勒痕，已经红得发紫，这应该就是致命的伤害。而在死者的脖子上挂着一个黑色的绳子。邢振玉本以为绳子下会是一个玉坠似的宝石，他把这根绳子从死者的脖子上拉起，却没有想到黑绳下连着的是一个很袖珍的小铁坠，仔细一看原来是一款袖珍的 U 盘，U 盘的右下角写着小字 8G。

做完了初步的现场勘查，邢振玉退出了屋子，看着王凡一动不动地站在门口。然后他掏出手机，给何玉华拨了电话。

电话很快就通了，"何姑姑，那头忙活的怎么样？"他问。

"已经进入扫尾阶段了，这次刘胡子和你老婆可立了大功了，这里看来不但是个仿制瓷器的加工厂，还很有可能是杀人预演的舞台。"电话那头传来了何玉华兴奋的叫声。

"累不累，何姑姑？"

"有点儿，咋啦，干吗这么问我？"

"隆庆花园小区又发生了一起命案，我刚刚发现了一具尸体。"

何玉华那头稍微停顿了一下，说："我派张敏过去，那丫头很能干。"

"嗯！请快一些，尸体还有余温，应该不是死了很久。地址是东郊柳霞路的隆庆花园小区 14 号楼 501。"

"嗯，我记住了，张敏马上就过去。"

邢振玉撂了电话，看了看门外表情怪异的王凡。

王凡早就听到了邢振玉冲电话里说的话，知道屋中有具死尸，而他从邢振玉的表情上也猜到这具尸体极有可能就是他的好朋友张海，但是他再也不敢往前迈上一步。

◇ 2 ◇

"老王，你威风不减当年哪！这次能够把走私团伙一网打尽，你功劳大大的。"滨海市海滨分局海关缉私处的刑警队长曹墨拍着王勇的肩膀大声说道。

原来，王勇刚刚经历了一场生死考验。

胡玉言授命王勇亲自到滨海市走一趟，参加对走私人员的调查和缉捕工作，并希望能从中得到有价值的线索。临行前，胡玉言特意打来电话嘱托王勇，如果走私古玩的头目落网，一定要快速审问出他与 T 市的谁进行了交易，尽快找到相关的线索。胡玉言对审问走私团伙的难度也做好了心理准备，他知道这帮人都是些抓到就是要判死刑的犯人，跟他们谈话要讲策略，而王勇怕是应付不来。所以他口传亲授了王勇一套说辞，让他可以在审讯时去碰碰运气，看看能不能套出话来。

王勇的运气出奇的好，他刚到滨海市，曹墨就告诉他未落网的走私分子已经有了眉目，而且他们的大佬已经被他们控制，就等着抓捕了。王勇一听非常兴奋，要求自己也参加抓捕行动。但曹墨却一阵为难，"这次走私的那批古玩里发现了国家一级和二级文物，这帮人只要抓住即便不是死刑，也是这辈子都出不来了，这些走私分子肯定会抵抗的，你要是发生了危险，我可不好向你们胡队长交代。"曹墨说。

"什么危险不危险的，干警察就是要玩命嘛。"王勇一边笑，心里却一边在想，小样儿，还不是怕我抢了你们的功劳。

曹墨拗不过王勇，只好勉强同意他参加了行动，但是却只安排他守住了外围，具体的抓捕工作由他具体负责。

走私分子的落脚点十分隐蔽，在一个海滨县城下的小渔村里。曹墨已经获悉了这帮人的聚集地，就在村东头的一间二层小楼内，这是走私大头目外号叫"大头鱼"的堂兄的家，由于这里临近滨海的码头，所以这些人以这里作为基地，开展走私事业。

当到了凌晨两点多的时候，曹墨迅速对这间小屋展开了包围，当时屋中和外面都漆黑一片，而手持手枪的刑警和手持微型冲锋枪的武警围成一圈，贴着这所二层建筑的外围站定。只看曹墨手势一摆，警察们瞬间一齐冲进了二层的小楼，而漆黑一片的屋中，顿时发生了骚动。不过，抓捕行动还算顺利，十多名犯罪嫌疑人还在梦中就被警方抓捕。但是随后，曹墨清点了犯罪嫌疑人，却没有发现首犯"大头鱼"。当他走上二楼的房间时，才发现，这里的一间屋子的窗户是打开的，夜幕虽然给了警方掩护，却也为犯罪分子的逃遁提供了最好的屏障，很显然"大头鱼"跳窗逃走了。

王勇在外围闷闷地等了一夜，但这里还是没有任何的动静，心想那头的抓捕行动应该已经开始了，看来是没有他什么事情了。可就在他失望的时候，在他的视野中却出现了一个摇摇晃晃的身影。王勇示意身后两名干警：注意，有人来了。两名干警点了点头，看着这个黑影一直朝他们这边蹒跚而来。

在这个人影离王勇还有二十多米的时候，王勇突然跳了出来："不许动！警察。"

可是，还没等王勇的话音落下，只听得对面一声枪响，王勇觉得子弹是贴着自己耳边擦过去的。后边的两位干警马上冲上来对黑影进行了还击，但是都没有打中。黑影向反方向跑了起来。

王勇摆脱了短暂的惊惧，立即回过味儿来，才想起曹墨对自己的警告，果然是很危险。可罪犯就在眼前，他怎么能放过呢？这时王勇迈开大步，快速地追逐起了那个黑影。黑影的速度并不快，王勇几个箭步就赶到了他的身后，然后飞起一脚，正中那人的后心。那人一个跟跄摔了个"狗啃泥"，摔倒后，他下意识地将手后翻，准备继续还击。但是王勇一脚踩在了他的手腕上，手枪顿时撒了手。这时，身后的两名干警才赶了上来，一把扣住了此人的要害，把他的手朝后拢住，用手铐铐了起来。

此人被制服后，三人才发现原来他只穿了一件睡衣，里边除了内裤外，赤条条的，脚下的拖鞋也已经跑没了一只。

一名干警把这个人翻过来，看了看，对王勇笑道："王队长，这就是走私头子，大头鱼，还真让咱们给等到了。"

王勇也很吃惊，踏破铁鞋无觅处，得来全不费工夫。曹墨费了半天劲布置，罪首竟然让自己给抓住了。

他随即嘿嘿一笑，说："不是跟你们吹，这样的两三个近不了我跟前。"他虽然嘴上这么说着，但是脑门上却见了冷汗，为刚才那一枪而心有余悸，只不过当时天黑，没人看到。

这时曹墨也带着人从后边包抄了上来，见到王勇已经制服了罪犯，又惊又喜，说了开头的那番话。

至此走私团伙的所有案犯全部落网。

王勇对抓捕行动的帮助，曹墨非常感激。而王勇很快提出，他要尽快审理大头鱼，因为这个大头鱼和在高速路入口缴获的那批在《古董鉴赏》节目出现过的古玩有着莫大的关系。

但是，曹墨又对这事犯了难，说："老王，按说吧，这个事应该不难，但是你是外地的公安，这个案子是我们这的，这怕是不太符合规矩啊！"

王勇刚才的好心情，被曹墨推脱的话弄了个荡然无存，说："我说曹墨，我要是不把这个大头鱼抓住，你可就把他放跑了。我这要审审他了，你还来劲儿了，是不是？当初我就该睁一眼闭一眼，把他放了得了。"

曹墨见王勇真的生气了，马上赔上一张笑脸，道："哪里哪里，看看，说得好好的还急了。"

"老曹啊，你放心，所有破获走私案的功劳都是你的，你都可以说大头鱼就是你抓的，我没有意见。但是这个大头鱼是我正在查的那个《古董鉴赏》案的一个重要的知情人，你也知道查案子就是争分夺秒，要是良辰吉日过了，怕是日后就不好查了。你放心，多的我一句都不问，只问他我那个案子中的问题。"

曹墨咬了咬，狠狠地跺了一下脚，说："也就是你老王，别人我绝对不给他这个面子，那你抓紧时间，这个是大案，人在我这待不了多久，估计很快滨海市市局就会把人提走。"

王勇也同样拍了拍曹墨的肩膀，说："嗯，这才像话嘛，你快去帮我安排一下，我也不想夜长梦多。"

"我派个人跟你一起去，做一下记录，你可千万别多说刺激他的话，回来你的案子问出来了，到了我们这他要是死活不开口了，那我可唯你是问。"

王勇听后笑道："你放一万个心，我现在是去帮你撬开他的牙，路给你铺好了，你去就省事了。"

审问大头鱼被安排在了缉私队的一间封闭的审讯室内，门外站着四个荷枪实弹的武警守卫。

大头鱼人如其外号，大大的脑袋，两只眼睛左右瞳距的开度很大，而嘴唇向外翻着，乍看下去，真的像一条鲶鱼的脸一样。从曹墨调查的资料上看，这个长相搞笑的罪犯，却是一个十足的恶棍。他早年就曾经经营过一些十分龌龊的勾当，比如以高薪诱骗一些沿海不发达地区的少女和少妇到国外去打工，实际上是把他们贩卖到菲律宾等一些国家去卖淫。而后来，他还做过人蛇，专门搞非法偷渡。警方曾经多方通缉过他，但是都没有最终把他抓获，这让他更加的肆无忌惮。

近些年来，为了牟取更高的暴利，大头鱼开始了沿海走私的生意，而且越搞越大。从一开始往国内走私一些手机、电器之类的东西，到后来演变为了往国外倒腾古玩、艺术品这些价值很高的东西，此时的他们俨然成为了沿海地区数一数二的大型走私团伙之一。

"你的枪法不是很准，如果你那一枪打中我，恐怕你就真的逃走了。"王勇笑嘻嘻地对大头鱼说道。

大头鱼眨了眨他那双怪异的眼睛，嘴上露出了诡异的笑容，说："逃跑不逃跑对我来说都是一样的，逃了不过是多活两天，没逃也只不过是少活两天而已。"

"你很明白！"

"干我们这行如果不先把生死想明白的话，就没法干了。一旦被抓住，还在你们警察眼前哭天抹泪的，岂不是让你们看了笑话。"

王勇一挺大拇指，点了点头，说："见了棺材都不掉泪，你真有枭雄风范，但是好多事恐怕你还不知道吧。你手下的那些兄弟，就都没你说的想的那么明白，他们该说的几乎都说了，包括你的住址也是他们透露出来的。"

"呵呵，你不要蒙我，你们抓到的那几个小子，就是些码头干活的小马仔而已，他们压根就不知道我住在哪儿，他们就算想出卖我，也不知道怎么卖。"

王勇觉得胡玉言走时所做的判断几乎丝毫不差，大头鱼又臭又硬，想撬开他的嘴谈何容易。

所以，王勇照着胡玉言的思路编造了一套谎言："呵呵，我可没说他们知道你住在哪儿，不过那帮家伙却泄露了一些关于 T 市的事，很顺利，我们抓到了 T 市给你们送货的司机。那头的司机又供出了给你们供货的那位大老板，那位大老板一下子都招了，包括你的藏身之地。"

"我明白了，你这样说倒是有可能，但是你告诉我这些有什么用呢？反正都被抓了，也出不去了，知道是谁告的密也没有任何意义了。"

"怎么着，还想打击报复不成啊！"

"大唐哥有很多人罩着的，按说你们动不了他啊，你们是怎么做到的？"

王勇一听心中欢喜，原来那个给他们供货的人叫大唐哥，但是现在还不能摊牌，所以不能问他关于这个大唐哥的相关信息，"听说过前几天的《古董鉴赏》案吗？T 市高层对这起杀人案十分重视，而且上面下来了命令，无论是谁一律彻查到底。那批从 T 市来的货里，发现了几件上过《古董鉴赏》节目的东西，上面对这个线索非常重视。所以这次无论是谁，警方都不会放过的，明白了吧？"王勇说。

大头鱼点了点头，说："看来王大山那个死鬼真是死得冤枉，冤魂索命，非要多拉几个垫背的陪他一起去阴曹地府拜阎王啊！"

王勇知道大头鱼算是信了他的话，胡玉言的这套说辞果然起到了作用。

"但是，那头给我们的情报好像也不太老实，我想核对一下，T市那头从你这里到底走过多少货？"

大头鱼叹了一口气："T市那头的货要分几个阶段来说，唐俊南原来是做高仿生意的……"

唐俊南？王勇脑袋里的那个T市神秘幕后人的形象一下子清晰了起来，但是他还是不敢相信，大头鱼说的那个唐俊南就是自己认识的那个。

"那阵外国人好哄弄，高仿的宋瓷非常抢手，唐俊南前两年靠贩卖这个赚了很多的钱。"

"他的那些高仿的瓷器来源是什么？"

"不知道，这种货到我这里都不知道经过了几道手了，不过有一点很奇怪，开始时唐俊南那里的货色并不好，也卖不上价钱去。不过后来不知道咋地，他的货突然之间变得十分精致了，仿真的效果也非常的高。"

"不是说他给你提供的都是高仿吗？那么为什么在T市车上的货一下子都变成了真正的古玩了呢？"

"还不是那个《古董鉴赏》节目给闹的，外国人也不是傻子，咱们总拿些高仿去哄弄他们，他们也有所察觉。后来，他们也开始关注中国的古玩市场了，再到后来，对于古玩来说，外国人只认一些中国的古玩鉴赏专家的证书，只有配着那玩意的东西才能卖上高价。"

"唐俊南也就因此转行做起了走私古玩的生意吗？"王勇第一次在自己的话里用了"唐俊南"这个名字。

"唐俊南的情况特殊，虽然高仿瓷器出口，外国人已经不肯花大价钱来买了。不过，唐俊南那里的东西很地道，虽然价钱贬值得也很厉害，但是如果只是按照艺术品出口的话，他还是有钱赚的。"

"是啊，如果走私普通艺术品和走私古玩，罪名可是大有差别！我真的不明白，为什么他会突然选择冒这么大的风险呢？"

"有些事你们滨海市的警察可能不知道的，他不再做高仿瓷器是因为一年前他的货车撞死了人。这事只有很少的几个人知道。撞死的人是T市公安局的一个大领导的孩子，所以唐俊南就把运送高仿的生意给停了，而是转向古玩的贩卖上。"

很显然，王勇被大头鱼当成了滨海市的警察，但是王勇觉得这样也好，便于下边的询问。

"据我所知，唐俊南可是 T 市有头有脸的人物，大富翁，怎么会冒死参加古玩的走私呢？"

王勇这句话其实早就超出了胡玉言传授的范围，他不知道这个唐俊南是不是就是东郊 ×× 宾馆的唐俊南，他想试一试。

"很多时候，金玉其外，败絮其中，他那个宾馆早就是个空壳子了，虽然表面繁荣，但是年年亏损，入不敷出，这才逼得他铤而走险的。"

王勇想着大头鱼说的话，看来真的可以确定这个走私犯唐俊南就是东郊 ×× 宾馆的总经理唐俊南，真没想到，案件会朝这个发展方向。

"你们一共进行过多少次交易？"

"原来的那些高仿的宋瓷，我们是随时交易，电话联系。后来到了古玩的交易上，几乎是每个月一次，他派人把东西运到码头来，我派人接货，然后他会把所有的专家鉴定的文书邮寄到我被抓的那个地址上去。"

"原来是这样啊，看来还真是不走运啊！"

能够套出这么多有价值的信息，王勇心存侥幸，唐俊南之所以知道大头鱼的地址，完全是他要邮寄那些证书的缘故。

大头鱼一阵冷笑，说："希望大唐哥那头能够有个好的结果吧，说实话，我实在不相信是他出卖了我，在我看来他是很讲义气的人。"

王勇一笑，心想，出卖你的人就是你的堂兄，而不是什么唐俊南。但他还是安慰着大头鱼："这个年头实在是没有什么可以相信的人呢！"

这句话算是王勇对他提供这么有价值的情报的一种补偿。

∽ 3 ∽

"你们还真是执着啊，为了这幅画找到我这里来了。"

"许先生，不瞒您说，我们这次来北京，一共在找 15 个和《古董鉴赏》节目有关的人，可是只有您的电话还在使用。"

"你们是怎么找到我的啊？我并没有上过《古董鉴赏》那个节目啊。"

"是您邮寄包裹时留下的电话，我们在王大山的遗物中找到了 15 张快递单，您的是其中一张。"

"哦，那就对了。可是你们怎么知道那幅《太宗游猎图》是我的收藏啊？我可没有在包裹上写明啊。"

"是邮包的重量，那幅画的重量和具体的信息，在王大山的笔记中记录得清清楚楚。"

许先生摇了摇头，说："看来真的是天网恢恢啊！若要人不知，除非己莫为！"

胡玉言奇怪地问道："您为什么说这样的话呢？"

"我这一辈子就昧着良心干过这一次事，还让别人知道了。"

林玲在一旁看着许先生，不解地问道："您的意思是说，这幅画有问题吗？"

"何止有问题啊，这根本就是一幅赝品。"

"这件事情我们已经知道了，我今天来是想听听您为什么会把画卖给王大山。"胡玉言似乎要安慰许先生，顺带把问题切回了主题上。

"最开始，我是不认识王大山的，也不知道我的画会被他们以这种方式炒作。"许先生的脸上显出了一种无奈的表情。

胡玉言并没有再次提问，而是从烟盒中掏出了一支香烟，问："我能抽根烟吗？"

许先生摆了摆手，表示没有问题，等到胡玉言把烟点上，他才继续说道："前年我儿子结婚，要买房子，你们也知道，北京的房价高，在四环之内想买套房子谈何容易啊，我们老两口虽然有点积蓄，但是离买房子来说，还是差得很远。"

"所以，您就打算卖了那幅画是吗？"

"我们家都是本分人，那时根本没有这样的想法。但是在一次老同事的聚会时，我说了些想给儿子买房子却没有钱这类的牢骚话。"

"那时有人建议您卖了这幅画是吗？"林玲在一旁说道。

许先生点了点头，说："嗯，有个朋友突然提醒我，说现在古玩的价值正在节节攀升，记得我家中有一幅古画，可以拿出来卖掉换钱。我当时还认为这是在异想天开，也就没有理会。聚会过后，我也没有在意这件事，而是还在想办法，找亲戚朋友们借钱。"

此时，屋中的烟雾已经弥漫开来，林玲拨了拨胡玉言吐出来的烟气，用眼瞪了瞪他。

但胡玉言一点儿也没有被她这种眼神干扰，问："可是到后来您还是动心了？"

"不是，是那个老同事突然打来了电话，说有个朋友想来看看我的那幅画。"

"是上门来看的吗？"

"嗯，一开始我还以为是要拿到人家那里去看，但是没有想到我那个朋友领着一个叫蔡斌的人直接到我家来了。"

"蔡斌？"胡玉言和林玲同时惊呼。

许先生对两个人的表情很是惊讶，问："这个蔡斌有什么问题吗？"

"呵呵，没有，您继续说。"

胡玉言很快恢复了平静，他看了看林玲，不知道为什么她反应也这么大。

"蔡斌来到我家后，看了这幅画，然后先问了我一下这幅画的来历。我告诉他这幅画是祖上传下来的，据说是明朝时临摹的宋本阎立本的画。那个蔡斌当时就提出要买我这幅画，还给我提了三个方案。"

"三个方案？"

"嗯，是的，他说第一个方案是现在就给我 20 万元，直接买走这幅画，第二个方案是直接让我拿着这幅画上那个《古董鉴赏》节目，让我交 2 万元的运作费，他去运作，这幅画保证能把价格抬高到 50 万元以上，那时他再以 50 万元的价格收购，双方签合同。第三个方案是他给我 10 万元的现金作抵押，他先把画拿走，听结果，如果一个月后这幅画可以被炒起来，他再给我 40 万元，如果炒不起来的话，画还给我，10 万元也就不要了，但是这个也要签合同。"

"我看这三个方案都很诱人呢。"胡玉言笑道。

"我当时也是财迷心窍了，老伴也一直怀疑这到底是不是骗子，但是那个蔡斌直接把20万的现金摆在了我的面前，非常有诚意，再加上我的老同事在旁边作保，我们也就不再怀疑了。"

"后来，你选择了哪种方案？"

"第三个。"

"我猜也是，虽然前两个方案也很诱人，但是这个方案是风险最小的。"林玲露出女性那种特有的算计劲儿，一边盘算一边说。

"我当时也觉得这个是最稳妥的方案，虽然第一个方案可以直接拿到20万，但是这幅画如果真的值50万，我就亏大了，而第二个方案要我交什么运作费，这个有点像骗子的常用伎俩，所以我也没敢答应，只有第三个方案，我最少能拿到10万元钱，而且如果不行，古画还能回到自己手里，实在是个不错的买卖。"

"结果如何呢？"胡玉言又抽了一口烟。

"结果可以说是不好也不坏。我签了合同，按第三套方案执行，蔡斌立即给了我10万元，然后把画拿走了。但是过了一个多月，画就被拿了回来，结果我白得了10万元钱。"

"画没被换了吧？"胡玉言果然是老江湖，直接提醒许先生。

"这个我确认过了，没有换，虽然我不是什么鉴宝专家，但是是不是我的东西我还是看得出来的。"

"之后呢？为什么这幅画还是卖了。"

"在画拿回来不久，我看了一期重播的《古董鉴赏》节目，因为那个节目很不错，也长知识，所以我和老伴有时间就在家里看。而我竟然看到了我的那幅画赫然被一个人拿上了舞台，我知道那是蔡斌找的托，但是没有想到的是那幅画被鉴定为了宋朝摹本的真品，王大山还亲自给估了价，竟然价值达到了50万。"

"50万？"胡玉言的眉头皱了起来，因为林玲也曾经看过那期节目，所以并未显示出太过惊讶的表情。

"嗯，我当时就很奇怪，我这幅画明明是赝品，咋就说成了真品呢？而且更让我不明白的是这幅画既然已经价值50万了，为什么他们又给我送了回来，还白给了我10万元钱。这件事我给我的那个老同事打了电话，他说他也不知道。回来我又仔细查看了那幅古画，确实是我的那幅，不会错的。"

胡玉言手中的那根烟已经抽得只剩下了个烟屁股，他搔了搔头，把烟掐死在了烟灰缸里，似乎也在想这个蹩脚的问题。

"这件事情过了一年多后，也就是一个多月以前的事吧，我突然又接到了老同事的电话，说那个蔡斌突然又想买我那幅画了，如果我同意，再给我40万，就成交。当时因为刚给儿子买了房子，欠了亲戚们不少钱，儿子也担着巨额的贷款，所以我也确实急需一笔钱还账，就答应了。而这次蔡斌没有出现，而是给了我一个T市东郊××宾馆的地址，让我用超高保额的保单，把画邮寄过去，40万的款子和保单的钱他都汇到了我的账户中。这次没有合同，什么都没有，而蔡斌把钱先打到了我的账户来，我一开始也怀疑，把这笔钱转到了其他的存折中后，才放心，然后就按他们说的，把这幅画寄到T市东郊××宾馆去了。"

胡玉言听到这番解释后，感觉到万分的费解，这里边到底有什么猫腻，真的是无从知道，但是他知道许先生并没有撒谎。胡玉言又问了许先生几个问题，但终究没有其他的进展，胡玉言感觉许先生已经把他知道的都告诉他了，所以也就没有继续问下去。

"那好，许先生，我们就先走了。"

"警察同志，王大山的事我也听说了，如果你们需要帮助，我会尽量帮助的。那50万元，先前的那10万我给儿子买房子时垫上了，剩余的40万，我还没有动，都在我的账上。如果那个算什么赃款的话，我归还，先前的那10万我砸锅卖铁也会给补上的，不义之财我可不能要。"

胡玉言一笑，说："许先生，您放心吧，那笔钱您放心地用，没有问题，这里边也没有您什么事，您能把您知道的这些告诉我们，我们已经很感激了。日后如果真的有需要，我会再来找您的。"

许先生带有着一种万分感激的心情紧紧握住了胡玉言的手。

九月的天气里，北京的西单，人来人往，这里总是有一些时尚的女孩穿着超现代的时装和高跟的凉鞋在这里扭着屁股走着。胡玉言戴着墨镜站在西单的天桥上，看着这些来往的时尚女孩们，他的心中却感到了一丝莫名的悲哀。

　　突然，胡玉言感到脸上一阵冰凉，才发现林玲已经把一罐冰镇的可乐贴在了他的脸上。

　　"真凉，都多大的人了，还玩这个。"胡玉言说着接过了林玲手中的可乐。

　　"是你胡大神探，看美女入了神，给你点刺激，好让你还阳。"林玲说着，用力把自己手中那一罐可乐拉开了。

　　"你拿我当鬼了啊，我只是好多年没来北京了，想多看看而已。"

　　"呦呦呦，看你刚才的样子，可真是什么都没放过呢，该看的不该看的什么都看过了吧？"

　　"只是觉得中国变了，北京也变了，所以不得不多看两眼。"

　　"很有感慨嘛！是因为美女越来越多了吧？"

　　"是感觉中国的传统越来越少，到处都是把衣服拉到胸下露出乳沟，抹着各种眼影，涂着五颜六色的指甲的女孩，这叫什么，不伦不类吗？"

　　"喂，如果现在在西单还穿着中山装溜达，你不觉得和现在的环境很不搭调吗？老死板，时代变了，很多时候，你也要变一变的。"

　　"是吗？看来是的。"胡玉言苦笑着，把肩膀靠在了天桥的护栏上，也打开了手中的可乐，"你在飞机上提的问题我仔细考虑过了。"

　　"哦？你是怎么想的。"

　　"可能会叫你失望呢，我准备回到 T 市后就把这个案子结了，不再做更深入的调查了。"

　　"结案！难道一切的疑问都被解开了？"

　　胡玉言点了点头，说："刚才在你去买水的时候，我接到了多方面电话，鉴定科、王勇、邢振玉那里都传来了好消息，杀害王大山的凶手，已经可以基本确定是谁了，而且证据确凿。但不幸的是案件出现了第三名死者。"

　　林玲的表情有点失望，道："是嘛！"

"这个案子，其实我还真是想晚一点查出凶手是谁。"

"为什么？"

"因为那样的话，我就有充分的时间和理由去调查《古董鉴赏》节目内部的黑幕。而一旦杀人案有了结论，我的调查工作也就结束了，而之后关于这些内幕的调查，就不再属于我的工作范畴了。"

"人只要尽力了，我想就不用后悔。我不想现在就问你凶手是谁，也不想知道那些所谓的杀人动机，但回去后我要听你的结案陈词，因为那时的你是最帅的。"林玲笑着又喝了一口可乐。

胡玉言也跟着喝了一口，似乎想着什么问题。

"对了，既然案件已经破了，那你一会儿还去见蔡斌吗？"林玲突然转过头来。

"去，当然去，我是不会放弃的。"

"那能不能由我去问呢？"

胡玉言看了看林玲，想了一下，说："既然已经要结案了，我想北京的调查已经变成了鸡肋，当然可以由你去询问，但是问题是你有把握吗？"

"我不知道你从哪里知道的蔡斌这个人，但是这个人是我们主编的大学同学，据说关系非常好，我以朱编的好朋友的身份去会见他，这样比较妥当吧？"

"嗯，原来如此，我说刚才你怎么也听过蔡斌这个名字呢，那我也就不亮出警察的身份了，不过说好了，如果问不下去了，给我使个眼色，我会继续问的。"

原来，蔡斌正是朱清齐在北京的同学，而越哥给胡玉言的也是蔡斌的电话，这算是一个重要的巧合。而在来之前，胡玉言就已经和蔡斌取得了联系，当然他是以要收购高价的古玩这个理由来找蔡斌的，胡玉言并没有提到是越哥给他的联系方式。

三人见面的场所，是位于西单商场中的一个冷饮店，这个店在西单商场的顶层，地点是蔡斌定的，越哥给的蔡斌家的地址就在西单附近，很显然蔡斌不想舍近求远。胡玉言和林玲买了两份刨冰，他们借此可以在冷饮店里悠闲地坐着，林玲饶有兴趣地把塑料碗中的刨冰来回挑动，看他们在冰水中如何融化来打发时间。这时，一个中等身材的男人走进了刨冰店，看上去已经有了将近50岁的年龄。由于是工作日，刨冰店的人并不多，这个人一眼就看到了胡玉言和林玲，所以径直走了过来。

林玲也看到了他，马上站了起来，伸出右手道："请问您是蔡斌老师吧？"

男人也伸出了右手做出了回应，"小姐还真是很懂规矩呢，握手的礼仪就是要女性先伸出手来。"

看来，这个男人就是蔡斌，胡玉言觉得此人如此年纪却还可以油腔滑调地和还不认识的年轻女性调侃，实在是个不让人喜欢的角色。

蔡斌显然要比朱清齐大上好多岁，但是林玲知道像朱清齐那一辈的大学生，都是各年龄段的知识分子一起参加的高考，"老爷爷"和"娃娃兵"在一起上大学是常有的事，所以并没有什么大惊小怪的。

"我一个小女子，不懂什么礼仪，只是觉得，做人要热情。"林玲在蔡斌面前露出了迷人的微笑。

胡玉言此时也已经站了起来，但是他没有伸出手，而是冲蔡斌点了点头。林玲明白，这完全是胡玉言把今天表现的机会让给了自己。

但蔡斌好像并不想放过胡玉言，"之前是您给我打的电话吧！"蔡斌说。

"嗯，是的，我老婆想买几件东西带回美国去，所以托朋友认识了您。"胡玉言说着看了看林玲。

林玲用眼角扫了一下胡玉言，心说胡玉言真是说瞎话不眨眼，而且这套说辞估计他早就想好了，不过胡玉言把她说成他的老婆，她的心中还是有种莫名的喜悦感。

"你们是通过谁找到我的呢？"

"《T市晚报》的主编朱清齐是我们的好朋友，我那天跟他说想要找个懂行的人，买几件宝贝回美国去，他直接给我介绍了您。"

"原来是他啊！那就不奇怪了。请问这位小姐，想要哪种宝贝呢？瓷器，玉器，还是字画？"

"都可以，我不太懂，能摆在家里好看，而且还能有升值的就可以了。"

"没有其他的要求了？"

"嗯，怎么说呢，我想每件东西都有那个王大山的鉴定书才好，钱不是问题啊，这你放心。"

蔡斌一听到王大山的名字，顿时有了戒备，说："我不知道你们听说没有，王大山已经死了，有他鉴定书的宝贝，我这已经没有了，如果你们非要找他鉴定过的东西的话，就只能去找别人了。"

林玲一看蔡斌对自己的说辞并没有上钩，一下子就卡壳了，这会儿她似乎没有了任何可以说下去的话题。

"我前几天还从越哥那里买了一幅上过《古董鉴赏》节目的阎立本的《太宗游猎图》，那个听说就是蔡老师卖给越哥的，据说越哥的东西都是在您这里进的，这会儿怎么又说没有呢？"胡玉言从容不迫地接过了林玲的话茬，亮出了他和越哥的这层"关系"。

"你们的关系还真是广泛呢，T市认识我的人都被你们找遍了吧。"

"差不多，越哥说您手中有货，应该是不会错的。"

"我前两天看拍卖会的信息，说那一幅《太宗游猎图》二百四十多万成交了，原来是你们买的。"

"是啊，后来才知道当了冤大头，我听说那幅画在一年前的《古董鉴赏》节目上，王大山只估出了50万元的价格来，跟我买的差了快200万，这也差得太多了吧。"

"古玩这东西不像其他的商品，别的消费品买贵了，买假了，你可以去找消费者协会，去工商局、物价局告商家，可是古玩这个东西，别管真假贵贱，买错了就自己认倒霉。"

"所以嘛，我们不想再当冤大头了，想找您买几件真的东西，而且价格要公道。"

"看来先生要比你太太抠门呢，她刚才可说不在乎钱呢。"蔡斌说完又瞄了一眼林玲。

"东西贵不要紧，但是做冤大头我心里可是难以接受。你们对于这幅画的炒作方法我一直都觉得很不可思议，那幅画既然已经在很久之前的

《古董鉴赏》节目中就已经定了 50 万的高价，你们为啥拖到上个月才把画卖给了越哥呢？难道就是为了抬价吗？"

"那幅画之所以这么久才卖出去，不是因为我特意要抬价，而是那期《古董鉴赏》节目后，出了点小问题。"

"小问题？"

蔡斌勉强点了点头，说："有很多人质疑了那幅画的真伪，有网友，也包括一些专家。甚至有的人在网上破口大骂，说《古董鉴赏》节目上专家走眼，误拿赝品当作真品。所以，那件东西，我一度退给了其拥有者。"

"退了？损失不小吧。"

"嗯，损失了 10 万的定金。我们这行虽然会故意炒高古玩的价格，但是钱只要跟人家谈好了，就绝对不会反悔。不过后来还好，这个损失被弥补了。"

"哦？是因为越哥找你要了那幅画？"

"嗯，越哥手底下有个叫老吴的突然给我打来电话，说越哥最近想要点东西，特意提到了想要一幅古画，我手头最近正好没有那东西，就四处去找。突然我想到了一年前被退回去的那幅画，就想找那幅画的主人补齐了差价再把画买过来，好在那家人还算老实，画没有出手。"

"听说，画是王大山亲自带去的？"

"说来王大山也是阎王爷非叫他去。东西本可以叫别人去交货的，但是他突然说 T 市有个老客户，也要买几件东西，并且要他亲自到 T 市交货。"

"那个人是谁？"

"如果你在 T 市混得很熟的话，应该知道这个人，他就是 T 市东郊××宾馆的总经理，叫唐俊南。"

林玲听到这个人名字，表情有了明显的变化，好在蔡斌的脸一直朝向着胡玉言，胡玉言此时的表情，非常的平和，没有任何的异动。

"那个唐俊南听说是在 T 市黑白两道都很能吃得开的人物。我本来也怀疑过，不知道这个人靠不靠得住，但是听王大山说他和唐俊南已经合作有一年多了，并且此人不挑食，只要东西有王大山的鉴定书，不管是不是真品他都要，钱很好赚。王大山临走时说，这次是唐俊南想借《古董鉴赏》节目到 T 市来，好好地招待一下他，王大山也正好一举两得，一边去参加节目，一边把东西销了。"蔡斌一边说着，表情似乎陷入了一种悲痛，像是在缅怀自己合作多年的老友。

"王大山一共带了多少东西去？越哥到底收了几件啊？看看我还有没有希望再找他淘上两件。"

"这次王大山去 T 市要带 15 件东西，因为东西都不在我手里，而且时间比较紧，所以我让持宝人都以邮寄的方式把东西寄去了，当然我把钱和保费都提前支付了。越哥是我这条线上的人，王大山根本不认识他，越哥也不知道拿货去的就是王大山本人。你也应该知道，我们这条道上的人，各有各的路，谁也不问谁。相对来说，越哥是比较挑剔的，东西必须要让他看了他才肯留下。越哥提前给了我一个天津人开的玉石店的地址，让带货的人把 15 件东西每天拿一件过去，转天拿第二件过去，如果东西他看好了，就留下，不看好，第二天就退回来，也不用再去取，直接会有人送回到东郊 ×× 宾馆。"

胡玉言终于想起了越哥的那句警告，说不要再查那些来找过王大山的人，恐怕这里边有一部分就是来送回他没有看上的宝物的，当然他知道越哥那番话的用意绝不止如此。

"越哥收了我们 5 件东西，包括那幅《太宗游猎图》。"

"剩下的那 10 件东西呢？"

"应该是都给了唐俊南，我近期查了一下我的账户，该打来的钱都已经到账了，两条线上的人都是很守信用的人呢。"

"哎呀，看来我要到唐俊南那里去碰碰运气了。"

"实话实说，我这里确实没再有王大山鉴定书的东西了，如果你想要，还真得去找那个唐俊南问问呢。"

胡玉言像是突然想起了什么，"对了，请问蔡老师见过这两件东西没有？我听说这是王大山在 T 市《古董鉴赏》节目中看上的东西呢，我正在试图把他们买过来。"说着，他拿出了八棱玉壶春瓶和那个 D213 号藏品元青花的坛子的照片。

蔡斌看到这两张照片，一下子皱起了眉头，说："这两件东西我好像在哪见过，等一等，让我想一想啊！"

经过短暂的停顿，蔡斌突然喊道："对了，这个是我很早以前在 T 市看过的东西。"

"这么说，您有印象喽！"

"怎么会没有，这两个东西都是元青花，我和王大山在"文革"末期的时候，就到过 T 市去收东西。结果碰上了有一家姓傅的人家，他们家有个暗室，里边有很多瓷器的收藏。听说那个傅老头在新中国成立前是专门收瓷器的，眼力好得惊人。我和王大山听说后，就到他家去收东西，王大山眼神好，一眼就瞧上了这个元青花的坛子，想找傅老头买过来。"

"哦，结果没买成吗？"

"可不是，那时候闭关锁国，国内对于元青花还没有这么重视，但是因为元青花存量少，国外已经把这个价格炒得很高了。王大山就想收一个，以后能多赚些钱。但是，那个老傅头就是不卖。后来我才知道那个老头为啥不卖，这个青花坛子的价值，如果现在放在外国的拍卖会上，拍出个一两个亿来绝对不是什么新鲜事。"

"那这个玉壶春瓶呢？"

"我记得这个八棱玉壶春瓶，当时它就在那个青花坛子的旁边放着，这个玉壶春瓶的器形要比那个青花坛子更传统、典型，价值也绝不在那个青花坛子之下。"然后蔡斌咬了咬牙说道，"不过由于上次那幅《太宗游猎图》的事，现在专家们鉴宝都很谨慎，那个坛子器形很诡异，不太符合已经出土的元青花的造型，是不是真品元青花，专家们肯定会有分歧，所以它属于不确定的古玩，上《古董鉴赏》节目的可能性不大。不过王大山如果看见了这东西，恐怕绝对要力排众议，把它请上节目，并给它一个不高的价格，然后再设法购买过来的。"

"原来如此啊！但是您可以确定，这个元青花的坛子是真的吗？"

"'文革'时的东西，那个傅老头又坚持不卖，怕是不会有假。"蔡斌说得很干脆。

"后来，那个老傅家怎么样了？"

"在我们还没有离开 T 市的时候，据说有一帮红卫兵就去抄了他的家，砸了他家很多的宝贝。那个老头好像也被红卫兵给折磨死了。不过这两件东西，还真是幸运呢，能保留到现在。"

"那傅家还有什么人吗？"

"我们当时去的时候，记得傅老头说过，儿子、儿媳都死于了意外。对了，他好像还有一个孙女，那时去的时候她还很小，我依稀记得傅老头管她叫小芳。"

胡玉言听到这里，突然站了起来，说："这就对了，一切都对的上了。"

"你说什么？"蔡斌非常奇怪地看着胡玉言。

"没什么，谢谢您，蔡老师，我想我可以不带任何疑问地回 T 市去找唐俊南收王大山留下来的宝贝了。"

第十章

王大山谋杀案一号嫌疑人傅芳的审讯记录

审讯人：胡玉言
记录人：邢振玉
整理人：邢振玉

胡玉言（以下简称胡）：傅女士有没有想过，我们会查到你就是杀害王大山的凶手？

傅芳（以下简称傅）：说实话，你们的办案效率真的很低呢。

胡：你的批评我完全接受。

傅：能问问，你凭什么就确定我是凶手？警方是不是要讲证据啊！

胡：说来也算你不太走运呢，我们这来了一个实习的法医，她带来了一套非常先进的录像分析仪器，我们是从录像分析中得知是你行凶的。

傅：愿闻其详！

胡：首先，我们确定了凶手的行凶方式，凶手是在固定吊灯的拉绳上动了手脚，绳子被搭在了另一个高效的照明灯的边缘上，然后有人把灯与绳子搭接的地方割断一部分。之后凶手只需要打开了照明灯，绳子就会因为温度过高而断裂，从而使得吊灯掉落，砸死正下方的王大山。

傅：我不可能去布置那样的机关，因为之前我根本没有来过《古董鉴赏》节目现场。

胡：那个机关确实不是你布置的，因为你有帮凶。

傅：那你怎么肯定我就是凶手呢？

胡：烧断吊灯绳子的照明灯的光线打在了一面背景墙上，确实拿肉眼很难分辨出那盏灯是什么时候打开的，而绳子被烧断到底要用多长时间也很难测算，那个照明灯的开关位置非常隐蔽，旁边也没有摄像头，如果有人打开它，我们根本无从知道是谁，从这点上看，《古董鉴赏》现场的每一个人确实都有嫌疑。这些都是经过你们精心策划过的，可以说是一场完美的犯罪。

傅：你还是回答我的问题吧，不用这样赞赏罪犯。

胡：问题的关键就是要确定那个开关是在什么时候打开的。我们的法务鉴定人员，就像是那些古玩鉴宝师一样，善于发现事物的真伪，强光吸收弱光会显示出微小的色泽变化，这种变化虽然肉眼难以察觉，但是很遗憾，光线打到了粗糙的墙面上，多少反射了一部分光源，而这部分光源与周围的其他强光交织，就会产生微小的色泽变化。我们的法医通过仪器进行了光谱分析，查到了这点微小的变化。而这种微小的变化的出现，就是在你上台前的那一段短暂的时间里才出现的，而这段时间里，我们查看了所有的现场录像，没有观众离开，主持人、导演、摄影师也都在场，而其他的持宝人要听到通知才可能走到那个走廊中。所以在那段时间能够触碰到开关，就只有正要通往鉴宝现场的你，换言之你就是凶手。

傅：和那些龌龊的鉴宝专家比，你们的鉴定人员不知道要优秀多少倍呢，胡队长，你是什么时候开始怀疑我的？

胡：说实话，从我第一次看完了现场录像，我就认为凶手可能是你。

傅：这么早啊！我想听听你的根据。

胡：是因为你上台后所走的路线和你站的位置。我比对过之前那些鉴宝人所走的路线，像这种万众瞩目的活动，一般人都会沿着最亮的那条光道走到台上，而你却是走了相对较暗的那条线。你站的位置，也是光线较弱的位置，而不是聚光灯下。从这点，我就开始怀疑你了。

傅：我为什么要这么做呢？也许这只是一个巧合呢。

胡：这不是巧合，而是因为你的帮凶在前一天已经为你布置好了一切，你知道会有灯具掉下来，人类特有的那种恐惧感会让你自动选择相对安全的路线。

傅：但是为什么你当时没有直接找我询问呢？

胡：因为我只是怀疑，却没有任何的证据。你的家庭情况我调查过了，你没有任何的亲人，也没有人知道你的往事，除了能查到你在××快餐公司当中方代理外，我实在是找不出任何对你不利的证据来。一开始，我也一直在试图从你拿上台的那个玉壶春瓶子下手，但是很遗憾，也没有找到相应的证据证明它与本案有关。而那时，跟《古董鉴赏》节目内幕有关的证据却一个个地蹿了出来，我不得不把更多的精力放在其他线索的追查上。但是到头来才发现，好像这都是你的布局，我们落入了你的圈套。

傅：胡队长现在发现也不算晚啊！说说我的圈套吧。

胡：我是在后来把《古董鉴赏》节目的内幕挖到很深的地步之后，才想到很可能是被人扰乱了我的侦查方向，因为虽然内幕挖出了不少，但是好像都和谋杀案扯不上任何的关系。所以我就联想到了用那样特殊的杀人方式的目的是什么？后来我才大胆猜测在众目睽睽的《古董鉴赏》节目现场，制造这样残忍的杀人场景，恐怕就是为了把王大山的死和《古董鉴赏》节目联系在一起，让我们的调查必须沿着这条线展开，而王大山在《古董鉴赏》节目内外的种种丑闻，也会在我们的调查中逐步曝光，这才是你打的如意算盘吧！

傅：精彩！不过，我真的对你们警方很失望，调查出了这么多东西却不敢抖出来。

胡：对不起，一开始是因为上方的压力很大，我们的调查一时没有彻底展开，后来即便展开了，也只能是低调处理。所以很遗憾，并没有达到你预期的效果。但是也正因为如此，第二起杀人案现场，你又出现了。

傅：我不知道你相不相信，刘轩轩不是我杀的。

胡：我相信，刘轩轩是自杀无疑，这点我已经确认过了。

傅：是吗？这个根据又是什么呢？

胡：还是根据科学的鉴定，刘轩轩的腕子上的伤痕和她肢体运动所划伤的轨迹完全符合，伤口的毛刺方向也对，而且屋中没有任何缠斗迹象。安眠药剂量很大，也不像是有人故意下的。而且，我们在她的电脑上也还原了一份被删除的遗书。

傅：我确实进过刘轩轩的房间，那时她已经死了，我不知道她为什么会自杀。遗书是我删的，但是上面写得很含糊，只说活下去对她来说是一种摧残。

胡：是因为她晚上给她母亲打了一个电话。我想你很清楚，刘轩轩和王大山有染的事情吧？而我们黄书记那天晚上跟刘轩轩出去，相信你也了如指掌。但是你不知道的是黄书记当时就说要刘轩轩到 T 市来工作，还想要她的女儿帮助她。刘轩轩听后很高兴，在回宾馆的路上就给她母亲打了电话，说出了要离开北京的想法。但是刘轩轩母亲严厉批评了女儿，好不容易得到的北京户口和体面的工作不能就这样轻易放弃，她的母亲在电话那头又哭又闹，死活不让刘轩轩离开北京。

傅：刚刚得到了解脱的希望，却又被母亲无情地扼杀了。与其在庄严的魔爪下痛苦地活下去，还不如一死。这确实是个自杀的理由，好狠心的母亲啊！

胡：我们对她母亲询问情况的时候，她母亲也是痛苦不已，恐怕人只有失去了才会感到后悔吧！刘轩轩的自杀现场被你伪装成了模棱两可的样子，恐怕你就是为了要继续引导我们更深入地调查王大山和《古董鉴赏》节目的黑幕吧？

傅：你们是怎么知道我进过刘轩轩的房间的？

胡：虽然你的共犯已经在监控录像上做了文章，将你进入刘轩轩房间的录像替换成了前一天的。但是，我们有个同事就在那天早上去王大山的房间调查，刘轩轩的房间就在王大山的对面，可那里却没有出现他的影像，所以我们确定那里边有问题。

傅：那你也不能确定我去过她的房间啊。

胡：可能你还不知道，东郊柳霞路的隆庆花园小区随后又发生了一起谋杀案，死者就是东郊××宾馆的一个管监控录像的保安，叫张海，他应该就是那个给你布置杀人现场并且修改录像的那个人。我们在他挂在脖子上的 U 盘中找到了曾经做过手脚的那些录像片段，那里边几乎都是你的图像，包括你进入刘轩轩房间的录像。经过技术还原，我们清晰地看到了你的脸。

傅：那就没有办法了。我开始时只是敲了敲门，因为我知道刘轩轩在屋，但是没人回应，没办法，我就拿着张海给我的房卡进了房间，那时发现刘轩轩已经死了。其实，我就是想找她聊聊，想让她把王大山的恶行都公之于世。

胡：你等了很多天，发现无论是警方还是媒体，好像都对此事无动于衷。所以当你见到刘轩轩尸体的时候，你想到了一个更大胆的计划。不过，其实我还有个更为残忍的想法，那时刘轩轩真的已经气绝了吗？

傅：我现在没有必要跟你隐瞒这些事情了，当时我进到房间的时候，我发现了刘轩轩，一看就是自杀了，当时我确实没有确认过她是否死亡。不过即便刘轩轩没死的话，我恐怕也不会施以援手的，因为那时无论以什么样的理由通知救护人员到来，我都会引起你们警方的重视，而那样的话，我和我背后的人都会暴露的，这样做实在是得不偿失。

胡：你真的很无情呢，对于一条人命的态度竟然就是这样啊！

傅：刘轩轩即便没死，她要不选择继续屈辱地活着，要不就要把她与王大山的事公开，但无论哪一样，对于她来说都将更加痛苦，有时死真的是人类最好的解脱。与其让她更加痛苦，不如让她选择安乐死，我想这未尝不是件好事。

胡：后来你就把房间进行了彻底的打扫，把破碎的玻璃杯和安眠药的瓶子都收走了。然后删掉了遗书，擦掉了电脑上的指纹，清理了所有的使用痕迹。最后你还是留下了当晚庄严要送给黄汉文的那个鼻烟壶，但是你却把上面的指纹也给擦拭掉了。你这么做的理由，我一开始也想不明白，因为你既然换掉了外边的监控录像，就根本不认为刘轩轩是他杀，但是你却处理了现场，又像是伪装自杀事件。后来将之跟王大山的被杀联系起来我才想明白，你的动机是为了让我们把调查的范围更加扩大。

傅：我是没有办法，才出此下策，想利用你们警方的能力把王大山的种种罪恶公之于众，可是到头来，好像知道这里边一切的只多了你们这些警察而已，并没有产生极大的社会影响。

胡： 傅小姐，恐怕你对警方的职责有误会，警方是保护市民的安全的，不是你用来揭露黑暗的工具。

傅： 我本来并没有想杀王大山，他来到 T 市后，我曾几次想找王大山谈谈，想让他为当年发生的事负责或者道歉，可是找他还需要预约，留下姓名，我根本不可能那么做。后来我甚至直接去敲了他的房门，可是还是没能见到他。没办法，我只好拿家传的那个元青花瓷坛到《古董鉴赏》节目上去，那是当年他想收购的东西，看到了一定会找我的，可是那个坛子竟然被告知不能参加现场节目的录制。

胡： 很遗憾，王大山那几天一直都在忙活着另一件事，对于《古董鉴赏》节目他并没有多管，那件东西恐怕他并没有看见。所以你就拿了另一件宝贝到了录制现场，那件玉壶春瓶有两个特点，一个是器型非常明显，很容易入围《古董鉴赏》节目，第二个就是你去开那个开关，也只有玉壶春的那个瓷器好拿，你只要握住瓶口，单手就可以打开开关，这就为你赢得了时间，不会显得不自然了。

傅： 你真的像在现场看见了一样，这个案件恐怕也没有什么你不明白的吧？

胡： 不，还有。那就是你的动机，虽然你和王大山很久以前就认识这件事情，我们已经从其他渠道得知了，但是我还是非常费解，你们到底有怎样的血海深仇？

傅： 这是个很悲伤的故事呢，胡队长还真想听听啊？！

胡： 这是结案的一个必要环节，你不能让我在调查报告上的作案动机这一项上是空白吧。

傅： 那好吧，我给你讲一个我爷爷的故事吧，听完了你就都明白了。

胡： 好的，洗耳恭听。

傅： 我爷爷叫傅大河，在新中国成立之前一直在倒腾瓷器，他精通各朝代的瓷器，特别是对元青花尤其钟爱。在新中国成立前，古玩界一直认为元青花的做工并不考究，而且胎很厚，美观上不如宋瓷和明朝的景德镇

215

官窑，所以普遍认为它的价值并不高。但是爷爷却一直坚持认为，元青花虽然做工粗糙，但是它存世量很少，而且带有明显的民族融合的特点，在未来一定会有个好价钱的。所以他特意去关注对元青花的收集，那个元青花瓷坛就是在那时候淘来的。

但是，新中国成立后，爷爷就被定上了个小业主的成分。他丝毫不敢再提过去收藏瓷器的事，而是搬到了 T 市东郊的乡下，而之前他收藏的瓷器，都放在乡下后院一个隐蔽的小地窖里，他对我父母都没有再提及过此事。

爷爷喜欢瓷器，瓷器就是他的命。当时的东郊还是一片菜地，没现在这么多人，爷爷就自己在山后秘密地垒了个烧窑，一有空闲他就自己动手制作瓷器，做各种高仿，宋瓷、元青花、明朝官窑的瓷器，清宫官窑等等，他都做过。不过那时条件有限，各种材料都紧缺，他做出来的很多试验品都失败了。但是即便是那样，爷爷也还是烧制出来了几件可以乱真的高仿精品。那件八棱玉壶春瓶就是其中的一件，爷爷是根据原来印象中见过的一件元青花仿造的。

胡：那件八棱玉壶春瓶是赝品？可是那些专家在那天《古董鉴赏》节目上可都对它赞不绝口呢。

傅：所以，我才说那帮家伙根本不配与你们这的鉴定人员相提并论，那件元青花的瓷坛才是真品。专家所说的不属于某种某种风格的说法，纯属是胡扯，留世的东西本来就是少数，你怎么能拿这些少数的东西作为标准，来鉴定其他更多你没见过的东西呢？

胡：有点跑题了，请你继续讲你爷爷的故事吧。

傅：但是当时却有一个人一眼就看出来了，那件八棱玉壶春瓶是赝品。

胡：是当年的王大山。

傅：是的，我记得那时候我只有 7 岁，因为我的父母因为一次意外早早去世了。我一直跟着爷爷，两个人相依为命地生活。那时候已经是"文革"的后期了，虽然到处还都是红卫兵，但像我们这种乡下的人家，却已经不再受重视了。而且那时也有一些人已经开始活润起来了，在外围搞起了地下的生意。

有一天，我记得我从外边玩回来，有两个人已经在家里跟我爷爷商量着什么。我当时并不知道他们是谁，爷爷当时让我叫他们蔡叔和王叔。他们晚上就在我家吃的饭，爷爷也很热情，吃完饭就领着他们到我家的地窖去参观。他们两个人都被我爷爷琳琅满目的藏品震撼了。当时，那个王大山在那个地窖里绕了三圈，然后就把眼睛盯在了那个元青花的坛子上，看了又看摸了又摸。然后就跟我爷爷说，他想高价要这件东西。可是那件元青花坛子，是我爷爷最喜欢的一件藏品，所以爷爷坚持不卖。而王大山之后很多天，每天都来到我家，他一次比一次带的钱多，最多的一次竟然带了五百多块钱来，我记得很清楚，那一打钱厚厚的，一看就是凑来的零钱，而且还有好多布票、粮票和油票。那些钱在当年也绝对算得上是一笔巨款了。

我爷爷当时非常为难，就告诉王大山，这个元青花瓷坛他是不会卖的，但是可以把旁边的那个八棱玉壶春瓶送给他，不要钱。但是王大山看都没看那件东西，还是继续找爷爷要那个青花坛子。淘换古董这行有个规矩，去买古董时，看出来对方卖的是假的，也绝对不能指出来。这行看的就是眼力，打眼了活该，你可以买也可以不买，但是决不能坏了人家卖家的生意。王大山的眼力很不错，他怕是早就看出了那个玉壶春瓶有什么破绽，所以根本就没有理会我爷爷的好意。其实那件东西虽然是赝品，却也是爷爷的心血，是爷爷最喜爱的作品。

我爷爷当时跟王大山说得很清楚，那件东西是他最喜欢的，不会卖给任何人。我永远都忘不了王大山当时看爷爷时那双凶狠的眼神，那双眼睛就像恶魔一样，带有一种残忍的杀气。

王大山走后，爷爷一直很担心，还说过不该带他参观地窖的话，然后爷爷把那个八棱玉壶春瓶和那个元青花的坛子都转移到了别的地方，他把那两件东西都用一个木盒子装着埋在了我家院子后的大柳树旁。果然，不幸的事发生了。转过天来，就来了一队红卫兵，我记得很清楚，带人来的正是那个王大山，他们一队人直眉瞪眼地冲进了我家的地窖，然后把地窖里的所有瓷器砸了个稀巴烂。那些东西都是爷爷的命啊！随后那些红卫兵还把爷爷直接拖走了，我当时只是个孩子，能做的事只有哭，凄惨地哭，可是无论我怎么哭，那时没有一个人站出来帮我。

到了傍晚，我趴在我家门前的地上，那时我已经哭得没有任何的力气了，就在我要昏过去的时候，当时有只手拉住了我，那只手虽然不算有力，但是却在那时给了我活下去的力量。那是个男孩，是邻居家的孩子，那个男孩知道爷爷烧窑的秘密，每次烧窑他都要跑来看，爷爷也从来没有回避他，有时还教他几招，甚至还把一些烧得不成器的瓶子送给他玩，但是警告他千万不要说是他送的。

男孩那时把我背到他家田地边的一间小房子里，那是他家存放农具的一间小砖房。我只好在那间阴冷的小屋子里住了几天，幸亏那个男孩每天都来给我送吃的，我才能坚持下来。后来爷爷回来了，可是他回来的时候，已经变得奄奄一息了，我看到他全身都是伤，虽然并不致命，但是我也知道爷爷活不长了。面对一个羸弱的老人，我不知道他们怎么能下得去手？

我永远也忘不了爷爷临死时的眼神，他的眼神一直都没有离开过那棵柳树。我知道他是想让我把那两件宝贝挖出来。可是我当时是一个小女孩，怎么可能完成这样的事呢？况且我也不敢找别人帮忙。爷爷没挺几天就死了，死的时候无论怎么用手合，他的眼睛总是能留一道缝隙，爷爷真的是死不瞑目啊。丧事是革委会办的，我后来也被送到了 T 市的孤儿院。

孤儿院的生活是无比痛苦的，虽然衣食无忧，但是上学回来，你却从来看不到亲人，迎接你的是陌生的保育员和一样无助的孩子们。我那时就在想我要报仇，找那个夺走我最后亲人生命的人讨回血债，可是一个小女孩又能做什么呢，我甚至那时连那个人的名字都不知道。当时，我能做的只有发奋读书，没日没夜地读，吃饭只用 5 分钟，其他的时间除了睡觉都在读书，从小学到大学，我都是免试直接升学，上大学时每年我都能拿到一等奖学金，不用任何人资助，我也能上完大学。

大学毕业后，我换了很多工作，最后到了 ×× 快餐公司，在工作中我依旧很努力，每天都很晚才睡，也没有时间找男朋友，我的努力让我很快就成为了这个快餐公司在 T 市的总代理。

我曾经回到过爷爷的老宅，也试图想找到那棵老柳树，但是那里早已经被铲平了，那两件宝物我想我是再也得不到了。岁月好像就要磨平我的仇恨了，但是老天好像似乎特意要提醒我，我心中要有仇恨。由于爷爷的缘故，我一直也对鉴定古玩有着浓厚的兴趣，在几年前我看了一期《古董鉴赏》节目。而一个最不应该让我见到的脸还是让我见到了，那是一个叫王大山的鉴宝专家。他在节目中侃侃而谈，虽然人已经年迈，但是我还是一眼就认出了他，他就是当年要找我爷爷买元青花瓷坛，却最终带着红卫兵砸了我爷爷所有宝贝的那个人。没有想到，这么多年后，他没有悔过，竟然还公然出现在公众面前做起了什么鉴宝大师，真的是可笑。

我当时就很想去北京找他把当年的事说说清楚，但是一来没有时间，二来我也不知道到哪儿去找他。而在那段时间，我发现了一些网上的消息，特别是那条鉴宝专家误把假画当作真品的消息，这条消息当时在网上热炒了一阵，我知道鉴定那幅画的专家就是王大山。我当时很高兴，终于等到了他身败名裂的时候了。可是没有想到的是不久这则消息在回帖中引起了激烈的争论，有人开始攻击质疑者，说他们隔着电视屏幕，怎么能这么草率地判断画的真假呢？还说专家的鉴定是没有问题的。

我才发现问题原来不这么简单，我在百度上输入了"鉴宝"这个字眼，竟然出现的一大半网页都是民众在质疑《古董鉴赏》节目的新闻。更有很多网友爆料，很多鉴宝专家暗中舞弊，在《古董鉴赏》节目上拿着自己或朋友的宝物故意抬高价格，或者是对鉴定费明码标价，鉴定出是清朝的要给多少钱，明朝的要给多少钱。但是，网上的事并没有任何的权威性，很多人还是对这些事情将信将疑。也很巧，我去北京出差的时候，跟一个客户谈判，休息闲谈时，谈到了古玩的事，他就说道他父亲就是那幅赝品古画《太宗游猎图》的主人，他还说有个人跟他父亲谈判，并答应他在《古董鉴赏》节目中把他父亲手中的那件赝品炒到50万。而最终确定那幅画真伪和价格的人就是王大山，这件事让我坚信，王大山是个本性不改的人，他虽然有一双可以看透古玩真假的眼睛，却从来没有对古玩抱有任何的感情，他所做的一切就是为了赚钱。为了赚更多的钱，他可以不惜牺牲任何人的性命。

但是，我仍旧没有办法拿到公众可以相信的证据，来揭发这个恶魔。

所以，从那时开始，我就想依靠你们警察的力量，把这件事的黑幕调查清楚，并公之于众。但是我没有任何证据就去报案，那就是诬告。所以，我一直试图找到一个机会，可以让你们警察有理由直接介入调查。

这个机会终于让我等到了，在一次谈判中，我遇到了人生中另外一个最重要的人。他不仅让我重新得到了爷爷留下的那两件宝物，还为我创造了一个可以让警方介入《古董鉴赏》节目调查的机会。

～ 2 ～

王大山谋杀案二号嫌疑人唐俊南的自白书（未公开）

对于警方多天的审讯，我一言不发，我知道这不是什么港台片，警方也不会跟我说什么我有权保持沉默之类的话。

我相信警方批捕了我和小芳是已经掌握了我们两个人犯罪的证据。我不说话，是我不习惯被人询问，既然是这样，不如我写一份这样的自白书省事。我不知道我会不会被判死刑，但是这都无所谓了。也很久没有写过什么文章了，正好也借此把我的人生总结一下。

我生在 T 市东郊，我住的这里离城里很近很近，我有个从小一起玩的哥们儿叫邢振玉，他只因为住在道路的那一边，就是城里人，而就因为我在这头就被扣上了乡下人的帽子，要整天面朝黄土背朝天地干农活才有饭吃。

我有个弟弟，叫唐俊东，事先说一下，他什么都不知道，和这个案子一点关系都没有。这个弟弟总是傻乎乎的，没有什么能力，我说干啥他就干啥。但是他是个好弟弟，他小时候总像个跟屁虫一样，跟在我后边，到处乱跑。长大了他为了我开店、开宾馆的事东奔西跑，不辞劳苦，上阵亲兄弟也不过就是如此吧。

我的童年虽然生活在乡下，但是这也有好处，在我的童年里我最大的幸福就是我认识了傅爷爷和他的孙女小芳。傅爷爷的地窖中有很多的宝贝，这些宝贝我之前都没有见过，各种各样的瓷瓶，漂亮得很。傅爷爷让我保守这个秘密，他说只要我保守这个秘密就可以总来他家玩。所以这件事我对俊东都没有提过，为的就是能常到傅爷爷家来玩，还有我想见小芳。

小芳是个很可爱的小姑娘，或许我很变态，或许我很早熟，或者是我有恋童癖，但是我清楚地知道，我在我10岁那年喜欢上了一个7岁的女孩。那段时光是我人生最快乐的一段日子，虽然小芳不爱搭理我，可是我还是愿意接近她。还有傅爷爷，有时会去他那个秘密的窑里烧制瓷器，而我也会跟去。傅爷爷毫无保留地告诉了我很多烧制瓷器的窍门，包括如何上釉，如何掌握温度等等。虽然那时候，我很小，但是我还是记住了傅爷爷传授给我的很多东西。但是，快乐的日子总是那么短暂，有一天，有两个人来到了傅爷爷家，那天傅爷爷本来是要带我去地窖玩的，但是却带了那两个人去，而把我甩在了一边。而那两个人中的其中一个，一连几天都来找傅爷爷，每次我都觉得傅爷爷好像很不情愿似的，把那个人送走。

就在那个人最后一次离开后，我发现傅爷爷就和小芳从地窖里抱着两个瓷瓶出来，然后把它们装在盒子里埋在了他们院后的柳树下。我知道那是傅爷爷最喜欢的两个瓷瓶，傅爷爷曾经跟我说过，一个是元代的人做的青花瓶，而另一个是他仿着元代的青花做的瓷器，那是他最满意的作品。而他却要把他们埋在地里，当时我真不知道傅爷爷想干什么。

可是后来我明白了，那个人又回来了，带着一队凶狠的红卫兵，他们冲进了傅爷爷家的地窖里，把傅爷爷的宝贝砸了个稀烂，傅爷爷也被他们带走了。小芳当时哭了，哭得很伤心，我想去拉她，但是我娘不让，说她家是走资派，地主阶级的流毒，跟我们这些农民不是一个成分的。那时，虽然是"文革"后期，但是思想的禁锢还是让村里人望而却步，谁也不敢去扶助这个失去了亲人，在声嘶力竭嚎叫的小姑娘。

傍晚，我觉得小芳太可怜了，就又去看她，见她那时已经昏死过去了。我看四下无人，便拉了她一把，小芳幽幽地醒来，用无助的眼睛看着我，想哭又哭不出来了。

我没有妹妹，不知道怎么安慰女孩子，只好抱起了她。我现在还记得，她在我怀中时我感到的那阵温暖，那种女孩柔弱的身躯也让我至今难忘。我想我娘是绝对不会同意我家收留小芳的，我只好把小芳抱到了我家田地边放农具的房子里，那时正好是农闲，不会有人来。好在我家中有余粮，而且又是一个小女孩，吃不了多少东西，所以我每天都要给小芳送点吃的过去。没过几天，傅爷爷被送回来了，但是他已经被打得半死了，我这时才把小芳放了回去。我永远也忘不了她趴在她爷爷的身体上哭的情景。

不久，傅爷爷就死了，小芳也变成了孤儿，他的后事据说是革委会简单处理的，尸体埋到哪儿，或者是火化了，谁也不知道。小芳随后也被人带走了。我很想去找小芳，却不知道到哪里去找她。随后我想起了两件事，一件是傅爷爷的那个地窖，我先到了那个地窖一看，满地都是瓷片，各种各样的被砸碎的瓶子，已经很难再拼接完整了。但是我知道那都是傅爷爷的宝贝，所以我就在家找来了妈妈用碎布头缝的大包袱，把那些瓷片分成四次，全都运到了我家放农具的那间房子里去了。然后我又到了那棵大柳树下，用铁锹把那两个瓷瓶给挖了出来。我知道这个东西宝贵，所以干脆拿着它到了自己的屋子里，藏在我放乱七八糟的东西的一个柜子的底下，那个柜子里都是我的东西，我娘一般不会来翻动。这些东西虽然几经辗转，但我却一直保留着，特别是那两个元青花的瓶子，我幻想有一天我能亲手把他们还给小芳。

"文革"很快过去了，那些领导们"文革"后给平反了，可是却没有人给傅爷爷平反。我和弟弟也都长大了，好多人说我们哥俩儿是游手好闲，无所事事，靠着老爹老娘的几亩薄地活着。其实，我不耕作，是我根本就不想在这么面朝黄土背朝天地活着，我也想像邢振玉一样，不用种地就能吃上白米饭，不用在上完学后再跟着爹娘忙农活。但是改变自己的命运又谈何容易呢？文化大革命虽然过去了，但我们哥俩儿都不是上学的料，别说大学，连高中都没上下来。看似唯一改变自己命运的机会就这样没了。

但是，命运好像对我们兄弟特别的眷顾，就在我们很迷茫的时候，大队里通知我们国家要有偿征地。我们世代耕种的田地会被政府收走，大队里卖地，把成捆的钞票分给了我们，不仅有钞票还有房子和城镇户口。我们一下子就从地狱里走进了天堂中，我从一个游手好闲的懒汉变成了一个百万富翁。

村里很多勤快的青年，得到了大笔的金钱后，却变得懒惰了起来，开始吃喝嫖赌，享乐去了。但连我都没有想到，我见到这些钱，却像是突然得到了一种动力，我不想坐吃山空，而是想如何让这些钱变出更多的钱来。而这时，我的爹娘相继去世了，我们兄弟顺利继承了他们的所有财富，而同样幸运的是俊东是个很听话的弟弟，这么大的一笔财产他从来没有跟我计较过，而是全都交给我去经营。

我和弟弟先是包下了东郊的一家饭店，我们当时做得很用心，专门找人做了装修设计，我还在屋中摆满了各种瓷器，增加饭店的古朴的感觉。虽然这些瓷瓶只不过是一些赝品而已，但是我很喜欢，因为看到他们，我就能想起小芳。饭店办得很成功，开张不久便顾客盈门，我非常重视各种菜品的改良，很多人都变成了回头客，这家饭店逐渐变成了 T 市数一数二的大饭店，这让我的财富越滚越多。

而之后，我听说东郊 ×× 宾馆正在找承包人，我也不知道为什么，我就是觉得这是个可以赚更多钱的机会，而这个机会在当时很多人看来却是个亏本的买卖。我没有犹豫，几乎是花掉了自己当时所有的积蓄，还把我的房产全部抵押给了银行换得一笔高额的贷款。当时我只留下了一处房产给俊东，如果真的投资失败，他还可以凭借这处房产继续生活。但是没有想到的是宾馆周围的设施竟然在几年之间就健全了，特别是在东郊新建的会展中心，几乎每个月都有大型的活动，在这里住宿的外地人络绎不绝，而这时钱对我来说只是个数字罢了。

野心开始膨胀的我，却还嫌不够多，我开始装修宾馆的一层，把那里改成了一个大型的娱乐城，我想把东郊 ×× 宾馆定位成一个高消费的娱乐场所，想让更多有钱的人能够进到这里来，把这里彻底变为一个商业帝国。

事干到这里，还缺少点什么呢？俊东已经成婚，弟妹很漂亮，我很欣慰，终于有人给老唐家传宗接代了。我的事业虽然成功了，但是我的爱情却一直没有到来，因为我的心里还一直有那个 7 岁时的小芳，也许有人会说我傻，也许很多人说我笨。但是我就是喜欢那个小芳，在我的心里这么

223

多年来，都只有她一个人。

老天真的对我很好。我的生意越做越大之后，很多商家都想要和我合作，而××快餐公司的一位中方女代表来我这里，说她想租用我一层的一块地方，开一家新的快餐店。但当时我就回绝了她，因为我觉得我的地盘应该是一个高消费的商业区，而不是给普通百姓开的饮食店。但是，她一再恳求我，而且说会给我高额的回报，并且留给了我她的名片，让我如果回心转意可以给她打电话。

当我看到她的名片的时候，我惊呆了，我又看了看这个快餐公司的中方女代表，尘封的记忆瞬间打开，我怕认错人，试探着喊了一句"小芳"，她也惊呆了，她说只知道东郊××宾馆的总经理姓唐，却没有想到会是我。

是啊！谁会想到呢？当年还在田地里疯跑的穷小子，一下子就变成了大富翁。我当晚就在自己的饭店请她吃了饭，并且把那两个傅爷爷埋在地下的元青花还给了她。她看到那两件东西，泪珠像断了线的珍珠一样撒在了盘子里。她哭的样子，跟她小时候一模一样。然后，她问我知不知道这两个瓷瓶值多少钱？我说无论值多少钱也应该还给她，况且我现在不缺钱，她很感激，一直向我道谢。那晚唯一的遗憾就是我没有对她表白我的心意，因为我并不知道她那时到底有没有心仪的对象。

但是，人不可能一辈子都走运，当老天把一切都给了你的时候，也随时会把你的一切都拿走。我开始深刻体会到了什么叫霸极而衰，出问题的恰恰是那些高消费的场所，因为高消费的人本来就少，而来的人又常常是政府中那些有头有脸的官员。这些人很滑头，会让某些托他们办事的人来结账，而大多数的时候他们会打个白条。可谁敢找他们登门催债啊，得罪了这些人，自己的这家宾馆也就别想干了。我觉得还是别活鱼摔死了卖，既然白条拿不回现金，我干吗不大方一点，干脆就告诉他们免单得了，这样也能和这些官员保持良好的关系。但是，由于负担实在太重，宾馆的巨额亏损已经是一个事实。

商业巨子的大帽子一直扣在了我的头上，我不能失去这个庞大的商业帝国，因为那样我就会变回那个在乡间以种地为生的臭小子。但只靠经营宾馆和娱乐场所，这样硬挺下去只会赔得更惨。所以，我必须开拓新的产业来赚钱，弥补宾馆的巨大黑洞。

我当时想过炒股，于是就拿了一笔钱投入了股市去试一试，可是中国的股市是个更深的无底洞。我的那点投资，也被套住了。

看来我还给想别的办法。突然，有一个客人来娱乐城玩，出手十分阔绰。我感觉这个人很特别，不是官家的人，便主动去认识了他，原来他的外号叫"大头鱼"，是在沿海搞走私的大头目。我当时问他什么东西最好销的时候，他竟然跟我说，这两年中国的古玩在国外很有市场，只要有那些东西，有的是钱赚。

古玩瓷器，我一下就想起了傅爷爷地窖里那些已经碎得不成样子的瓷器碎片，我没有把那些破烂还给小芳，因为那些东西已经不可能再复原了，免得惹小芳伤心。难道那些瓷器的碎片会是个商机？我仔细询问了大头鱼情况，大头鱼说外国人一般用C14来测验，符合标准的就认为是古董。于是，我有了个大胆的想法，把那些瓷片加入新的原料然后重新修补，这样的话，其中一部分就是正经的古玩，如果足够幸运的话，C14检测可以顺利通过。

我在东郊货场租了一个中号的仓库，租金很便宜，周围也根本没有什么人租用场地，所以我就秘密在那里垒了一座烧窑，想要做实验，看看能不能让傅爷爷的那些瓷片重新变成新的宝贝。当时，我按照当年傅爷爷传授的那点技艺，开始反复实验，把旧瓷片的瓶底和新的泥胎拼接在一起，然后烧制。经过我的努力，我终于把自己做的第一批货交给了大头鱼。

大头鱼在不久后给我打来了一笔巨款，说那批货竟然在C14检查中没有出现任何的问题，他们还想找我订购这些东西。我当时高兴极了，终于有了再次发达的营生。但是傅爷爷留下来的瓷片实在是有限，而且很多瓷片我根本恢复不了它原来的器形，我也不能整天泡在这里，把宾馆甩开。

没办法，我秘密雇了一些手艺人，这些人都是一些乡镇的瓷器厂下来的，我把瓷片拼接的任务交给了他们去做，并告诉他们烧窑的时间只能是凌晨5点到6点，因为这时天已经泛亮，可以掩饰烧窑的火光，而且这时人大都还没有起床，意识属于最朦胧的时候，不容易被人发现。

但这些人的手艺却参差不齐，而我也不能每天都到这里来监工，所以瓷器的质量开始下降。所以，我急需一个既懂行，手艺又好的人给我监工。老天仍然对我很眷顾，还真让我找到了。有一次我摔伤了脚到医院去住院，住在我旁边病房的有个叫张海的年轻人，这个人时常受到大夫和护士的欺负，他们常常给他延误治疗，而且对他总是冷嘲热讽、恶语相向。后来我才知道，这个张海是因为揭发了某个大夫在上班时打游戏而被大夫们重点"照顾"了。后来，我找到了他，两个人聊了起来，没想到他是学舞台设计的，一心想要当个晚会的大导演，而更让我兴奋地是他竟然对瓷器很懂行，于是我们两个人兴奋地聊了起来。

后来我通过自己的关系，替张海摆平了医院的事情，然后告诉张海出了院来帮我，他欣然答应了。张海到我这里来之前，我的古玩生意出现了瓶颈，因为那些碎片已经用得差不多了，而这时我只能要求工人们继续制作那些粗糙的工艺品。而那时候，大头鱼对我的货一度很不满意，说那根本不是古玩，甚至连工艺品的级别都不算，是一堆垃圾。大头鱼还告诉我，如果那些古玩的碎片用完了，干脆就专心去做宋瓷的高仿，那种东西现在在国外的销路也很好。

张海出院后，我把东郊货场的事全权交给了他，只有两条要求：一条是管住他和工匠们的嘴，一定要保密；第二条是东西要精益求精。

张海非常的聪明，宋瓷常用的是白釉、青釉都经过他的调制做了出来，后来就连宋瓷的开片，他也用高锰酸钾描了上去。做出来的东西说实话，真地道。但是，大头鱼突然告诉我，他已经要离开 T 市了，把自己的交货地点改在了滨海市的一个码头，要我自己派人去交货，他还特意嘱托我，一定要找可靠的人。我知道交货的环节是个重点，我必须找个可靠的人去干，想来想去还是要张海来。这个小子脑子里虽然总有些不实际的幻想，但是他很机灵，总能把事办得妥妥当当。

为了拢住这个人才，我给他买了一套商品房，还给他开高额的工资。而他也在没日没夜地帮我忙活。我给他从黑市中买了一辆车架号和发动机号都被刮去的小型卡车，做了假的牌照，来运货。我也不知道我为什么胆子这么大，违法犯罪对现在的我来说已经不叫什么事了。当时我想的很简单，出了事也没事，在我的娱乐城中有那么多白吃白喝的官爷，哪个人都可以帮我摆平。但是意外还是发生了，有一天傍晚，张海帮我运这批货出去，但是一个女孩横插马路过来，张海没踩住刹车，把女孩撞飞了。张海说当时他脑子里一片空白，竟然撂下了一车的瓷器就跑了。

后来，我才知道张海撞死的竟然是市公安局党委书记黄汉文的二女儿。我当时立即遣散了所有制作瓷器的手艺人，给了他们大笔的遣散费，能走多远走多远。好在这批人只会制作瓷器，T市又没有其他的制瓷厂，他们只能到别的城市去打工了。那座烧窑也被废弃了，而制造瓷器的工具，我都让他们堆在了货仓的角落里，我没有处理那堆东西，因为当时处理的话，反倒会引起怀疑。

那辆套牌车警方再怎么查也没有任何的线索，而瓷器的来路，警方也并不清楚。我的原料加工厂非常隐蔽，肇事现场也没有任何目击证人。这起案件不知道是警方中有什么分歧，还是我真的很幸运，案件到现在都没有被侦破。

人都走了，我只让张海留了下来，虽然我知道他闯了大祸。但是，我还是很喜欢这个年轻人，他也很愿意留下来帮我，但是我现阶段不能让他抛头露面，只能安排他到监控室做了个保安。可这时，大头鱼又来找我，问我为什么不供货了，还说我的货销得很好。我说货源出了点意外，不能供货了。他很遗憾，但是随即给我开了一条新的路子，说现在外国人很认中国某些专家鉴定过的东西，只要能弄到这个，还是能赚很多的钱。但是弄到那种东西，需要方方面面的背景和关系。

我又开始发挥了自己的想象力，因为每天都有在我那白吃白喝的大人物，他们是不是认识那些人呢？结果我每次跟他们寒暄的时候，都能得到意外的收获。比如那帮人会吹嘘给哪位局长送过什么样的古玩，办成了什么样的事，也有的官爷会酒后吐真言，说前几天有人给他送过什么样的东西。而这些人无一例外都是外行，他们唯一能够确定这些古玩价值的就是那些所谓的鉴宝专家的鉴定书。

所以，我也就时常跟他们打听，在哪里才能买到那种古玩，说自己也想收藏一些，或者送一些给朋友，我很快就从他们口中打探到了全国很多知名鉴宝专家的联系方式，并且通过这些人的引荐和鉴宝专家们取得了联系，并建立了良好的关系。而我新的生意也开始了，没想到这个生意比原来还好做，只要有了这些专家的鉴定书，在大头鱼那里，肯定能卖到比我收购时高上三倍的价格。但运输仍旧要我来，这件事我不敢再委托张海，而是让他找一个可靠的人去拉货。我仍旧给他从黑市买了一辆车，而这个人的工作也很出色，在被抓住以前，从来没有出过纰漏。他之所以被你们抓获竟然是因为他为了省一笔高速公路费，私造了军车牌照，而这笔钱每次我都会让张海给他的，私心真的是会害人害己。

这个生意我做了不到一年，突然有一天小芳找到了我，她也不知道从什么渠道打听到我和古董商有关系。她上来就跟我说，她想通过我见一个叫王大山的人。我虽然和很多全国知名的鉴宝师有过接触，并且已经顺利从他们那里购买了许多的古玩，但是我却从来没有和这位王大山接触过。但是只要小芳想做的事情，我都会给她办到。为这事我托了很多朋友，终于跟这个王大山联系上了，当然我也是一举两得，直接跟他说，我想要有你鉴定书的古玩，价钱好商量，因为我也算是圈里的大买主了，王大山也有耳闻，所以他爽快地答应了。

但是他却从来不跟我见面，而是把上过《古董鉴赏》节目的许多藏品的照片传真给我，然后都在下面标明了价格。小芳却一直询问我能不能见到王大山，我只是摇摇头，说他怎么也不肯见我。我追问小芳为什么一定要见王大山呢？如果她要买什么古玩，我认识很多的鉴宝师的。这时，小芳终于哭着对我说，王大山就是那个当年害死她爷爷的人，她想找到他帮她爷爷报仇。

我当时简直被这个消息惊呆了，难道这就是隐藏在小芳心底多年的仇恨吗？在这时恐怕它就要爆发了。

但是还是那句话，为了小芳，我什么事都愿意干，包括为她爷爷报仇。

可是小芳的想法并不是复仇杀人那么简单，如果是那样的话，我觉得倒是一件极其简单的事了。她的想法是要让所有人都知道，那个道貌岸然的鉴宝专家，实际是一个背后做着无数龌龊勾当的恶徒而已。其实我的心也一直都在矛盾，揭发王大山的鉴宝黑幕就可能毁了我的生意，因为外国人如果知道这里边的黑幕，专家鉴定的公信力就会下降，再卖到外国的东西就不会这么值钱了。不过还是那句话，为了小芳，我什么都愿意干。

可是，王大山是个非常谨慎的人，无论我怎么邀请他，他都不来见我，而我要求到北京求见他，却也被告知他不会接见我。所以，我只能一直安慰小芳，我们只能等。这时，我对小芳的爱已经到了无可附加的地步，我喜欢她，为了她，我多年没有找过女朋友，为了她，我从来不曾碰过别的女人。而我到现在都不知道她的心里有没有我。而随后，《古董鉴赏》节目要来T市的消息，我是最早得到的，因为他们的策划组就是在我的饭庄里研究的相关事宜。

当晚我就找来了小芳，对她说了两件事，第一件是我一直都很喜欢她，想娶她做老婆，第二件是无论她答应不答应嫁给我，我都要帮她完成复仇这个心愿。

我说我想利用这次《古董鉴赏》节目把王大山弄来，而之后，我会在那个鉴宝舞台上设计一个大案件，然后让事件迅速扩大，让警方尽快深入调查，利用警方把内幕都挖出来。小芳听完我的话后，她第一次抱住了我，说这世界上恐怕只有我一个人对她好，她愿意在事件结束后嫁给我。但是，小芳说现阶段她还不想做杀人这种事，她只想把王大山约出来谈一谈，让他为当年的事负责，并且公开他这么多年的所作所为，因为她最想看到的不是王大山怎么去死，而是他怎么身败名裂。我知道，谁也不想轻易就动杀人这个念头，但是小芳所想的事恐怕并不容易。所以我告诉小芳，我已经准备好了一切，即便事件发展到最坏的境地也不怕，我会把我俩出国的机票和护照准备好，然后我们一起到国外去。

她答应了，于是我开始布置我的计划。

我知道这件事只靠我一个人根本不可能完成，所以我找来了张海商量，并把整件事情全盘脱出。他一听要在鉴宝舞台上设计一场大案，非常兴奋地告诉我那样的舞台一直都是他梦寐以求的地方，他想在那里当一次导演，哪怕那是一场罪恶的演出。他找我要了一把已经废弃了一年多的东郊货仓的钥匙，而在里边做起了各种"彩排"。

我现阶段要做的就是一定要让王大山来T市，但是和他通过电话之后，才知道他好像并没有打算来T市。我先是借《古董鉴赏》节目在T市举行的机会，说让我尽一下地主之谊，因为都靠他我才发的财，还让他多带几件东西过来，我全收了，可是王大山还在犹豫。之后我干脆抛出了我的杀手锏，说我这里有几个朋友有正品的元青花。如果可以的话会在《古董鉴赏》节目中出现，到时候，如果可以抬高价格的话，少不了他那份。

其实，我是想用当年的往事勾搭一下王大山，因为王大山恐怕知道，当他和红卫兵一起冲进地窖的时候，他就知道那个青花已经没有了，他一定还想见到那个青花瓷坛。

王大山终于来了，而且提前了半个月，可是，当王大山来到我宾馆入住的时候，我才发现，原来在 T 市，我并不是他唯一的买家。他每天都会出去，而手里都带着一堆盒子，回来时却是两手空空，而每天都有一些人来找王大山，更奇怪的是那些盒子中的很多都又被人送了回来，王大山这些天接见了不少人，但是却没有接受我的邀请。他跟我在电话中的说法是在我的宾馆里这种事还是要小心，不要暴露了我俩的关系。

他把 10 件古玩在节目开始前的最后一天，一次性交给了我，然后转身而去，我连跟他说话的机会都没有。而小芳在此期间又多次想找王大山，但都没有成功。甚至是在《古董鉴赏》节目彩排的前一天，小芳再次要求我，要直接去敲王大山的房门要求见他。虽然知道危险性很大，但是我还是同意了，可是很不巧，王大山那时已经离开宾馆了，小芳敲了很长时间的门，也没有人出来。而我担心的是这一切都会被楼道中的摄像头拍下，而且王大山的房间的对面住的是个叫刘轩轩的女主持，我知道她和王大山的关系不清不楚，王大山有一次整夜在她的房间里都没有出来，而小芳去找王大山的时候，恐怕刘轩轩还在房间内，我很怕被她看见什么。

我把小芳去敲过王大山房门的事告诉了张海，他利用自己的图像剪辑技巧，把小芳这半个多月内来过宾馆的录像全部做了处理，这是一个挺复杂的工作，张海弄了好久才弄好。随后，张海又告诉我会展中心那头也已经安排就绪了，而且他也以张大海的假名成功混进了《古董鉴赏》的临时节目组中，做了一名临时电工。他告诉我，只要在《古董鉴赏》节目开始后，让小芳上台前按下那个他事先安排好的开关，王大山就被判了死刑。

我随后问了他怎么回事，他说他原来在文化公司的时候，曾经不止一次去过会展中心，对里边的相关电路和灯具都很熟悉，王大山的座位已经固定，而他调整了上面一个聚光灯的角度，聚光灯在绳子被烤断后就会自然掉下来砸死王大山，这样绝对会引起大反响。所有的实验他都做过了，万无一失。而且只要按他说的做，警方不可能查出谁是凶手。

但小芳还是想给王大山最后一次机会，虽然见不到他的人，小芳干脆把那个元青花的大瓷坛送到了《古董鉴赏》节目组，因为王大山如果能见到这个东西，一定会见小芳的。但是这件宝物却被告知没能进入现场节目录制，这让小芳十分郁闷。但是她不死心，又拿着那个八棱玉壶春瓶到了节目现场，还好这次一切顺利，可以上节目了。但是她仍旧没有得到王大山的接见。

我们后来才知道，王大山根本就没有参加节目前的合议，所以根本不知道这两个宝贝又出现了。

小芳只好按照我的吩咐，在上台前触碰了那个开关。可悲的是王大山见小芳上台，才看到了那个瓶子，可是一切都太晚了。那盏吊灯不偏不倚地掉在了王大山的头上。

一切都如我们预想的那样顺利，但是让我们没有想到的是警方并没有迅速展开调查，各个媒体对这起事件的关注程度也不高。我再去打听才知道，这是 T 市高层的意思，不想让事态扩大。但是如果事态不被扩大，或者警方按照简单的意外处理的话，我们所有的努力都将付之东流。

这时小芳给我打电话，问我该怎么办，我对她说现阶段最好什么也别动。可小芳就是不听，她从我这里听说了刘轩轩和王大山的关系，所以她就想跟刘轩轩去谈谈，想让刘轩轩把她知道的事都抖出来。虽然我觉得这是个愚蠢的决定，但是只要是小芳说的，我都答应她。

小芳吸取了上次没见到王大山的教训，她特意找张海要了房卡，如果刘轩轩也不开门的话，她就直接刷卡进去。我知道那天刘轩轩跟黄汉文他们喝完酒才上的楼，等她上楼一会儿后，我才让小芳去的。小芳也是敲了半天的门，但是没人开，小芳就用房卡打开了大门，但是那时刘轩轩已经自杀了，而且还在电脑上留下了遗书。

当时，我真的不知道小芳是个这样大胆的女人，她没有惊慌，而是特意打扫了现场，并把有价值的线索都留给了警方，我知道她是为了扰乱警方的视听，让他们可以尽快查清鉴宝黑幕，希望可以更快地把王大山的罪恶公之于众。

但是小芳敲门并进入刘轩轩屋子的情况，肯定已经被监控录像录下，而警方为了调查刘轩轩的死因，一定会调走录像。所以必须赶快把这些录像中带有小芳的影像都处理掉。但是张海说，好几个楼层和电梯都留下了她的影像，如果全部处理需要仔细查看录像，并且要一一做图像剔除，怕时间来不及。当时，我想只能让刘轩轩的尸体被晚发现一会儿，而为张海赢得更多的时间，可是那样的话，即便我做到了，也难免会遭到怀疑。

张海当时灵机一动，想到在前一天，宾馆里一天风平浪静什么也没有发生，小芳也没有来过宾馆，他查了刘轩轩前一天的回房时间，很巧，竟然基本相同，所以他提出了用前一天的录像做整体替换的想法。在时间紧迫的当下，我也认为这是最好的办法了。在发现了刘轩轩的尸体之后，果然警方的态度发生了转变，邢振玉找我说了一些莫名其妙的话，他还以为是我故意要为某些人隐瞒事件的真相，找了高层的关系。其实，我才是那个最想让他们把鉴宝黑幕挖出来的人，我也一直在帮他们。

邢振玉走后，小芳又来了，她进屋后就说这个案件恐怕是瞒不住了，警方怕是会很快追查到她的，但她不想走，不想远走他乡，她想陪爷爷在这里一起住下去。我当时就抱住了她，跟她说："只要你不走，我也不走。"在那个时候，我就有了一个更为残忍的想法，为了我和小芳能够安全，干脆干掉张海，把一切罪责都推到他的身上。

因为给大头鱼的货在高速公路口被警方截住了，这个司机只和张海是单线联系。唯一可能暴露我们的人就是张海，如果干掉了他，这一切恐怕都无从谈起了。而张海此时也意识到了问题的严重性，他也想要逃跑，并且准备跟旅游团到国外去。我利用送行的机会到了他家，然后，我就用绳子从背后勒死了他，我和这个有幻想的青年的合作就这样结束了，其实我真的很不忍心，因为他确实是个人才，如果能扛过这一关，他未来还应该能为我赚更多的钱，但是为了小芳，这一切都不重要了。

我显然没有小芳冷静，勒死张海时，由于他拼命挣扎，屋子被弄了个乱七八糟。张海在挣扎时指甲还划伤了我的手腕，所以我用指甲刀剪掉了他手上的所有指甲，并带了出来。我翻了一遍他家的柜子和他要带走的旅行箱，里边没有任何有价值的物证，所以我干脆抄起了他的笔记本电脑，慌慌张张地离开了他的家。我事后才知道他的东西我还有太多来不及处理，没有想到那些早该销毁的录像被他拷贝了一份，还有我前几天送给他抽的万宝路香烟也在他上衣的口袋里，那上面有我的指纹。可是最决定性的证据，是你们的鉴定人员在周围的垃圾箱里找到的那些指甲。

我真的没有想到，你们的调查会做到如此细致，我出来后就把那些指甲扔在了附近的垃圾箱中，可是这竟然都被你们的一个认真的小法医发现了，真的是输给了你们。比对 DNA，指甲里有我的毛发纤维，这已经是铁证了，我没有任何辩驳的理由。

而小芳那头，你们好像也已经找到了确定的证据，看来张海所说的万无一失只不过是他愚蠢的自信而已。

这就是我知道的整个案情的情况，我知道此时我和小芳的灵魂也已经丑恶到了一定的程度，我们的丑恶恐怕和那个王大山根本就不相上下。

我一直在想，用什么样的理由去开脱我的罪行，可是我到现在也没有找到，但是我很欣慰的是小芳最后给我打来了电话，说无论结果如何，她都会陪我，走完人生的最后一程。我想对我来说这就足够了。

而对于你们警方来说，我的这篇自白书也足够了，足以定我的罪，足以了解这个事件的真相，剩下要做的事就要凭你们自己的良知了。

其实人就是不满足，已经有够多的东西，干吗还要去追求呢？我的罪恶就源于这种追求。如果不是之前的野心勃勃，也许就不会有今天的东郊××宾馆，也不会有日后的走私犯罪，更不会让我成为谋杀犯。

但是无疑，这种野心，让我又见到了小芳，从这件事来说，我不后悔，而且永远都不后悔。幸福有时对每个人来说，往往只是短暂的一瞬，拥有过一次，也就足够了。

有点语无伦次了，不多说了，就写这么多吧。

希望这份自白书能够给更多的人帮助！

唐俊南

在 T 市看守所中所写

∽ 3 ∾

T市的《古董鉴赏》节目终于在案件"真相大白"后重新开始，所有的人又都积极投入到了紧张的拍摄中去，好像这个曾经被鲜血和罪恶泼染的舞台上，什么都没有发生过一样。而T市也投入了更多的警力来保护现场的安全，刘胜利和胡玉言都被派到现场，亲自督办现场安全工作。

"看来《古董鉴赏》节目并没有受到案件的影响呢。"刘胜利对旁边的胡玉言说道，这是他们第一次以平和的语气面对面交谈。

"有的时候，我们警察好像什么也做不了。"胡玉言说话时仍旧面无表情。

"那个越哥肯定知道唐俊南的事情，只不过他想借我们的刀杀他的人，这个家伙还真是心狠手辣呢。唐俊东好像也开始撤出东郊××宾馆了，承包看来结束了，据说他准备回去继续开他的饭店。"

"越哥和唐氏兄弟的事我不想再提了，没有任何意义，我们好像除了查出一起谋杀案外，什么也没做到。"

"也不是没有任何意义！黄书记很感激你啊，说谢谢你帮他找到了撞死她女儿的凶手，还说他准备提前退休了。不过他那个年纪退休还真是令人意外呢，恐怕是上面某个人勒令他这么做的。黄汉文好像是因为这起案件得罪了上面的某些人。"

"是吗？这是好事，有时到了他那个年纪，还想扶摇直上，未必会有什么好的结果。"

"你还是这么冷言冷语的！"

刘胜利的老脸上皱纹堆积得像重叠的山峦。

"说什么呢？"这时林玲走了过来。

刘胜利一阵坏笑，"这位就是林记者吧，据胡队长说你可是他最可以信赖的伙伴，比我这个老家伙可强多了！哈哈"说着，刘胜利就从胡玉言的旁边走过，还用肩膀故意撞了一下他。

胡玉言并没有理会，好像他和刘胜利之间已经没有了什么隔阂。

林玲等刘胜利走远，用采访的表情郑重地对胡玉言说道："请问胡队长，你是怎么考虑这次事件的？"

"你又是怎么报道这个案件的呢？"胡玉言的语气很刻薄。

"嗯！我吗？我听从了主编的话转载了其他报纸的报道，说王大山死于仇杀，其他的只字未提。"

"是吗？唉，原来连你都这样妥协了呢。"胡玉言看了看台上的专家，正在对一件藏品指手画脚，"你看看这些台上的所谓专家，他们收取鉴宝人费用，然后在这里故意抬高古玩价格，最后甚至还要把它们买过来，最后再高价转卖给购买人。如果东西流入了黑道，就会飘向海外，如果东西流入了白道，就会变成腐败的衍生品。看似都是宝物，其实都是地雷。可是明知道有这样的罪恶，我们却无能为力。"

"对不起，我现在跟你一样无助。"林玲的表情更无辜了。

"我给你个建议，你可以写一篇其他的文字，讨论一下古玩在我们中国人的心中到底是一个什么样的地位。"

"我想先听听你的想法。"

"在现在这个中国，古玩失去了它的收藏价值，也没有了它的艺术生命力，它就像是一潭死水，变成了像钞票一样的价值符号而已。更有甚者，他们成为了腐败的工具，人性堕落的起点。如果古玩只能够在中国人的心中体现这种价值的话，还不如把他们都砸个稀烂。"

"我跟你的见解不同哦！我认为古玩是中国人智慧的结晶，更是人们对于古人的一种敬畏，虽然因为它们产生了各种光怪陆离的故事，现在的人对于它的价值和真正的意义有了偏差，但是我想人类对于真与美的追求是不会变的，古玩也一定会成为那种人们因为喜爱和尊重才去收藏的宝物，它一定会重新获得它独特的生命力的。"

胡玉言愕然，他看了看林玲，林玲也冲他俏皮地一笑。

这时台上的霍霍大声说道："哇，这位阿姨的玉佛，专家已经给了一个牌子，她可以进入宝贝估价的阶段了！"

胡玉言看着霍霍的表现，对林玲说道："我听一个人说过这么一句话，我深有感触，他说，只要心中有佛，处处都是净土。"

后记

　　这是我成书最快的一本书，前后只用了一个月的时间便写完了，但它却是我至今为止创作最为艰难的一本书。这本书的源头就是过年时，一些搞古玩和玉石的亲戚们串门时给我讲的他们经历过的真实故事。我当时听得很认真，等他们走后，我就用一个笔记本把他们说的这些事都记了下来。

　　之后，我就有了一种创作欲望，想把这些故事写成一部文学作品，在春节长假的最后几天，我就开始构建这部书的整体情节。但是很遗憾，我怎么也无法写出一个很吸引人的故事来。后来我躺在床上，无意中，我看到了床头的书架上，两年前我在旧书摊上买来的一本森村诚一的《新人性的证明》，那是一部用推理小说的形式描述日军731部队罪恶的书。

　　我突发灵感，在大学时我曾经写过以胡玉言、林玲为主角的侦探小说，现在何不让这两个人再次登场配合侦破一起谋杀案，以这样的推理小说的形式把我要讲的有关鉴宝界和鉴宝节目的黑幕一一展开呢？

　　想到这里，我就开始照这个思路架构故事，而推理小说比起其他小说，具有更大的挑战性，因为作者要在作品中扮演两个角色，你既是罪犯，也是破案者，故事的合理性和整个推理过程的严密性是很关键的。

　　而中国的推理小说到现在为止都没有什么太大的发展。新中国成立前程小青的《霍桑探案集》只是简单地在模仿福尔摩斯的作品，而现代的一些所谓的悬疑大作，比如蔡骏、周德东的小说，悬疑色彩和鬼气森森的情景描绘虽然都很吸引人，但是却缺乏具体的推理环节和故事的合理性，他们的故事虽然精彩，但是最后都归结成什么外星人"下凡"、人狼杂交这些事上，实在是令人大失所望。说到底，这是因为中国的作家大多数是文人出身，他们天性浪漫，却极少有人具有那种理性思维和科学的分析方法，还有就是他们把中国当代的社会背景融进推理小说的能力不强，这就是中国推理小说为什么停滞不前的原因。

由于本人的兴趣爱好比较多，大学本科学的是法律，后觉得不太过瘾，就又读了一个工程类的研究生，再加上常年的写作功底。我感觉我可以把文字和严谨的科学逻辑相结合，从而架构出一篇精彩的推理作品，当然这也是我的一种写作的尝试。

小说的情节设计，与我对鉴宝黑幕的内容架构是在三天内完成的，我在自己的笔记本上用铅笔写了满满三篇的提纲。然后我就开始写作，并且在"天涯杂谈"上开始连载。

我要证明的只有一点，那就是到底有没有人爱看我写的推理小说。我并没有雇佣大批的水军顶贴，但是帖子还是在一个月翻了13页，点击超过了3万多次。我问了"天涯"的编辑，他说如果你没有任何的动作，在"天涯杂谈"达到这种程度已经证明你成功了。

图书的出版工作也进行得异常顺利，先后有数家出版社或图书公司跟我洽谈过出版事宜，在这里要感谢，群众出版社、吉林出版集团、武汉大学出版社、新星出版社、磨铁图书、华文经典那里的编辑们，谢谢你们对我稿子的垂青，也感谢你们中肯的意见。

文章在写作过程中，网友们也提出了很多质疑和意见。比如，有些读者就建议我把大量的古玩鉴赏知识加入到小说中，我对这个意见并不十分认同，因为就我的身份而言，虽然我也很喜欢卖弄一下自己的鉴宝知识，但是和那些名家相比，我不想关公门前耍大刀。我这本书的立意点，就是想写一本关于鉴宝节目和这个行业内幕的书，我想让那些古玩收藏爱好者们了解这个行业的内幕，给他们泼上一盆冷水。更想让中国人反思，我们对于古玩价值的认识到底是什么？是真心的喜欢才去收藏，还是纯粹为的是利益。在这本书的最后，我更是借助了林玲的话，想要告知大家，对于古玩我们应该回归对于真善美的追求，呼唤我们对于古玩的真正的尊重，而不是利益的羁绊。借此，我才把鉴宝的技巧当作了这本书的一个次要环节去处理。

而又有一些读者指出，我写的人一定要有明显的好人和坏人，我其实也很费解这种见解，脸谱似的人物描写早就被主流的文学界舍弃了，为什么还要用呢？在我的小说中，就连主角胡玉言都不是个完人，他的心中也有阴暗面，如果细心的读者应该能读得出来，没有对黄晓芙的案件进行彻查跟他和黄汉文不和有着一定关系。而我也没有把王大山写成一个彻彻底底的坏人，最起码他在霍霍的眼中就是一位值得尊重的师长。我想这才是真实且平凡的人，在不同人的眼中，人的好坏定义都是不一样的。

还有网友提出，我把警察写得太好了，当然我不是为了刻意回避现在的警民矛盾，我想说的是我认识的警察中也有一批很好的人。比如管理我家小区的片警，天天就是骑着自行车在各管片跑，他们很辛苦。我只想说，哪个行业都有好人，哪个行业也都有不太好的人，警察也是一样。

有些网友还提出，小说入场太快，警察、记者的背景和身份都还没有交代，故事就开始了，我想这也是有原因的，因为在大学时曾经写过两篇以胡玉言、林玲为主角的探案作品：一部叫《悬挂的秘密》，发表后改名叫《地狱实验楼》，是以大学生不正常的性观念和开放的性生活为背景写的大学生连续自杀案件的故事；还有一篇叫《清风镇案件》，也是一部5万字的中篇作品，是以乡镇企业的污染造成村民中毒为背景的故事，不过很遗憾，《清风镇案件》因为电脑的硬盘烧了而没有能够保留下来，但是那本书的情节我已经记忆在心，所以如果有时间，我可能会把它扩成长篇。

在《地狱实验楼》中我已经详细交代了胡玉言和林玲的故事，而那篇小说在网络上也很好找到，所以在本文中就不多赘言。

我是在大学时就已经开始想把这种社会意识融入推理小说中去，这是因为我受到了森村诚一和东野圭吾这些日本社会派本格推理大师的影响。不过早期我的作品还是很青涩的，比如《地狱实验楼》其实带有些《名侦探柯南》的影子，因为自己一直追着那本漫画看，而《清风镇案件》实际也沾染了一些周德东似的鬼气，因为我那时正在疯狂看他写的小说。

《古董诡局》这篇小说我没有故意加入恐怖的气氛，也没有特意隐瞒凶手杀人的巧妙方法，甚至也没有像很多推理作品一样把凶手就隐藏在有限的几个人之中，让大家去猜谜。特别是对傅芳这个凶手的设置，我在前十章中只让她出场了两次，她只说了一句话，第二次出场只不过是邢振玉眼中的一个黑影。因为我觉得在现代推理小说中，凶手行凶的动机才是最重要的。

　　而对于文中没有言及的问题，比如用古玩贿赂高官，高层对于司法和媒体的干预，我并没有写到底，其实我也想弄出个美国那样的孤胆英雄，来把这些事都查到底，可是那样写不真实，也不符合中国的现实情况，所以我特意回避了这些问题。

　　我相信，推理小说在娱乐大众的同时，最终还是要为这个社会服务的，最起码要起到记录当下社会的作用。所以我一直坚持在往这方面努力，不管这部书成功与否，我想我尽力了。

　　在这期间，我得到了很多朋友的支持，包括一些深知古玩界内幕的朋友的支持，更有一些教授鼓励我把书写下去，比如尹剑平先生，很多人都以为那是我的化身，其实不是，他其实是我的一个好朋友，忘年交，他是大学教授，著名画家，有本《泰山石敢当的故事》就是他写的，也蒙他厚意，曾经为我做过水墨画，我很感动。我也以他的名字，让他在文中扮演了一个教授的形象。

　　还有比如说作品中的法医张敏，也是我人生中十分重要的朋友，她在真实生活中就是个法医，而下边我的新作品《法医恋人》，也是经过她的同意，以她为主人公写的故事。

　　在公司中，我没有想到我的小说这么受欢迎，几乎变成了"文革"时的手抄本，基本上是我写完一章就被同事们要走看，很多同事都给我提出了中肯的意见，甚至有个姐姐直接问我，胡玉言和林玲最后结婚没有啊？弄得我哭笑不得。

　　当然还有那些天涯社区里并未谋面的朋友们，谢谢你们的支持，没有你们的话，我的书也不可能顺利出版。

　　最后再次说一下，这只是本小说，小说嘛，就是有真的有假的，真的说准了，您也别太当真，这年头没必要太动真气。您说是不?

最后再次感谢所有的朋友和所有看过这本书的读者，谢谢你们，希望你们还能继续支持我下边的作品。

尹剑翔

2011. 3. 17 一稿完成于出差途中